李健吾译文集 Ⅴ

上海译文出版社

● 莫里哀喜剧全集 卷一

1932年8月生日摄于巴黎

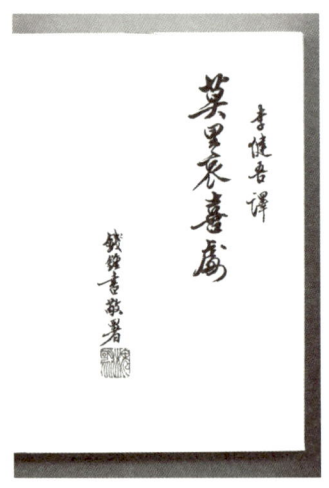

湖南人民出版社 1982 年初版《莫里哀喜剧》第一卷

目 录

序 …………………………………………………… *001*
一六八二年版原序 ………………………………… *013*
法国十七世纪著名作家对莫里哀与其喜剧的评价 … *021*
莫里哀年谱 ………………………………………… *037*

小丑吃醋记 ………………………………………… *001*
飞医生 ……………………………………………… *021*
冒失鬼或者阴错阳差 ……………………………… *043*
爱情的怨气 ………………………………………… *129*
可笑的女才子 ……………………………………… *201*
斯嘎纳耐勒或名疑心自己当了乌龟的人 ………… *239*
丈夫学堂 …………………………………………… *279*
讨厌鬼 ……………………………………………… *329*

序

莫里哀是法国现实主义喜剧的伟大创始人。他的喜剧向后人提供了当时的风俗人情,向同代人提出了各种严肃的社会问题。这里说"现实主义",因为这最能说明他的战斗精神。他又是法国唯物主义喜剧的第一人,他以滑稽突梯的形式揭露封建、宗教与一切虚假事物的反动面目。他不卖弄技巧,故作玄虚,而能使喜剧在逗笑中负起教育观众的任务。

莫里哀(Molière)是他参加剧团以后用的艺名。他的真名姓是约翰-巴狄斯特·波克兰(Jean-Baptiste Poquelin)。他在家庭中是长子,1622年1月15日受洗礼,可能就是这一天生的。他的父亲约翰·波克兰是一个生意兴隆的挂毯商。外祖父克勒塞(Cressé)也是挂毯商。两家很可能有作坊。父亲还是宫廷陈设商。这是一种小贵人身份,有机会接近国王。宫廷陈设商一共有八名,每两名跟随国王一季,国王去什么地方,他们就先行一步,布置他的行宫。父亲对长子期望殷切,在莫里哀十五岁上,就给他取得了继承权。据说1642年,莫里哀曾经为路易十三去过南方的纳尔榜(Narbonne)布置行宫。

他十岁丧母,外祖父疼他,经常带他去玩新桥。新桥类似旧北京的天桥。当时有一个人叫达巴栾(Tabarin),帮一个江湖郎中叫卖,说俏皮话,演小闹剧,轰动巴黎,小市民很爱听他逗哏。那时正式剧场只有一个布尔高涅(Bourgogne)府,平时演悲剧和悲喜剧,也演闹剧。祖孙两个也常到剧场看戏。临到莫里哀上学前后,达巴栾和名丑先后死去,闹剧也就只在外省还有。

1635年,他进贵族学校克莱孟(Clémont)的期间,法国文坛出了一件大事,在首相黎希留推动下,成立了法兰西学院。院士逐渐增加到四十人，成为文化人最高的国家荣誉。文艺理论家布瓦洛（Boileau）当了院士，据说他私下里劝说莫里哀放弃演丑角这个行当，莫里哀谢绝了他的好意。后来莫里哀去世后，据说路易十四有一天曾问布瓦洛，谁给他统治期间带来最大的文学光荣？布瓦洛回答："陛下，是莫里哀。"不过莫里哀非学院的院士，后来学院在大厅为他立了一尊石像，下面写着这样自我调侃的话：

"他的光荣什么也不少，我们的光荣少了他。"

黎希留成立学院，是和他统一法兰西的雄心分不开的。他希望用三一律来束缚戏剧家的头脑。莫里哀后来写喜剧虽然没有受到什么妨碍，也不能说一点没有受到影响。

学院成立的第二年，旅居国外的笛卡儿发表了他的《方法论》，推崇见识和理性，后来莫里哀写戏，正面人物带有类似的论点。理性主义是古典主义的基本原则。其实，莫里哀是一个唯物主义者。他更接近反驳笛卡儿的唯心观点的伽桑狄（Cassendi）。后者好几年充当他的同学沙派耳（Chapelle）的家庭教师，据说，他一同听过课。自由思想者沙派耳一直是莫里哀的朋友。莫里哀曾经翻译过拉丁唯物主义诗人卢克莱修（Lucrèce）的《物性论》，其中关于爱情一段，他在《愤世嫉俗》（Le Misanthrope）中引用过，其余译稿都散失了。莫里哀喜欢哲学，父亲却要他成为自己的接班人，还帮他从外地买了一张法学学士证书。

就在路易十四登基这一年，1643 年（路易十四才五岁，由国母摄政），莫里哀却和统治阶级决裂了，同十几个青年，特别是贝雅尔（Béjart）一家兄妹，签订合同，组织"盛名剧团"（Illustré Théâtre）。1649 年 6 月 28 日，在一位公证人的文件里，他第一次用莫里哀这个后来举世闻名的名字签字。他放弃宫廷陈设商的继承权，把它让给他的兄弟，自己去做一个被教会驱逐出教的"戏子"。但是他们的演出完全失败了,剧团出面人是莫里哀,债主把他送进监牢,拘押了三五天,由父亲作保,应许分期偿还。剧团解散了,但他不回头,和贝雅尔兄妹几个人参加了另外一个剧团,离开巴黎,到西南一带去流浪。一去就是十二年。这位学生出身的有产者,放弃产业,放弃荣誉,放弃现成的社会享受,到人民中间扎了根,摆脱书生气,仗着他的人品与才具,锻炼成为一位戏剧事业活动家,成为受团员爱戴的剧团领导。他学习人民喜爱的闹剧,学习靠演技取胜的意大利职业喜剧。西南各省原归孔提(Conti)亲王统治,1653年从巴黎监狱出来,跟黎希留首相的后继人马萨林的侄女结了婚,成为剧团的保护人。

剧团的根据地是里昂。1655年,莫里哀在这里上演他的诗体喜剧《冒失鬼》(L'Etourdi),剧情轻快,风格清新,喜剧正式产生了。1656年,他在贝济埃(Béziers)上演他的诗体喜剧《爱情的怨气》(Dépit Amoureux),同样得到好评。可是剧团的保护人变成一位"虔诚的"信士,1657年5月,正式禁止剧团使用他的名义。他后来还以信士的名义攻击莫里哀的喜剧。他可能是莫里哀接触的最早的一位伪君子。但是剧团的名誉蒸蒸日上,国王的兄弟出面支持剧团,1658年10月24日,剧团在巴黎宫廷演出,他和路易十四见面,国王把卢佛宫剧场拨给莫里哀剧团。

但是道路并不平坦。1659年11月18日,他上演他的《可笑的女才子》(Les Précieuses ridicules),演了一场,受到阻挠,便停演了。这时国王不在巴黎,很可能贵族中有人捣乱,经过疏通,终于在12月2日继续演出,票价提高了一倍,观众如旧。据说有一位老军人在池座大叫:"勇敢,勇敢,莫里哀,这出喜剧真棒!"1660年,国王已经看过两次,第三次又扶着他的首相马萨林的座椅看了一遍,还赏了剧团三千法郎。舆论改口了。莫里哀在巴黎站住了脚。

1661年,马萨林去世,国母不再摄政,路易十四把政权集中在他一人手中。就在英国资产阶级闹革命的年月，法国出现典型的君主专制。政府靠卖官鬻爵来增加收入，官吏有继承权与转卖权，成为长袍贵族。路易十四自比太阳，生活豪华，穷兵黩武，唯我独尊。莫里哀赶上他有所作为的早年时期，为了争取他的保护，不得不博取他的欢心。1660 年，莫里哀的兄弟一去世，莫里哀就收回宫廷陈设商的职位。

这时卢佛宫改建门廊，剧团没有了剧场。幸而有国王兄弟从中帮忙，要求把黎希留用过的王宫剧场赏给剧团使用，路易十四同意了。从 1661 年 6 月 24 日，莫里哀上演他的《丈夫学堂》(L'Ecole des Maris) 起，直到最后的《没病找病》(Le Malade Imaginaire) 止，他的喜剧都是在这里演出的。他在《丈夫学堂》里提出女子教育问题。剧中描绘弟兄两个分担教养两个孤女的义务，严加管教的失败了。当年 8 月 17 日，剧团参加财政总监福该 (Fouquet) 举行的盛大游园会，他写出了《讨厌鬼》(Les Fâcheux)，写一个人要赴爱人的约会，不断受到各种相识者的打搅。戏自然而有趣。可是，福该的财富引起路易十四的妒忌，一个月以后，福该被送进了监狱。

莫里哀没有受到福该的影响。他写出了五幕诗体喜剧《太太学堂》(L'Ecole des Femmes)。这是性格喜剧，也是社会问题喜剧。他把妇女教育和修道院挂上了钩。女孩子在修道院待了十三年，十七岁出来，成了一个什么也不懂的"白痴"。路易十四从此把莫里哀看成喜剧作家，每年津贴他一千法郎。

妒忌的人们不放过莫里哀，用种种流言蜚语来中伤他。他写了《太太学堂的批评》(La Critique de l'Ecole des Femmes) 来回答。他在这个戏里谈到他的喜剧理论，他揶揄无理取闹的"侯爵"与装模作样的"学究"。敌对剧团接着上演攻击莫里哀的戏。他当即用《凡尔赛宫即兴》(L'Impromtu de Versailles) 一戏来取笑对方的戏。他在这里要求演员要把戏演得自然。他正式宣告,"侯爵"是当代的丑角。他在《达尔杜弗》的序中说:"人容易受得住打击,但受不了揶揄,人宁可做坏人,也不肯做滑稽人。"莫里哀攻击一切不合理的现象,特别是经院哲学和经院医学;他攻击官方一再禁止而无法禁止的高利贷;他攻击富商不择手段的上升欲望;他特别攻击天主教的危害多端的良心导师。

他居然敢在天主教的国家攻击天主教,天主教把他当做"魔鬼"看待。事情发生在 1664 年 5 月 12 日,宗教界激烈攻击的《达尔杜弗》前三幕演给路易十四看。这惊动了国母,激怒了路易十四的师傅和巴黎大主教佩里费克斯(Péréfixe)。在天主教的压力下,路易十四传诏给莫里哀,《达尔杜弗》停止公演,等全剧写完了再作决定。当年 11 月,莫里哀第一次在路易十四的弟媳的别墅演出了全戏五幕。直到 1666 年,国母去世,顽固派失去靠山,形势才逐渐好转。第二年,路易十四口头上应允解禁,但他随即率领大军北征,这事又搁了下来。莫里哀把戏的题目改成《骗子》,把人物的服装也改了,在八月上演,但是第二天,代理国政的巴黎最高法院院长又禁止继续公演。随后,巴黎大主教张贴告示,禁止教民阅读或者听别人朗诵这出喜剧,并以取消教籍相威胁。直到 1669 年 2 月 5 日,教皇颁发"教会和平"诏令,各种教派停止活动之后,莫里哀才得到这出戏解禁的正式通知。他恢复《达尔杜弗》的面貌,正式和市民继续见面。从法兰西喜剧院成立(1680 年)起,到 1960 年止,这出喜剧演出 2 654 场,还不算其他剧团的演出和外国的演出。在法国著作中,它的演出占第一位。

这个喜剧表现一个近代上层资产阶级家庭,家庭的室内生活密切配合。但是把戏搬到街头,伪教士不敢再调戏人,少妇不再卖色相,儿子不再偷听……,一切都变了另一种样子。家长由于迷信他的良心导师,如果路易十四不出面干预的话,就必定陷于家败人亡。因为法律是站在恶人方面的。宗教界之所以全力反对《达尔杜弗》,因为伪教士和真教士是很难区别开的。

莫里哀在《达尔杜弗》禁演期间，还写出了许多其他喜剧杰作。

为了表示反抗，他上演他的《石宴》或者《堂·璜》（Dom Juan）。"穷人"一场戏，人们一看就明白是讽刺笃信之士的。既然笃信，还怎么会沦为乞丐呢？他在外省还充分领会了孔提亲王的假冒为善的浮浪生活，他在宫廷也见惯了那些目中无人、自以为是的权贵人物。他把西班牙传说中的人物写成法兰西贵族。戏里的父亲申斥儿子，说："没有人品，门第不值一文。"他还让堂·璜在父亲面前撒谎，又对听差说："撒谎已经变成时髦风尚了。"演出的第二天，莫里哀取消了"穷人"这场戏，压低了全戏的调子。连续十五场，场场客满。路易十四不希望莫里哀加深宗教界对他的仇恨，暗示他把戏停演了。

为了表示宠信莫里哀起见，国王向他兄弟把剧团要过去，改成"国王剧团"，每年津贴六千法郎。

1666年6月4日，他上演他的喜剧杰作《愤世嫉俗》。这是一出精致的贵族世态喜剧。诗体、五幕，受到布瓦洛在《诗的艺术》中的特别称赞，被看做莫里哀的最高成就。就语言艺术来说，他把宫廷社会的虚伪和妒忌写到淋漓尽致的地步，但情节单薄，没有力量吸引一般观众。他在这里创造了两个人物：一个是男的，叫阿耳塞斯特（Alceste）；另一个女的，是寡妇赛莉麦娜（Célimène），爱在背后评头品足，说朋友的坏话。他恨这个社会，要她抛弃这种虚妄生活，而女方却割舍不下她所诽谤的社会。他们分了手。阿耳塞斯特是喜剧人物，又是悲剧人物，后人为之一直争论不休。

这出戏的票房价值并不高。莫里哀马上换了一出性质不同的闹剧，背景放在农村，主人公是一个樵夫，吃尽当光，成天打老婆。老婆生了气，把他说成是名医，于是就被无知的乡绅请去给他忽然变成哑巴的女儿看病。他成全了哑女的爱情。这是莫里哀有名的《屈打成医》(Le Médecin malgré lui)，它上演的记录仅次于《达尔杜弗》。

他在1668年写了题材不同的三出喜剧：《昂分垂永》(Amphitryon)，《乔治·当丹》(George Dandin)，《吝啬鬼》(L'Avare)。《昂分垂永》明写天帝袭彼特，实际影射路易十四。天帝变化成昂分垂永模样，和后者的爱妻过了一夜。胆小的听差最后以幽默口吻道破："关于这类事，顶好还是永远什么也不说为是。"《乔治·当丹》是庆祝路易十四凯旋的，在凡尔赛宫演出。一个外省富商，娶了一位贵族小姐，发现她接受一位宫廷贵人的调戏，他每次禀告岳父母，都遭到女方愚弄和岳父母的欺凌。他最后说：娶了这么一个女人，不如投河死掉。

《吝啬鬼》和《昂分垂永》一样，题材是旧有的，他加入新矛盾，让矛盾激化了。卢梭认为这是败坏人伦的坏戏。歌德在《谈话录》(1825年5月12日)中说，德国人演这出戏时，把父子之间的冲突改成亲戚之间的冲突。这出戏证明金钱被神化后所起的巨大破坏作用，即使是温情脉脉的家庭关系。吝啬在这里变成一种绝对欲望。

怀着一种喜悦心情，莫里哀接着写了两出独具一格的喜剧——舞剧，两剧都由路易十四宠爱的意大利人吕里(Lulli)谱曲：《德·浦尔叟雅克先生》(Monsieur de Pourceaugnac)和《贵人迷》(Le Bourgeois Gentilhomme)。前者写一个外省的土财主到巴黎同一位小姐结婚，小姐早已有了情人，一群男女流氓起来反对他的奢望。土财主把祸害他的人当作救命的大恩人，胆战心惊，落荒而逃，还依依难舍地和他告别。《贵人迷》写巴黎一位大富商，由于富有而一心妄想当贵人，他被人耍弄，出尽洋相，还自以为乐，当不成本国贵人，他就做土耳其的假贵人。

1671年，他写了一出闹剧《司卡班的诡计》(Les Fourberies de

Scapin）。背景是意大利的那不勒斯。司卡班原来是意大利职业喜剧的一个定型人物，胆子小，惹了事就溜之大吉。莫里哀完全改变他的性格：他爱打抱不平，为此常服劳役，他把性命置之度外，而且睚眦必报，老爷说他坏话，他把老爷装在大口袋里臭打一顿。他不再是小丑了。"下等人"在莫里哀的笔下有了奇异的光彩。

1672年，他完成了喜剧《女学者》（Les Femmes Savantes）。现在看来，这出喜剧的主题有局限性，他讽刺妇女在科学上不能取得成就。他在这里写了两个滑稽诗人，还有一个不慌不忙的幽默的丈夫，令人很感兴趣。他的目的是不要人做那些好高骛远、不切实际的事。

这期间，野心勃勃的音乐家吕里如愿以偿，当上了王家音乐学院院长，对一般的商业演出在乐器上有所限制，莫里哀不能和他合作了。他觉得路易十四不肯支持他了，他写的《没病找病》，本来预备进宫廷献演，也打消了这个念头。他在公演三场之后，感觉异常疲惫，他对他的夫人和一位青年（由他培养后来成为大演员的巴隆 Baron）讲："我这一辈子，只要苦、乐都有份，我就认为幸福了，不过今天，我感到异常痛苦。"他们劝他身体好了再主演，他反问道："你们要我怎么办？这儿有五十位工作者，单靠每天收入过活，我不演的话，他们该怎么办？"他不顾肺炎，坚持继续主演。他勉强把戏演完，夜里十点钟回到家里，咳破血管，不到半小时或三刻钟，就与世长辞了。这一天是1673年2月17日。

他的去世震动巴黎。天主教不给他行终敷礼，也不给他坟地。莫里哀夫人只得向国王请求。路易十四认为巴黎大主教有些过分，可能引起人民公愤。最后，大主教勉强批准了出殡，限制在天黑以后，把他埋葬在一个小孩子的墓地。据说，后来再找莫里哀的坟头就找不到了，因为早已让教会挖掉，把骸骨不知抛到什么地方去了。

歌德在他的《谈话录》里说："莫里哀如此伟大，每次读他的作品，每次都重新感到惊奇。他是一个独来独往的人，他的喜剧接近悲剧，戏写得那样聪明，没有人有胆量想模仿他。"（艾克尔曼（Eckermann）的《谈话录》，1825年5月12日）。歌德讲他自己"从青年时期就读、就爱莫里哀，我一生向他学习了许多东西。我每年一定要读他几出戏，好叫自己保持一种经常和美好事物的接触。我不仅喜欢他的完整的艺术手法，还喜欢诗人那种可爱的自然、高尚的心灵。"（1827年7月28日）。

歌德的谈话对了解莫里哀有很大帮助。欧洲整个十八世纪的喜剧都是从他这里派生出来的。丹麦的霍尔贝格（Holberg），英国的谢里登（Sheridan），意大利的哥尔多尼（Goldoni）……都因师法莫里哀而见称于世，但是形象总不及他那样高大。

首先，他敢于把生活写透。第二，他敢于把矛盾写透。第三，自然而然，是他敢于把性格写透。第四，他善于把戏写透，这和他敢于把矛盾写透是分不开的。他的喜剧使人有悲剧之感，未尝不是这个缘故。第五，他特别重视自然面貌，许多不合理的情节，他能让它自自然然地出现在观众面前，像《昂分垂永》那样的神仙戏，胆小的听差在口语上处处给人一种平易之感。他总是水到渠成，顺水推舟，不给人以勉强之感。第六，他亲近他的观众，他所嘲笑的行为、人物，都扎进观众的心里，和他有同感。据说，浦尔雅克装成女人，逃出巴黎，在观众席上出现，向流氓招手感谢，也说明这个道理。最后，他之所以能把性格写透，他在创造人物上能使观众满意的，是戏里每一个人物，无论资产者、贵人、农民、少爷、小姐、用人、流氓，无论什么样的人，都说合乎各自地位的话。他的主要人物都有阶级性格做底子。这最后一点也可以说是补充第三点的。据说，布瓦洛给他起了一个"静观人"的外号，他确实不辜负这个外号，他的敌人也说他："我先见他靠着柜台，姿势像一个人在做梦。他眼睛盯住三四位买花边的贵人，表示用心听他们说话；看他的眼睛移动，他似乎一直要看透他们灵魂的深处，听出他们心里的话来。我简直相信他有一个记事本，藏在大衣里面，不让人看见，在记他们说的最入耳的话。……这是一个危险人物。"这是布尔高涅府剧场上演一出糟蹋他的戏里的话。但是，在刻划"静观人"这一点上，却帮助人们说明了他爱观察的习惯。一般人认为他远在资产阶级革命一百多年以前，就点起了资产阶级革命之火。总之，像他那样勇敢的喜剧作家，后来的喜剧作家和他一比，资产阶级的烙印反而深了，也胆怯多了。所以法国人说起他来，总爱用"无法模仿的莫里哀"（inimitable Molièrè）来评价他。

莫里哀不仅是一位杰出的剧作家，一位出众的导演，还是一位成就极高的优秀演员，他还培养了一代群星灿烂的表演艺术家。他是法国戏剧历史上贡献卓越的戏剧家，也是整个欧洲戏剧事业发展的推动者。

莫里哀总共写了三十三出戏，其中有最早两出小闹剧，不具名姓，和他后来的戏都有类似处，估计是他早年流浪江湖时写的。一般人归在他的名下，我也如法炮制。此外，他约年老的高乃依（Corneille）合写的神话剧 Psyché，我不译了。另外五出，全是宫廷的喜剧或舞剧，不为一般人所重视，我也不译了。我一共译了二十七出，都是他现实主义的辉煌收获。我勉强译出，错误在所难免，希望读者不吝指教。

又，在付印此书时，我有幸读到1963年《莫里哀百年研究成果》一书，作者是法国国家文献局局长玛德兰·玉尔让（Madeleine Jurgens）与美国哈佛大学博士伊丽莎白·马克思费尔德·米勒（Elizabeth Maxfield Miler）两位女士。后来又有幸读到乔治·蒙格赖狄焉（Georges Mongrédien）的详尽的年表，书名是《莫里哀》，这是他把十七世纪的有关莫里哀的材料和原文全部搜集在一起，多年精心之作的两卷大书,由"科学研究国家中心"印出。仗着这本书,我又补进了一些十七世纪著名作家对莫里哀的看法的材料。最后,我更有幸读到法兰西学院院士彼耶·嘎克扫特(Pierre Gaxote)的《莫里哀》大作,里头提出了许多新的看法。书是1977年出的,彩印者是夫拉马瑞央(Flammarion)书店。我借用了他几幅插图。此外各剧的插图是1682年全集本彼耶·布立萨尔(Piere Brissurt)的最早影印的版画。全集本共分四册,由杜尔(Touchard)先生编辑,于1958年成书。这里也选用了一些有关的插图。谨在此对他们各自的重大成果表示感谢。

李健吾
1981年6月20日

* 李健吾先生提到的另外五出是《麦里赛尔特》、《滑稽牧歌》、《堂·加尔西·德·纳伐尔》、《艾丽德女王》和《讲排场的情人们》。据法国大学出版社的《文学辞典》莫里哀条和彼耶·嘎克扫特的《莫里哀》,前二出是芭蕾剧,第三出是个失败之作,其精彩场段后来都写进了《愤世嫉俗》,第四出是个音乐舞蹈剧,第五出是舞剧,而且构思和题材都由法王路易十四提供,莫里哀只负责把各部分连缀在一起,由此看来,李健吾先生所译的二十七出,便是莫里哀所创作的全部喜剧了。——编者

一六八二年版原序

　　这里是已故莫里哀先生作品的一个新集子，多了七出喜剧，比先前印行的本子更准确。印刷人的粗心大意留下了大量重要错误，甚至在许多地方删改了一些诗句。在这个新集子，这些诗句都得到了改正；出力的人们给公众送上的不是一份微薄的礼物，因为我们每天还看见有许多集会上演这位著名作家的喜剧，对纯洁的诗句，大家一定会分外感到喜悦。我们不妨说，没有人比他更懂得怎么样来完成这条法则：喜剧在娱乐之中教育人。他取笑人们的缺点，同时教导他们怎样来改正，我们也许今天还会看见他谴责过的同一愚蠢言行在流行，如果他根据自然描绘出来的人物不是许多反映真实的形象，而他所扮演的那些人也没有从这些反映①中认出自己的话。他的揶揄是精致的，他取笑的方式十分微妙，尽管他在讽刺，对象不但不生气，反而自己也在笑那些根据他们构成的滑稽人。

　　他的名姓是约翰-巴狄斯特·波克兰；他是巴黎人，是一位宫廷陈设商的儿子，年轻时就继承这小贵人身份，在本区承担这个职位一直到死。他在克莱孟（Clémont）学校启蒙，他有幸运和孔提（Conti）亲王同班，他的不同于众的活跃精神博得这位亲王的重视和好感，对他一直表示关怀和保护。他的学习非常成功，证实他的天才不辜负对他的期望。他是一个很好的人文科学者，他还是一位更好的哲学家。他对诗歌的爱好让他以一种特殊的注意专心攻读各家诗集：他精通诗

---

① "反映"原文为"镜子"，意思同于"反映"。用镜子做比喻是常事。"自然"在这里是生活的意思。

词,尤其是泰伦斯 Terence①;他把泰伦斯看成他给自己选定的最优异的范例,他的模仿从来都很成功。领会他的《吝啬鬼》和他的《昂分垂永》的种种优点的人们,认为这两部作品都超过了普罗塔斯 Plautus②的作品。他在法科学校毕业以后,由于他对喜剧有不可克制的爱好,他选定了演员职业。他的学习和他的努力都是为了戏剧。大家晓得他在这方面手法高超,不仅作为演员有独特的才分,而且作为作家,留下大量的作品,就所选的题材来说,都是相当的完美。

有几家子弟也学他参加演剧活动,开头几年,他和他们企图建立一个剧团,叫作盛名剧团。不过这个计划失败了(新兴事业往往落得这种下场)。他不得不流浪各省,并开始在王国赢得很大的声誉。

1653年,他来到里昂;他在这里上演他的第一个喜剧;这就是《冒失鬼》。过后,在朗格道克 Languetoc③ 待了一个时期,他为已故孔提亲王演出:亲王是本省的省长和卡塔卢尼亚 Cotalogne④ 的总督。这位亲王很重视他,当时最爱看喜剧不过,待他十分友好,包下剧团的开支,留在身边给自己演戏,也给朗格道克全省用。

莫里哀的第二个喜剧是在贝济埃 Béziers 地方演出的,题目是《爱情的怨气》。

1658年,朋友劝他靠近巴黎演出,让剧团来到一个邻近的城市。好几位有势力的人物,关心他的前程,答应介绍他到宫廷:这是他的才能的信誉所能利用的手段。他先在格勒诺布尔 Grenoble 过狂欢节,复活节后出发,来到鲁昂 Rouen 公演。他在夏天到了这里。他随即对

---

① 泰伦斯(约公元前195或185—前159)是拉丁喜剧诗人,是解放了的奴隶,留下六个剧本。
② 普罗塔斯(约公元前254—前184)是拉丁喜剧诗人。
③ 法国南部的旧省,面积相当大,语言自成一个系统。
④ 卡塔卢尼亚是西班牙地方,首府是巴塞罗那。

巴黎做了几趟秘密旅行,他和伙伴的艺术得到圣上的唯一御弟的赏识和保护,他利用这个头衔,献演给国王和母后看。

他的同伴本来留在鲁昂,立刻出发,1658年10月24日,开始在两位圣上面前和整个宫廷之前出现,舞台是国王事前在旧卢佛宫的警卫大厅设置好了的。高乃依的悲剧《尼高梅德》是这次响亮的首演选定的剧目。新演员并不讨厌,大家对女演员的美好与演技,尤其感到满意。当时提高布尔高涅府 l'Hôtel de Bourgogne 声价的著名演员也都在场。戏演完了,莫里哀来到台口;他用十分谦逊的措辞感谢圣上赏脸,请求圣上宽恕他的缺点和他的剧团的缺点,他们从来没有在这样一个庄严的集会演过戏,难免惴惴不安,他说娱乐世上最伟大的国王使他们荣幸,他们忘记圣上驾前还有技艺高超的创新者,他们只是仿制品而已;不过,既然圣上已经赏脸看过他们乡野的玩艺,他就十分卑微地恳求圣上批准他们再演一个小把戏,他曾经用这些小玩艺博得外省的欢乐,收到一些声誉。

这段话说得委婉动听,圣上开恩接受了,这里提到的只是一个撮要,赢得整个宫廷的彩声,特别是演出的那个小喜剧,就是《闹恋爱的医生》。这个喜剧只有一幕,和这一类的好几出戏,都没有付印;他写这几出戏,有一些逗笑的意思,没有最后加以修正;他觉得删掉它们还是合适的,因为他这时已经有了一个目的,就是他的全部喜剧都要人改正他们的缺点。许久以来,没有人再讲起这些小喜剧了,这就变成了新事物,当天的演出使人人感到欢娱和新奇。莫里哀扮演医生;他演这个角色的方式赢得极大的重视,圣上下令他的剧团留在巴黎。小布尔崩 Petit-Bourbon 的大厅给他演喜剧,和意大利演员轮流用。莫里哀是这个剧团的团长,我们已经说过了,用的名称是"御弟剧团",开始在1658年11月3日演出,作为新戏上演《冒失鬼》和《爱情的怨气》,过去没有在巴黎演过。

莫里哀在1659年写出了《可笑的女才子》，成功超出了他的喜悦：因为这里只有一幕，他就让另一个五幕的戏先演，他用普通的票价在第一天上演，可是看戏的人太拥挤了，喝彩的声音震耳欲聋。从第二天起票价加了一倍。它的成功是作者的光荣，也对剧团有利。

第二年他写《斯嘎纳耐勒》，取得的成功和《可笑的女才子》一样。

同年十月，小-布尔崩的大厅拆掉了，翻盖今天人人称赞的卢佛宫的伟大与辉煌的正门。国王再次对莫里哀施恩，把王宫Palais-Royal大厅赏给他用，黎希留大主教曾经在这里有过豪华的演出。圣上一天比一天重视他，最开明的宫廷大臣也同样敬重，莫里哀的才华和善良的品质在人人心里有着很大的进展。他对喜剧的写作和演出并不妨害他作为内廷供奉殷勤地侍奉国王。他在宫廷被人看成一位文质彬彬的规矩人，决不炫耀他的才华和他的信用，适应他不得不在一起过活的人们的脾气，自己为人也心地高尚、大方；总之，他具有并实行一位无懈可击的正人君子的全部品质。

和他喜欢的人们谈话，他十分和悦；他在大庭广众中间不怎么开口说话，除非他对他相逢的人们有特殊的敬意；这让不了解他的人们说他忧郁，心不在焉；但是，他少说话，却说话正确；而且他在观察世人的风俗与习惯，随后他找到办法在喜剧中加以可赞赏的利用，人在这里可以说他扮演所有的人，他头一个在几个地方公开他的家务和有关他的家人的生活。他的知己朋友好几次看到这种情形。

他在1661年写出《丈夫学堂》和《讨厌鬼》喜剧；1662年写出《太太学堂》和《太太学堂的批评》，有好几出戏帮他得到很大的名声，圣上在1663年给一群文人设立奖金，把他包括在内，给他一千法郎。

上演他的喜剧的剧团经常为娱乐国王演出，1665年8月，圣上决定完全把它留给自己用，给七千法郎的津贴。莫里哀和剧团的主要成员去向御弟告别，对他一向乐于保护他们表示最真诚的感谢。

殿下为自己先前做出的选择表示庆幸，因为国王发现他们能有助于承担他的欢娱，特别是在凡尔赛宫 Versailles、圣-日耳曼 Saint-Germain、枫丹白露 Fontainebleau 和尚保尔 Chambord 举行的所有的欢乐节日；同时，这位亲王继续对他们表示重视的厚意。

剧团换了名称，叫做"国王剧团"，一直保留到 1680 年改组的时候。

在它成为御用剧团之后，莫里哀继续给剧团写了几出戏，为了欢娱国王，也为了取乐公众，并从而赢得崇高的声誉，使他名垂不朽。

他的全部剧作的成就并不相等，但是我们可以说，他最坏的作品也有出自一位大师手笔的特征，而人视为具有最好的特征的，例如《愤世嫉俗》、《达尔杜弗》、《女学者》等等，全是交口赞誉的杰作。

他的作品所以出现这种不平衡现象，有些戏和别的戏相比，似乎受到冷落，是因为他不得不用他的天才来写授命的题材，工作期间又十分急促，不是国王的旨令，就是剧团的迫切要求，甚至他的写作也不能使他放弃他对戏中所扮演的主要人物的特殊研究。从来没有一个人进入他的朴实演技进入得这样深。他详尽地探讨了所有可能向他提供看法的材料。如果批评家不完全满意于某些喜剧的结局，许许多多的优点早已为他准备好了观众的喜爱，很容易原谅一些如此细小的瑕疵。

在他上演全部戏成功之后，最后在 1673 年，他演出了《没病找病》这出戏，从而在 52 岁或 53 岁上结束了他的事业[①]。他先前在别的戏里安置过一些医生，都是个别的，现在搬演整个医学院，这使人不禁

---

① 应当是 51 岁。

要说，医生之于莫里哀，就像诗人之于泰伦斯一样①。

在他开始上演这出愉快的喜剧时，说实话，他肺里有毛病，让他很不舒服，这已经是好些年的事了。他在《吝啬鬼》的第二幕第五场就取笑自己的病，阿尔巴贡对福洛席娜说："感谢上帝，我没有大毛病。就是肺里有时候有点儿毛病。"福洛席娜回答说："肺里那点儿毛病一点也不碍您的事。您咳嗽起来，模样可好啦。"可是，正是这阵咳嗽缩短了他20年的寿命。他的身体一向很结实；不是病来得意外和不治，他不会缺少力量把它支持下来的。

2月17日，上演《没病找病》的第四场，他的病使他感到非常劳累，扮演他的角色有些困难；他难过之极，勉强演完，公众还容易以为他是在演戏，演得恰到好处：结果，戏一结束，他立刻回到家，才上床，他就不停地咳嗽，觉得特别难受。他使力过猛，肺里一根血管破裂了。他一觉得自己情形不好，他的全部思想就转向上天；过了一时，他说不出话来，嘴里的血大量涌出，把他足足堵了半小时。

人人惋惜这样一位不世之才的人不在了，而且每天都在惋惜；特别是精于鉴别而有美感的人们。人们把他说成本世纪的泰伦斯：单单这句话，就包括了所有可能献给他的颂扬之词。不仅扮演他的喜剧的所有人物的方式，他是不可模拟的，而且他还赋与他们一种特有的喜悦之情，靠着他作为演员的演技的合理性：眼睛一挑、走一步路、一个手势，统统来自准确的观察，在他上台之前，巴黎舞台一向认识不到这个。

他的去世有各种说法，立即引起大量的小诗和悼词。大多数是关于受气的医生的，有人以为他死是由于没有得到医生的治疗，记仇的原因是他在喜剧里演他们演得太成功。关于这类悼诗，这四行拉丁诗写得最好，保留下来是合适的。读者注意到，在喜剧结尾，这位杰出的

---

① 在一些喜剧的"序幕"中，泰伦斯不指名地攻击一位老诗人、他的对手。

作者扮演《没病找病》，曾经装死来的：

"骨灰瓶里放着莫里哀，我们的罗齐屋斯，①

"对他来说，扮演人类就是他的演技。

"他取笑死，死神一怒之下把他带走，

"而且惨无人道，禁止他写喜剧。"

莫里哀死后，国王有意把新近失去著名的领导的剧团和在布尔高涅府演出的演员合为一个；但是演员家庭的不同利益得不到调解，他们恳求圣上施恩，让剧团照旧分开，他们的请求答应了，不过王宫大厅却失去了，改成歌剧演出的地点。这个变化使莫里哀的伙伴不得不另找一个地点，后来在圣上许可和旨令之下，他们迁到马萨里尼 Mazarini 街，在盖内苟 Guénégaud 街的末端，用的名称仍然是国王剧团。

剧团开始是成功的，收入也很不错，莫里哀的同伴都是按照他们出名的创始人的规矩办事，以一种使公众非常满意的方式维护着他们的名声，最后，国王把在巴黎的其他剧团的男女演员并入，作为一个剧团演出。沼泽 Marais 剧团的演员遵照圣上的意思，在 1673 年合并；按照警察厅厅长雷尼 Reynie 先生在同年 6 月 25 日下达的命令，这个剧团就永远取消了。

布尔高涅府的演员们，多年以来就用的是王家剧团的名称，在 1680 年 8 月 25 日，和国王剧团也合并了，这是根据圣上的旨令做的，由当年贵族院首席贵人巴黎总督克奈几 Créquy 公爵②于同月 18 日在查尔维勒 Charleville 发布，这是 10 月 21 日的公文所证实了的。

这次两个剧团的合并，使意大利演员得以独家使用布尔高涅府的

---

① 罗齐屋斯 Roscius 是一位拉丁自由市民演员，演喜剧特别成功，和演说家西塞罗是好朋友。

② 克奈几 Créquy 公爵（1623—1687）是路易十四宠信的贵族首领，1676 年被任命为巴黎总督。

剧场，圣上特别爱看他们的戏，我们方才已经说起，在莫里哀死后不久，圣上早就有意要这样做①。圣上津贴的剧团在巴黎现在只有一个国王剧团，演出地点在马萨里尼街，每天公演不间断，对这座华丽的城市的娱乐还是一件新事。在合并之前，每星期只有三天有戏，就是星期二、星期五和星期日，一向都是如此。

这个剧团是很庞大的，经常同一天在宫廷演戏，在巴黎演戏，尽管宫廷和城市都没有发觉这种划分。戏也演得更好了，全部好演员都在一起演出。

附记：

这是最早关于莫里哀的传记的材料，也是他的全集的最早的原序。作者是拉·格朗吉 La Grange 与版画家维诺 Vinot。拉·格朗吉（约 1639—1692）是莫里哀剧团的重要成员，留下一本关于剧团从 1659 年到 1685 年的账簿与大事记，这是关于莫里哀与剧团的重要的第一手材料。不过也有错误，例如孔提亲王比莫里哀小七八岁，莫里哀的班次高多了，不可能在学校认识。他对早年莫里哀的家庭生活和流浪生活都不大清楚。

在《法兰西戏剧史》第八卷第 234 页，作者巴尔帅 Parfait 在他的脚注里曾经说过："维诺是作者的知心朋友，几乎背得出他的全部作品。另一位拉·格朗吉是莫里哀剧团的演员，是一位真正有才华的人，柔顺，有礼貌；莫里哀用心培养他，教育他。"他以扮演公子哥儿出名。后来还代替莫里哀做剧团演戏之前的"说话人"。②法兰西喜剧院成立，他被国王任命为第一任喜剧院院长。

---

① 1697 年，意大利剧团失宠，被驱逐出境。
② 从前没有"说明书"，所以开戏前，必有一位演员向观众把戏介绍一遍。

法国十七世纪著名作家对
莫里哀与其喜剧的评价

（一） 夏浦兰

1. 据说，演员莫里哀、沙派耳的朋友，把卢克莱修的最好的部分译成散文体与诗体，这件事很称人心。马罗耳 Morolles 修道院院长的译文糟透了，毁了那位大诗人的名声。

——《夏浦兰书信集》
1662 年 4 月 25 日

2. 莫里哀，他了解喜剧人物，并刻画自然。他最好的戏的人物也恰如其分地创造出来。他的道德教训是好的，他只要留心不说下流话就行了。

3. 我们的莫里哀是本世纪的泰伦斯 Terence 与普罗塔斯 Plautus，在他最后一次演出死去（感染肺炎）。

——《夏浦兰书信集》
1673 年 6 月 4 日

附记：

这里是夏浦兰 Chapelain（1595—1674）关于莫里哀的看法。他是法兰西学院最早的院士之一，也是 1637 年对《熙德》这出喜剧写《意见书》的人。他的文艺理论以他的地位而获得了权威性。他受到两位首相（即黎希留 Richelieu 与马萨林 Mazarin）的重视。得到路易十四重臣考耳拜耳 Colbert 的重视，担任学院的终身秘书，当时他初次听到莫里哀翻译拉丁唯物主义诗人卢克莱修的《物性赋》，很高兴，给朋友写信，说他高兴看到一个新的翻译本子。其实莫里哀一直没有付印这首长诗,传说后来被女用人当做废纸烧了,仅仅抢救出来一部分,《愤世嫉俗》关于爱情的对话就是他借用他的遗稿。

其后是他向考耳拜耳推荐莫里哀的话。由于他的介绍,莫里哀每年得到一千法郎国王的奖金。他是第一个在推荐书里耽心莫里哀对话"下流"的古典主义清洁论学者。

最后他听说莫里哀去世了,又拿他与古人相比,可是病却由于传闻有所失误,因为害的不是"肺炎",而是肺结核,并咳破血管,血堵塞了咽道而死的。总之,莫里哀回到巴黎成名以后,他一直是关心他的,尽管两人并不相识。莫里哀死后第二年,他也就去世了。

(二) 布瓦洛

1. 诗——写给莫里哀

(关于他的喜剧《太太学堂》)

莫里哀,许多妒嫉的才子
竟敢蔑视你最美丽的作品,
他们的谴责也不过是白费力气,
你的可爱的天真烂漫
将一代又一代地
永远使后人喜笑开怀。

你笑得多么令人喜欢,
你的戏谑又多么熟练!
能打败纽曼细亚的人,

统治迦太基的人,
先前借用泰伦斯名字的人,
会取笑取得比你还高明?

你的女神①以有用之道,
快活地说出了真理;
人人在你的学堂得到好处;
一切是美,一切有益;
你最诙谐的语言,
往往是渊博的教诲。

妒忌你的人由他们去噪叫,
他们到处乱叫也不顶事,
你白费心思去娱乐庸人,
你的诗句也没有可笑的地方;
倘使你不怎么懂得讨人喜欢,
你就不会使他们那样讨厌。

附记:

　　这首短诗写于1663年,是莫里哀为他的《太太学堂》抵御一群恶劣文人进攻的时候。诗人布瓦洛 Boileau-Despréau(1632—1717)这时还不认识莫里哀,他自己也年轻,写诗回敬那群围攻莫里哀的人。

---

① 女神 muse 指文艺女神。

2. 讽刺诗之二
韵脚与理性
致莫里哀先生

罕见与有名的才人,你写诗的时候,

肥沃的才气不用劳动与辛苦;

阿波罗为你打开他的宝藏,

你知道什么是诗的特征;

在智力战斗中,比剑的能手,

莫里哀,教教我:你从哪儿找到韵脚。

据说你要它时,它自己就来报名;

临到每句末了,你从不跌跤;

你不拐弯抹角,也不为它作难,

你才一开口,它已经稳稳坐在上头。

……

……

所以,您呀,看着我的女神陷入痛苦,

请你就教教我寻找韵脚的艺术:

既然在这上头用心全是多余,

莫里哀,教教我不再押韵的艺术。

附记:

  这首讽刺诗写于 1664 年,它是讽刺别人而把光荣归于莫里哀的。这里说起的阿波罗,他是古希腊的日神,也是文艺之神。

3. 书简诗之七
仇敌的功用

致拉辛先生

……

……

苦苦求到小小一块土地，

要长久把莫里哀埋在坟里，

那千百美好的艺术特征，蠢才们厌恶已极，

可今天却颂扬备至。

对他新生的好戏，愚昧无知，

穿着侯爵的礼服、伯爵夫人的长衣，

都来毁谤他的新的杰作，

摆头晃脑地否定最美的地方。①

骑士②希望场面更准确，

生气的子爵，第二幕就出了场③：

一位热心于受牵连的信士的保护人④，

要把他的漂亮话一火了之；

另一位，急躁的侯爵，向他宣战，

要牺牲池座，为宫廷出口恶气。⑤

但是死神致命的手一枪投出，

就从人的行列把他一笔勾销，

---

① 指《太太学堂的批评》中的侯爵与伯爵夫人的一场戏。
② 据说布瓦洛指的是一位叫苏如耐 Souvré 的封建贵人。
③ 据说这位骑士的一位贵族朋友叫杜·布卢散 Du Broussin 的，看《太太学堂》看到第二幕，为了讨好骑士起见，就高声嚷嚷：这出戏不合戏剧规则，退出了剧场。
④ 这位保护人，据说指的是耶稣会宣道路布尔达路 Bourdaloue（1632—1704）。
⑤ 指《凡尔赛宫即兴》关于侯爵和"池座"的一段话。

大家立刻承认莫里哀的被乌云挡住的女神的价值。

可爱的喜剧和他一道跌倒在地,

希望和他一道起来也做不到,

即使穿着半统靴子①也站立不牢。

这就是我们之间喜剧的命运。

……

……

附记：

　　这首书简诗 Èpitre 写于 1677 年，莫里哀已经去世了。拉辛在这一年写出了他的最成功的悲剧《费德尔》Phèdre。原名《费德尔与伊波里特》Phèdre et Hippolyte，1687 年出全集才改成现在的名字。和他捣乱的另一派早就晓得他在写这出戏，就在《费德尔》上演的两天之后，另一个剧场——莫里哀的剧团也上演了普拉东 Pradon 的《费德尔与伊波里特》（我们记得，拉辛早年挖他的女主角，抽走他的悲剧，莫里哀虽然去世了，他的剧团的演员都记住这件事）。两方面都有宫廷贵人在后头支持。对方由布永 Bouillon 公爵夫人把两个剧场的包厢统统买掉，一连买了六场，而让布尔高涅府的包厢空着。拉辛气坏了，搁笔十年。布瓦洛因而写了这封公开诗函来安慰拉辛。

　　诗的头两句说到莫里哀死后，巴黎大主教不允许教堂管下的公墓收留莫里哀的尸体。为了能早日埋葬，莫里哀夫人亲自哀告路易十四设法让大主教解除禁令。巴黎市民知道了这件事，也引起轰动。大主教由于这两方面的压力，勉强同意拨出一个埋葬小孩子的公墓的一块坟地埋葬莫里哀，而且限令要在夜晚出殡。头两行诗说的就是这件

---

① "半统靴子"指喜剧。古希腊喜剧演员穿的是"半统靴子"。

事。中间讲的具体情况,都发生在《太太学堂》公演的纠纷时际。

4. 诗的艺术
第三章

你要出入宫廷,你要熟悉城市;
前者和后者,都永远富有范例。
莫里哀这样做,他的剧作熠熠发光,
如果少和人民来往,他的出神入圣的画廊,
不常让他的人物装腔作势,
为了逗哏,离开乐趣与精致,
让达巴栾与泰伦斯厮混,也觉得羞愧,
或许就会抢夺本行的冠军。
面对司卡班装进自己的口袋,逗笑作耍,
我再也认不出《愤世嫉俗》的作家。

——《诗的艺术》,第三章。

附记:

布瓦洛《诗的艺术》发表在 1674 年(莫里哀已经逝世一年)。在这里却表示了自己和人民的距离。他赞扬文学喜剧的始祖泰伦斯,赞扬《愤世嫉俗》,反对莫里哀多和人民交朋友。他讨厌在巴黎新桥卖艺的达巴栾和他的闹剧。他讨厌司卡班 Scapin,却记错了他的口袋是用来装他伺候的老爷的,并不是把自己装进去挨打的。总之,他厌恶下等人在莫里哀的喜剧里所取得的优异位置。这说明莫里哀生时和这位古典主义理论大师——他的晚辈,虽然相熟,却也隔膜得很。布瓦洛把题材限于宫廷和城市,好像莫里哀的成功也就限于这个范畴;显然他并不理解莫里哀。一般人把莫里哀和"古典主义"扣得紧紧的,其实莫里哀的成就不是古典主义所拘束得了的。

（三）拉·封丹

渥 Vaux 的联欢会的叙述

……

一切让位给喜剧，它的题材是一个人要赴幽会，横被各色人等所阻挠。

这是莫里哀的一部作品，
这位作家现在以他的方式，
风靡了整个官廷。
看他的名字跑的样式，
应该已经传到罗马那边：
我喜欢它，因为合我的口味。
你还记得我们从前
有一个一致的看法，
他会把泰伦斯的式样和神态
带回法兰西来吗？
普罗塔斯只是一个小丑；
他从来没有在喜剧
搞得这样好过；
因为从前赞赏的许多妙语，
和当时认为的好东西，
我想现在都不会逗人发笑。
我们改变了方法：
姚得赖已经不时髦了；

现在必须一步

也不离开自然。

……

附记：

这是 1661 年 8 月 17 日在渥这个地方举行的盛大联欢会的记载。主办人是当时最红也最有钱的宫廷大臣福该 Fouquet，九月里，路易十四就撤了他的职；把他关进监牢，因为年轻的国王嫌他把钱全弄到自己的腰包去了。为了举行这次联欢会，莫里哀匆忙赶写《讨厌鬼》Les Fâcheux。拉·封丹 La Fontaine（1621—1695）看的就是这出喜剧。他给朋友写信的时节，朋友正在罗马，所以他在信里（一半散文，一半自由诗体）提到罗马，当时他还和莫里哀不熟。我们从他的诗句里可以看到拉·封丹和莫里哀心性相投，非常欣赏他敢于创新，和过去有所不同，姚得赖 Jodelet 是一位老演员，曾经和莫里哀一道演过《可笑的女才子》，不久就死了。拉·封丹在这里同样贬责了古罗马的喜剧作家普罗塔斯，认为他也是一个小丑。时代变了，现在要的是：

"现在必须一步

也不离开自然。"

莫里哀

坟下面躺着普罗塔斯和泰伦斯，

可是只有莫里哀独自埋在这里。

三位才人仅仅形成一个人，

他的绝高的艺术欢娱法兰西。

他们离开了，我也不指望

再见到他们。不管使多大气力，

> 单就表面而论，在一个长久时期，
>
> 泰伦斯、普罗塔斯和莫里哀死矣。

1673 年

附记：

拉·封丹 (1621—1695) 很快和"静观人"——这是布瓦洛送给莫里哀的外号——成了好朋友。莫里哀在 1673 年 2 月 17 日去世，他写了这首墓志铭来悼念死者。他从简短的诗句雕塑出来老朋友的高大形象，把两位拉丁的喜剧家和他的老朋友看成"一个人"，他的想法又好又怪。

（四） 拉·布吕耶尔

泰伦斯与莫里哀

泰伦斯能不那么冷淡就好了：多么纯洁，多么完美，多么有礼貌，多么文雅，多么性格化！莫里哀能回避行话、粗话，写纯洁些就好了：多么热情，多么自然，怎么样诙谐的源泉，怎么样世态的模仿，怎么样描绘，怎么样对滑稽人的鞭挞！可是怎么样才能把这两位喜剧家合成一个！

《品格论》第一章之三十八。

附记：

这是拉·布吕耶尔 La Bruyère (1645—1696) 在他的著名的《品格论》中谈到莫里哀的地方。这是他在 1689 年第四版夹进的议论。他怪罪莫里哀语言芜杂，实际上是他不懂得戏剧写各色人等所必然具有的口语情况。这种语言纯洁论是把文学和社会分隔开的主观要求。拉·布吕耶尔对泰伦斯的称赞是过分了的。这也受到他的道德论点的影响。在法国，有这种看法的人相当多，廿世纪初叶的朗松 Lanson 就是其中有代表性的一位。

（五） 圣-艾如尔孟

1. 莫里哀的《可笑的女才子》，在和家长讨论婚姻的严肃问题时，不愿"从订婚之后开始"；可是这样一来，让一位情人等候她的许可，以后逐步按照求婚的方式进行，就变成一种虚情假意了。

2. 莫里哀的《讨厌鬼》中的卡利提代斯角色是完全正确的；人就不能删削而不损伤他的描绘。

《真正的作品》，1706 年。1661 年 8 月 17 日。

3. 我手边没有高乃依的《阿提拉》Attila；希望你弄一本给我，外带几出莫里哀的戏，倘使有新作的话，我将感谢之至。我也就是对他们的作品感兴趣。古人教会了高乃依用心思想，他思想得却比他们要好。另一位，按照古人自学自修，用喜剧善于描写他的世纪的人和风格，在我们舞台上一直还没有见到过这样的成就。

与里奥勒 Lionue 夫人书，1667 年（？），收入在《真正的作品》，1706 年。

4. 莫里哀的《昂分垂永》远胜过普罗塔斯，也比泰伦斯的戏全好多了。

与里奥勒夫人书，1668 年 1 月 13 日。见于
他的《作品集》，Œuvres mêlés, 1865 年。

5. 我才读完了《达尔杜弗》；这是莫里哀的杰作；我不清楚演出怎么会有人能那么长久阻挠；我要是能蒙主宽恕的话，我一定要归功于他。克来昂特嘴里关于虔诚的话非常通情达理，我不得不为它抛弃我的全部哲学，而伪修士们又写得那样好，看到自己被描绘的耻辱将使他们弃绝伪善。神圣的虔诚，你将给人世带来多大的好处！

书信，1669 年。

6. 高乃依，拉辛，莫里哀

　　会让学问卓绝的人们说，

　　三个人超出了

　　过去时代的大作家。

　　……

　　莫里哀是本世纪的妙手，

　　法兰西人一直在想念，

　　也将永远在想念，

　　对他所模仿的那些古人来说，

　　假如他们能起死回生的话，

　　他会是不可模拟的。

《关于古今之争》，1688 年。

7. 莫里哀以古人为范例；对于他模仿的那些古人，如果他们还活着的话，他是不可模拟的。

《与马萨林公爵夫人书》，1692 年。

8. 古人以喜剧的真正精神启发我们的莫里哀，和善于表现各种性情与不同的人的风俗的他们的本琼森，是难分高低的，两个人在描绘方面全保持着一种和自己民族的特色的正确关系。我以为他们在这方面比古人全走得更远，可是人也不能否认，他们重视性格超过大部题材，题材的连贯还可以连接得更好些，结局也更自然些。

引自《真正的作品》，1706 年。

附记：

　　在法国十七世纪理论家中，还没有一位这样关心莫里哀的，这人就是从 1654 年亡命国外的圣-艾如尔孟 St-Evremond (1610—1703)。因为他（当时有旅长官衔）取笑 1654 年和西班牙签订和约的元帅克奈几 Créquy，元帅要把他关进巴士底监狱，他得信较早，逃出国外，先在荷兰，随后定居英国，永远也不回国。这里几条关于莫里哀的简短的话，有的是书信，有的是评论，都是在对岸英国写的。他是继拉·格朗吉的 1682 年写的序文之后，最早提出莫里哀是"不可模拟的"。最后一条里的"我们"指法国人，"他们"指美国人。本·琼森 Ben Jonson (1573—1637) 是和莎士比亚同代的剧作家，和莎士比亚也合写过戏。圣-艾如尔孟虽然在英国待了许多年，也没有一言谈到莎士比亚，太可惜了。直到十八世纪，法国人才知道了一点。这也不能怪圣-艾如尔孟，因为他在英国定居的时期，正是英国资产阶级革命和一再复辟的动乱年代。但是这挡不住他对法国一切的关心。看问题也比较看得清楚，比写《诗的艺术》的布瓦洛高明多了，尽管才气不及后者。

（六）贝勒

普罗塔斯最好的一出喜剧是《昂分垂永》。莫里哀用同一题目也写了一出。这是他最好的喜剧之一。他从普罗塔斯那里借用了许多东西，可是他给它们换了一种手法，如果仅仅比较一下这两出戏，来裁定近来关于古人优劣的争论，我相信贝卢先生不久就会赢了这场争论的。莫里哀的《昂分垂永》在精细和手法上都大大超过了拉丁的《昂分垂永》的挖苦话。普罗塔斯要在法兰西舞台上想成功，有多少东西该删掉呀？莫里哀为了观众欢迎他，正如该受到的欢迎一样，给自己的作品里创造了多少新手法和新的光彩夺目的辞句？单单比较一下序幕，人就要承认，优势是在现代作家方面。卢齐安为莫里哀的序幕曾经提供了事实，但是一点没有提供思想。

《批评与历史辞典》，1668 年 1 月 13 日。

附记：

　　这是贝勒 Bayle（1647—1704）在 1697 年出版的《批评与历史辞典》Dictionnaire Historique et Critique 上关于莫里哀的条款。他用的是比较文学方法，他认为罗马的喜剧家在手法上、辞采上，都不如莫里哀。他还说罗马帝国时期的希腊作家卢齐安 Lucien（125—190？）对莫里哀的序幕有影响，这是不正确的。其实卢齐安也就是写了一些《死人对话录》Dialogues desmorts 而已。他还说到当时的古今之战。其实古今之战是一场意气之争，他举贝卢 Charles Perrauet（1628—1703），原因是布瓦洛在《诗的艺术》中取笑了他的哥哥，而他在《伟大的路易的世纪》Le Siècle de louis le Grand 中也不公道，把莫里哀和一群早就被人忘记了的小诗放在一道，一带而过，不提拉辛，双方都有火气，不过这些都不关贝勒的事，因为他并不参预文坛这场带着个人恩怨的古今之争，他的立场还是正确的。他本人是自由思想者，也并不了解其中经过，本人也不是法兰西学院的院士，对十八世纪百科全书派还是有影响的。

（七）　费奈龙

　　我们应当承认，莫里哀是一位伟大的喜剧诗人。在某些性格方面，我斗胆说，他比泰伦斯走得更远；他写作的题材也更富有多样性；他用有力的笔墨描绘了我们看见的几乎全部失常和可笑的事物。泰伦斯局限自己于表现吝啬与多疑的老人、放荡与冒失的青年、贪婪与无耻的妓女、下贱与奉承的食客、欺骗与邪恶的奴才。按照希腊人与罗马人的世态，毫无疑问，这些性格值得加以处理。而且我们只有这位大作家的六出戏。然而莫里哀终于开辟了一条崭新的道路。再说一遍，我认为他伟大：可是我能否自由自在地谈谈他的缺点呢？

他的思想好，造句却往往不好；他用的语言最勉强、最不自然。泰伦斯用四个字说出了最文雅的质朴的话，他却用一堆近乎难懂的隐喻来说。比起他的诗来，我更喜欢他的散文。比方说，《吝啬鬼》就比那些诗剧写得不坏。说实话，法兰西诗规妨碍了他；他在《昂分垂永》里的诗，的确更为成功，他大胆采用了不规则的诗句。不过就一般而论，甚至在他的散文中，我觉得也没有用相当简单的语言来表现种种激情。

而且他往往夸张性格：他想用这种自由来取悦池座，打动最不细致的观众，使可笑格外突出。不过，尽管作家应当用最生动的特征，指出它的过度与畸形，在最强烈的程度中表现每种激情，也犯不上强制自然，并放弃逼真。因此，即使有普罗塔斯的先例在前，我们在这里读到"第三只手"①，我也不赞成莫里哀，让一个不是疯子的吝啬鬼疑心一个人偷了他的钱，竟还想到要看看他的第三只手。

莫里哀的另一个缺点，许多有才情的人加以原谅，我却不原谅，就是他给恶习一种雅致的方式，给道德一种可笑与可憎的谨严。我明白他的辩护人不会不说，他尊重真正的正直，他攻击的只是一种苦恼的品德和一种可憎的虚伪；但是，为了不被卷入这场冗长的讨论，我坚持柏拉图与异教古代的其他立法者们决不会允许他们的共和国对世态开这样一种玩笑。

总之，我不能不和代浦乐②一样相信，莫里哀描绘本国的世态，下了那么多的力量和美丽，模仿意大利喜剧的打趣却就跌得太惨了：

"在司卡班装进自己的滑稽的口袋里，

"我再也认不出《愤世嫉俗》的作者。"

《与法兰西学院书》，第七章：《喜剧计划》。

---

① 参看普罗塔斯（Plautus）的《金罐》第四幕第四场，吝啬鬼要奴才伸出手给他看有没有拿他的金罐，看了一只，又看一只，最后要奴才给他看"第三只手"。
② 代浦乐（Derpréaux）即布瓦洛。一般都称呼他为尼古拉·布瓦洛-代浦乐。

附记：

这是费奈龙 Fénelon（1651—1751）在死后发表的《与法兰西学院书》关于莫里哀的一段话。他是路易十四的孩子的教师，一六九五年晋升为冈布雷大主教，但是两年以后他发表清心寡欲的寂静主义宣言，受到国王和教会的双重指责，他给太子殿下的小说又秘密出版了，路易十四一怒之下，撤了他的宫廷教师的职务，不许他离开冈布雷。尽管如此，他还是过问此事，写了这本《与法兰西学院书》，同事在他死后的头一年，就把它出版了。全书共分十章，他在第七章《喜剧计划》中谈到了莫里哀，对他的造句用语有和拉·布吕耶尔近似之处，我们想到他的大主教身份，也就可以谅解了。比起权倾一时的博须埃 Bossuet 大主教说来，他心平气和多了。他谈到诗与散文的地方，也还是有他的道理的。

莫里哀年谱

1621 年 1 月 22 日	约翰·波克兰 Jean Poquelin 和马丽·克勒塞 Marie Cressè 结婚。
1621 年 7 月 8 日	拉·封丹 La Fontaine 诞生。
1622 年 1 月 15 日	约翰-巴狄斯特·波克兰 Jean-Baptiste Poquelin 即莫里哀 Molière 诞生。
1622 年	高乃依 Pierre Corneille 在鲁昂 Rouen 的耶稣会办的中学毕业。
1623 年 6 月 19 日	帕斯卡尔 Blaise Pascal 诞生。
1626 年 7 月 25 日	诗人维奥 Théophile de Viau 去世。
1627 年 9 月 28 日	天主教演说家博须埃 Bossuet 诞生。
1628 年 10 月 6 日	诗人马莱尔伯 Malherbe 去世。
1629 年	高乃依的第一个喜剧《梅里特》Mélite 公演。
1629 年	笛卡儿 Descartes 长期定居荷兰。
1630 年	夏浦兰 Chapelain 发表《关于戏剧艺术的信》，主张三一律。
1631 年 4 月 2 日	路易十三任命约翰·波克兰为宫廷陈设商。
1631 年或 1632 年	多产剧作家阿尔迪 Hardy 去世。
1632 年 5 月 11 日	马丽·克勒塞去世。
1632 年	麦莱 Mairet 的《索弗妮丝柏》Sophonisle 上演。头一个用三一律来写戏。
1633 年 5 月 30 日	约翰·波克兰续弦。
1633 年	江湖卖艺人达巴栾 Tabarin 去世。
1635 年 1 月 15 日	法兰西学院 l'Académie francaise 成立。由首相黎希

	留 Richelieu 促成。夏浦兰是主要院士之一。
1635 年	约翰-巴狄斯特·波克兰在耶稣会办的克莱孟 Clémont 中学读书,同学中自由思想分子,有沙派耳 Chapelle,后为莫里哀密友之一。
1635 年	高乃依第一个悲剧《美狄亚》Médée 上演。
1636 年 11 月 1 日	布瓦洛 Boileau 诞生。
1636 年 12 月	高乃依的《熙德》Le Cid 上演。
1637 年	笛卡儿的《方法论》在荷兰出版。主张理性、实践哲学并形而上学。莫里哀接受了理性的说法。
1637 年 1 月	约翰·波克兰迁居到圣·奥脑耐 St. Honoré 街的猴子阁 Pavillon des Singes 居住。
1637 年 9 月 18 日	约翰-巴狄斯特·波克兰被指定为宫廷陈设商的职位继承人。
1637 年	文坛发生关于《熙德》的争论。
1638 年	约翰-巴狄斯特·波克兰的外祖克勒塞 Louis Cressé 去世。他死前经常带外孙看戏。
1639 年 12 月 4 日	拉辛 Racine 诞生。
1639 年	约翰-巴狄斯特·波克兰毕业。
1641 年	他被最高法院接受为律师。
1641 年	笛卡儿的《形而上学的沉思》出版。
1642 年 4 月 1 日	作为宫廷陈设商,约翰-巴狄斯特·波克兰随路易十三到法国南部纳尔榜 Narbonne,7 月 23 日回巴黎。
1642 年 9 月 12 日	路易十三的亲信,散-马 Cing-Mars 侯爵阴谋反对黎希留,勾结西班牙,被黎希留逮捕处死。
1642 年 12 月 4 日	首相黎希留去世,遗命马萨林 Mazarin 继承首相

	职位。
1643年1月13日	约翰-巴狄斯特·波克兰声明放弃继承宫廷陈设商的职位。
1643年5月14日	路易十三去世。
1643年5月19日	法国在罗克罗瓦 Rocroi 打败西班牙侵略军。统帅孔代 Condé 亲王声誉大起。
1643年5月30日	"盛名剧团" L'lllustre théatre 成立。约翰-巴狄斯特·波克兰参加。
1643年9月12日	租好网球场，改建为剧场，合同三年。
1643年10月	剧团去里昂。
1644年1月1日	剧团公演。
1644年6月28日	莫里哀第一次用假名签字。
1644年12月11日	剧团离开该剧场。
1645年1月8日	剧团又在另一网球场公演。
1645年8月2日	作为出名人，莫里哀由于剧团负债，被关入监狱，直到5日，才被父亲赎出。
1645年8月17日	拉·布吕耶尔 La Bruyère 诞生。
1645年	莫里哀随剧团离开巴黎。
1646年	莫里哀加入艾派尔农 Èpernon 公爵保护的福雷 Ch. du Fresne 领导的剧团。
1646年	莫里哀去波尔多、阿让、图卢兹。
1647年	意大利职业剧团上演《飞医生》，由斯卡拉木赦 Scaramouche 主演。
1647年	莫里哀去图卢兹、阿让、阿耳比、卡尔卡松。
1648年	法兰西学院接受高乃依为四十院士之一。
1648年	法国、瑞典与日耳曼皇帝缔结威斯特法里亚

	Westphalie 和约，结束三十年战争，法国得到阿尔萨斯等地。
1648 年	法院投石之乱 Fronde parlementaire 开始，至 1649 年结束。
1648 年	亲王投石之乱 Fronde des princes 跟着又开始，有孔代亲王参加，延至 1653 年才结束。封建专政政体重新得到巩固。
1649 年	莫里哀去图卢兹、普瓦提埃、卡奥尔、纳尔榜。
1650 年	莫里哀去纳尔榜、阿让、佩日纳斯，存有莫里哀上缴四千法郎的收据。
1650 年 2 月 10 日	笛卡儿感觉荷兰宗教界对他不利，逃往瑞典，在斯德哥尔摩去世。
1651 年	斯卡隆 Scarron 的小说《演员传奇》第一部出版。相传即以莫里哀剧团为根据。
1651 年	莫里哀去卡尔卡松。
1652 年 1 月 10 日	省三级会议在卡尔卡松闭幕。
1652 年	莫里哀去里昂。
1653 年 3 月	《冒失鬼》公演（据拉·格朗吉 La Grange 记载，为 1655 年）。
1653 年 9 月	剧团受孔提 Conti 亲王保护，成为"孔提亲王剧团"。孔提亲王是莫里哀的中学同学。
1653 年 10 月 1 日	剧团在佩日纳斯。
1653 年 11 月 1 日	剧团在蒙彼利埃。
1654 年 3 月 31 日	省三级会议在蒙彼利埃闭幕。
1654 年	剧团去纳尔榜、维埃纳、里昂。
1654 年	斯居代里 Scudéry 女士的浪漫传奇《克莱利》Clélie

	第一部出版。
1655 年	剧团去纳尔榜、蒙彼利埃。
1655 年 11 月 4 日	剧团去朗格道克,省三级会议在朗格道克开幕。
1655 年	孔提亲王皈依天主教。
1656 年 1 月 23 日	帕斯卡尔的《致外省人书简》第一封出版,引起天主教内部争论。
1656 年 2 月 22 日	省三级会议在佩日纳斯闭幕。
1656 年 12 月	剧团去纳尔榜、波尔多、贝济埃。《爱情的怨气》首次在贝济埃公演。
1657 年	剧团去里昂、尼姆。
1657 年 5 月 15 日	孔提亲王不许剧团再用他的名称。
1657 年 11 月	莫里哀在阿维尼翁初次认识画家米雅尔 Mignard。米雅尔和剧团的女主角玛德兰·贝雅尔 Madeleine Béjart 相识。他后来为莫里哀画了好几幅像,莫里哀也为他的壁画写长诗赞扬。
1658 年	剧团去里昂、格勒诺布尔。
1658 年 4 月 30 日	剧团去鲁昂,随后回巴黎。
1658 年 10 月 24 日	剧团在卢佛宫为路易十四演出,先演高乃依的《尼高梅德》Nicomede,不怎么成功;莫里哀建议再演一个小闹剧《闹恋爱的医生》Le Docteur amoureux,获得路易十四允许,留下剧团。
1658 年 11 月 2 日	剧团以"国王唯一兄弟、御弟剧团"名称在小波旁宫的剧场公演。
1659 年 11 月 28 日	《可笑的女才子》首演。
1659 年 12 月 2 日	《可笑的女才子》二次公演。
1659 年	与西班牙签署比利牛斯和约,法国获得两个省份。

1660 年 5 月 28 日	《斯嘎纳耐勒》首演。
1660 年 6 月 3 日	路易十四与奥地利公主结婚。
1660 年 10 月 11 日	由于卢佛宫拆建门廊,小波旁宫剧场不能使用,剧团演出改在王宫 Palais-Royal 剧场,与意大利职业剧团同台轮演。
1660 年 10 月 14 日	斯卡隆去世。
1661 年 2 月 4 日	莫里哀写《堂·加尔西·德·纳伐尔》,首演失败。
1661 年 3 月 9 日	马萨林去世。路易十四亲政。
1661 年 6 月 24 日	《丈夫学堂》首演。
1661 年 8 月 17 日	《讨厌鬼》在财政总监福该 Fouquet 的乡居"渥"的花园首演。
1661 年 8 月 25 日	《冒失鬼》为路易十四在枫丹白露二次演出。
1661 年 9 月 5 日	福该被路易十四撤职,投入监狱。
1661 年 11 月 4 日	《讨厌鬼》在王宫剧场演出。
1662 年 1 月 23 日	莫里哀与阿尔芒德·贝雅尔 Armande Béjart 订婚。她是剧团女主角贝雅尔女士的小妹妹,后来也负起演剧的重任。
1662 年 2 月 20 日	莫里哀与贝雅尔小姐结婚。这是一种不幸的婚姻,家庭生活很不愉快。老夫少妻,不和也是事理之常。莫里哀去世后,她在 1677 年改嫁演员盖栾 Guérin。
1662 年 5 月 8 日	为宫廷在圣-日耳曼庄园演出,直到 14 日。
1662 年 6 月 24 日	又去圣-日耳曼庄园,直到 8 月 11 日才结束。
1662 年 8 月 19 日	帕斯卡尔去世。
1662 年 12 月 26 日	《太太学堂》首演。

1663年3月17日	路易十四给莫里哀个人津贴每年一千法郎，名义为"优秀的喜剧诗人"。
1663年	莫里哀写《感谢国王》诗。
1663年6月1日	《太太学堂的批评》首演。
1663年10月3日	在凡尔赛宫首演《凡尔赛宫即兴》。
1664年1月19日	莫里哀的儿子、小路易诞生。
1664年1月29日	《逼婚》在国王前首演。
1664年2月15日	《逼婚》在王宫剧场首演。
1664年2月23日	小路易领洗，教父为路易十四，教母为御弟夫人。
1664年5月8日	《艾丽德女王》La princesse d'Èlide 在凡尔赛宫首演，第一幕诗体赶写不及，改用散文体。演出是"仙岛欢乐"的第二天。
1664年5月12日	《达尔杜弗》前三幕首演，在"仙岛欢乐"的第六天。以母后为首的宗教顽固派出面阻挠，路易十四通知莫里哀，暂缓对外演出。
1664年6月20日	拉辛的悲剧《忒拜之歌》在王宫剧场首演。
1664年8月4日	在枫丹白露给教皇特使齐伊 Chigi 红衣大主教读《达尔杜弗》，得到他的称赞。
1664年8月31日	莫里哀向国王递《第一陈情表》。
1664年9月25日	在御弟府演出《达尔杜弗》头三幕。
1664年10月23日	在凡尔赛宫一连两天演出《达尔杜弗》。
1664年11月9日	《艾丽德女王》在王宫剧场演出。
1664年11月10日	小路易夭亡。
1664年12月29日	孔代亲王下令，允许五幕的《达尔杜弗》在王妃别墅演出。
1665年2月15日	《堂·璜或者石宴》首演。

1665年8月3日	莫里哀的女儿艾丝普利-玛德兰 Esprit-Magdeleine 诞生。她到四十岁才结婚，无子女。1723年去世。
1665年8月14日	剧团改名"国王剧团"，国王每年津贴六千法郎。
1665年9月14日	《爱情是医生》首演。
1665年11月8日	拉辛的《亚力山大》在王宫剧场首演。
1665年12月18日	拉辛将《亚力山大》交给布尔高涅府的剧团上演，事前并未通知莫里哀。莫里哀从此不再理他。
1665年	拉·封丹的《故事集》Contes 出版。
1666年1月22日	路易十四的母后去世。
1666年2月10日	孔提亲王去世。
1666年6月4日	《愤世嫉俗》首演。
1666年8月6日	《屈打成医》首演。
1666年12月2日	《麦里赛尔特》在圣-日耳曼庄园首演。
1667年1月5日	《滑稽牧歌》Pastorale comique 在圣-日耳曼庄园首演。
1667年2月14日	《西西里人或者画家的爱情》在圣-日耳曼庄园首演。
1667年7月29日	剧团的女主角杜·帕尔克 Du Parc 女士，被拉辛挖出，加入布尔高涅府剧团。
1667年8月5日	《达尔杜弗》献演，次日，最高法院院长拉莫瓦永 de Lamoignon 下令禁演，剧团停演七周。
1667年8月8日	莫里哀派遣拉·格朗吉与拉·陶芮里耶尔 La Thorilliére 赴前线里尔晋谒路易十四，带去《第二陈情表》。
1667年8月11日	巴黎大主教、路易十四的师傅出示，禁止人民阅读并观看《达尔杜弗》。

1667年8月20日	莫里哀去乡间别墅欧特伊 Auteil 休养。这是他从中学好友沙派耳租到的一所小房，每年四百法郎。沙派耳很可能写《关于〈骗子〉的信》，为《达尔杜弗》辩护。沙派耳经常和布瓦洛、拉·封丹与一些好友在这里宴叙，有一次喝醉了闹事，要集体去跳塞纳河，被莫里哀哄劝住。莫里哀休息了六周。
1667年9月7日	路易十四返回巴黎。
1667年9月25日	《愤世嫉俗》在重开的王宫剧场演出。
1667年11月22日	以悲剧女演员驰名的杜·帕尔克女士在布尔高涅府主演拉辛的《昂朵马克》Andromaque。
1668年2月13日	《昂分垂永》首演。
1668年3月4日	《达尔杜弗》在孔代亲王府演出。
1668年4月25日	剧团去凡尔赛宫演出，直到30日。
1668年7月18日	《乔治·当丹》在凡尔赛宫首演。
1668年9月9日	《吝啬鬼》首演。
1668年9月20日	《达尔杜弗》在孔代亲王的尚地伊 Chantilly 庄园演出。
1668年12月11日	杜·帕尔克女士去世。
1668年	拉·封丹的寓言诗第一集问世。
1668年	亚琛 Aachèn 和约签字。继承西班牙王位的战争终止。法国得到福朗德 Flandre 土地。
1669年1月19日	教皇颁发敕书，停止教派争论。法国与教皇和解。
1669年2月5日	路易十四利用时机，允许《达尔杜弗》正式献演。
1669年2月25日	约翰·波克兰去世。
1669年3月23日	莫里哀写长诗评荐米雅尔的壁画。
1669年10月7日	《德·浦尔叟雅克先生》首次在尚保尔庄园献演，

	由吕里 Lulli 作曲。
1670 年 1 月	沙吕塞 Le Boulanger de Chalussay 写《忧郁的艾劳米尔》Èlomire hypocondre，揭露莫里哀的不愉快的家庭生活。
1670 年 2 月 4 日	《讲排场的情人们》在圣-日耳曼庄园献演。
1670 年 10 月 14 日	《贵人迷》在尚保尔庄园首演，直到 28 日。
1670 年 11 月 23 日	《贵人迷》在王宫剧场上演。
1671 年 1 月 17 日	莫里哀约年迈的高乃依合写《浦西色》Payché，由吕里作曲，在杜伊勒里 Tuilerie 宫首演。
1671 年 5 月 14 日	《司卡班的诡计》首演。
1671 年 7 月 24 日	《浦西色》在王宫剧场上演。
1671 年 8 月 2 日	《艾斯喀尔巴雅斯伯爵夫人》为国王在圣-日耳曼首演。
1672 年 2 月 17 日	玛德兰·贝雅尔女士去世。遗产大部送给她的小妹妹，即莫里哀夫人。
1672 年 3 月 11 日	《女学者》首演。
1672 年 7 月 8 日	《艾斯喀尔巴雅斯伯爵夫人》在王宫剧场公演。
1672 年 9 月 15 日	第二个男孩子诞生。
1672 年 10 月 10 日	男孩子夭亡。
1673 年 2 月 10 日	《没病找病》首演。
1673 年 2 月 17 日	第四场公演。莫里哀当夜九点回家，咳破血管，"同一天，喜剧演过，晚晌十点钟，莫里哀先生在他黎希留街的家中去世。"（拉·格朗吉的"账簿"中的大事记）。
1673 年 2 月 18 日	莫里哀夫人与演员巴隆 Baron 去晋谒路易十四，说明情况。

1673年2月19日	莫里哀夫人上书大主教，恳请批准入土。
1673年2月21日	经过路易十四调解与人民的愤怒谴责，大主教允许莫里哀遗骸在圣-约瑟夫St-Joeseph公墓入土。殡礼不许在白天举行。莫里哀于当夜九时举行殡葬，埋在一个殡葬小孩子的地方。
1673年2月24日	王宫剧场重开。献演《愤世嫉俗》。
1673年3月2日	国王把王宫剧场给了吕里，上演他的歌剧。
1673年5月23日	剧团迁往盖内苟街演出。
1673年6月23日	巴黎的沼泽剧团并入盖内苟剧团，演出《达尔杜弗》。
1680年	法兰西喜剧院即莫里哀剧团Maison de Moliére成立，布尔高涅府剧团并入盖内苟剧团。
1682年	全集八册出版。

小丑吃醋记

原作是散文体。传说这是莫里哀早年写的闹剧。

演员①

小　丑②　　　昂皆利克的丈夫。
博　士
昂皆利克　　　高尔吉毕斯的女儿。
法赖尔　　　　昂皆利克的情人。
卡　斗　　　　昂皆利克的侍女。
高尔吉毕斯　　昂皆利克的父亲。
维耳柏洛干
拉·法奈③

---

① 莫里哀有时不用"人物",改用"演员",意指人物。
② 小丑是意译,脸上抹了粉的,原文有冠词 le,可以证明。
③ 法赖尔的朋友,在第七场出现;"演员"表中不见此人。

第 一 场

〔小丑。〕

小　丑　　在所有男人里头，我顶倒楣了，这一点得承认。我有一个老婆，她给我气受：她不但不安慰我，办事称我的心，反而整天一个劲儿地折磨我；她在家里待不住，喜欢散步，讲究吃，跟那些不三不四的人鬼混。啊！可怜的小丑，你真遭殃！可是非处分她不可。我要是弄死她的话……点子够呛的，绞刑架子等着我呐。我要是把她送进监牢的话……臭娘们有一把万能钥匙，会出来的。我怎么才能对付她？不过，好啦！博士先生打这儿路过：我得跟他讨教一个好主意做。

第 二 场

〔博士，小丑。〕

小　丑　　我正要找你，我有一桩重要的事，求你出个点子。
博　士　　你一定是没有好好儿念书，人又很笨，性子又野，我的朋友，才敢高攀我，不摘帽子，不按 rationem loci, temporis et personae①。什么？跟我讲话，也不先准备准备，说：

---

① 拉丁文，意思是："地点、时间与人的理智、礼貌。"

	Salve, vel Salvus sis, Doetor, doctorium eruditissime! ①
	嘻！你拿我当什么人了，我的朋友？
小　丑	天呀，原谅我吧；我心里烦，我就没有想着我在做什么；不过，我很清楚，你是君子人。
博　士	你知道"君子人"是怎么来的？
小　丑	它爱从哪里来，就从哪里来，我才不搁在心上。
博　士	你要知道"君子人"这个词来自"君子"；君就是君，子就是子，合起来就成了君子，再添上一个"人"字，就成了"君子人"。不过，你把我当作什么人了？
小　丑	我把你当作一位博士看。不管它，我们还是谈谈我要向你提起的事吧。
博　士	你事前就该知道，我不光是一位博士，而且是一、二、三、四、五、六、七、八、九、十倍的博士：
	一，因为，既然共性是基础，是根据，是所有数目字中的第一位，所以，我呀，我是所有博士中的第一人，博学的博学之士。
	二，因为有两种必要的器官：感觉与智力来完善地认识万物；既然我是全部感觉和全部智力，我就是两倍的博士。
小　丑	同意。原因是……
博　士	三，因为按照亚里士多德，三的数字是完善的数字；既然我是完善的，我就是三倍的博士。
小　丑	好啦！博士先生……
博　士	四，因为哲学有四部分：逻辑、道德、物理与形而上学；

---

① 拉丁文，意思是："敬礼，或者健康，博士，最有学问的博士。"

	既然我四部分全有，我又完善地精于此道，我就是四倍的博士。
小　丑	活见鬼！就算你是。听听我的吧。
博　士	五，因为有五种普遍性质：属、类、区别、特性与偶然性；不认识它们，就不可能做出任何良好的推论；既然我用它们对自己有利，我又知道它们的用途，我就是五倍的博士。
小　丑	我必须好好地忍耐一下才是。
博　士	六，因为六的数字是工作的数字；既然我为我的荣誉在不断地工作，我就是六倍的博士。
小　丑	好！你高兴说什么就说什么吧。
博　士	七，因为七的数字是幸福的数字；既然我对全部使人快乐的事物有完善的知识，事实上我又以我的才分证明我有完善的知识，我说起自己来就不得不说：O ter quatuorque beatum！①
	八，因为八的数字是公正的数字，由于它本身就含有平等在内，我以公正与谨慎来衡量我的全部行动，它们也就使我成为八倍的博士。
	九，因为有九位文艺女神，②我又同样受到她们的钟爱。
	十，因为谈起十的数字，就不得不重复一遍其他数字，它是普遍的数字，所以，所以，别人看见我，就找到了普遍的博士：我本身含有所有其他的博士。所以，你就以可赞美的、真正的、论证的与信服的理由看见我是一、二、

---

① 拉丁文，意思是："噢！三倍与四倍的快乐！"
② 文艺女神，古希腊有九人：天文、哲学、历史、喜剧、悲剧、哀歌、情歌、演说与史诗，称为缪斯。

三、四、五、六、七、八、九、十倍的博士。

小　丑　　鬼话连篇，都是些什么呀？我以为找到一位很有学问的人，会帮我出好主意，结果找到的却是一个扫烟筒的，不但不给我出主意，反而在扳手指头玩儿。一、二、三、四，哈，哈，哈！——算啦！不是这个：我在请你听我讲话，而且请你相信，我不是一个让你白操心的人，假使我问你的事，你满足了我，你要什么，我给你什么；你愿意的话，就给钱。

博　士　　嘻！钱。

小　丑　　是呀，钱，别的东西也随你要。

博　士　　（在屁股后面撩起他的袍子）你拿我当成什么人了？一个见钱忘命、见利忘义、唯利是图之辈？我的朋友，你要知道，你就是给我一个装满了皮司陶①的口袋，这个口袋搁在一个考究的匣子里，这个匣子放在一个值钱的套子里，这个套子放在一个奇异的盒子里，这个盒子放在一个珍贵的柜子里，这个柜子放在一间豪华的屋子里，这间屋子盖在一套称心的房子里，这套房子又在一座特大的庄园里，这座庄园又在一座无比的砦堡里，这座砦堡又在一个著名的城市里，这个城市又在一个肥沃的岛上，这个岛又在一个富裕的省份，这个省份又在一个昌盛的王国里，这个王国又在整个世界中；你就是把世界给我，这里有昌盛的王国，这里有富裕的省份，这里有肥沃的岛，这里有著名的城市，这里有无比的砦堡，这里有特大的庄园，这里有称心的房子，这里有豪华的屋子，这里有珍贵的柜子，这里

---

① 皮司陶（pistole）是当时西班牙和意大利通用的一种金币，约合十一法郎。

	有奇异的盒子，这里有值钱的套子，这里有考究的匣子，里面放着装满皮司陶的口袋，我对你的钱，连你本人，全不放在心上，就像这个①一样。
小　丑	天呀，我弄错了：因为他穿得像一位医生，我就以为应当跟他讲钱，他既然不要钱，让他满足也就很容易了。我去追追他看。②

第 三 场

〔昂皆利克，法赖尔，卡斗。〕

昂皆利克	先生，我告诉你，你有时陪伴我，我非常感谢：我丈夫为人可坏啦，活活儿一个色鬼，一个醉鬼，跟他过活呀，我是活受罪；跟他这样一个蠢人在一起，你可以想象，我有称心啦。
法赖尔	太太，你太赏我脸啦，允许我陪伴你。我答复你，一定尽我的能力，来让你开心。你既然表示我陪伴你还算称心，我也让你明白，你告诉我的好消息，多么让我高兴。我的殷勤总算有了报酬。
卡　斗	噢！改变话题吧：看死鬼来啦。

---

① "这个"用动作表示，大拇指的指甲蹭过上排牙尖，发出轻微响声，这是表示一种无足轻重的传统演技。
② 1819年版增加："（他下。）"

第 四 场

〔小丑,法赖尔,昂皆利克,卡斗。〕

法赖尔 太太,给你带来这样坏的消息,我很难过;不过,这坏消息,你也可以从别人那里听到,既然你兄弟的病很重……

昂皆利克 先生,别跟我讲下去啦,我领你的情,谢你操这份儿心。

小 丑 天呀,不用到公证人那里去,我当王八的证书就有啦。哈!哈!死鬼太太,我不答应,我看你跟个男人在一起,你还是给我送绿帽子来啦!

昂皆利克 嗐呀!为这也骂人?这位先生来告诉我,我兄弟病得厉害:这有什么好吵的?

卡 斗 啊!他这一来呀,我奇怪,我们还能不能长久安静。

小 丑 天呀,你们这些臭娘儿们,两个人别想有一个好过得了。卡斗你呀,你败坏我女人:自打你伺候她以来,原来还好,现在赶不上先前的一半。

卡 斗 可不是嘛,你别想骗得了我们。

昂皆利克 由着这醉鬼闹去吧,你不看他醉的那个样子,说什么连自己也不清楚?

第 五 场

〔高尔吉毕斯,维耳柏洛干,昂皆利克,卡斗,小丑。〕

高尔吉毕斯 我该死的姑爷不又在跟我女儿吵嘴?

维耳柏洛干　看他们吵些什么。

高尔吉毕斯　怎么样？总在吵个没完没了！你们家里想不想安静？

小　丑　这臭娘儿们叫我醉鬼。①看，当着你父亲，我恨不得赏你一巴掌。

高尔吉毕斯②　你要真是这样的话，咱们这门阔亲事可算白结啦。

昂皆利克　可是，起头闹的总是他……

卡　斗　你看中这个吝啬鬼做女婿的时辰呀欠诅咒！……

维耳柏洛干　得啦，住口，别吵啦！

第 六 场

〔博士，维耳柏洛干，高尔吉毕斯，卡斗，昂皆利克，小丑。〕

博　士　出了什么事？多乱！多吵！多闹！多嘈杂！多凌乱！多不和！多火爆！到底怎么啦，先生们？到底怎么啦？到底怎么啦？来，来，让我们看看，有没有办法叫你们意见一致，我是你们的调解人，我给你们带来团结。

高尔吉毕斯　是我的姑爷和我的女儿在一块儿争吵。

博　士　为什么事？来，把纠纷的原因讲给我听。

高尔吉毕斯　先生……

博　士　可是，要话短。

高尔吉毕斯　对。请你戴上帽子。

---

① 根据1819年版，增加："（向昂皆利克。）"
② 根据1819年版，增加："（向昂皆利克。）"

博　　士　　你知道帽子这个字的来由吗?

高尔吉毕斯　　不知道。

博　　士　　这来自旁边的手巾，手巾就是手巾，因为手巾能抵挡伤风、肿块。

高尔吉毕斯　　家伙，这我不知道。

博　　士　　快把这场争吵讲给我听吧。

高尔吉毕斯　　事情是这样的……

博　　士　　我相信你不是耽搁我的人，因为我在请求你。城里有急事要我去；不过，为了你一家人和好起见，我愿意留一下步。

高尔吉毕斯　　我一下子就会说完的。

博　　士　　那么，要简短。

高尔吉毕斯　　这马上可以做到。

博　　士　　高尔吉毕斯先生，必须承认，用极少的话把事情说清楚，是一种美德，而爱啰嗦的人，叫人听不下去，经常惹人讨厌，说什么话也就没有人听：

Virtutem primam esse puta Compescere linguam.① 是呀，一位正人君子的最高的品德，就是说话少。

高尔吉毕斯　　所以你会知道……

博　　士　　苏格拉底对他的弟子极其小心地建议了三件事要做：克制行动、节制饮食、避免废话。所以讲吧，高尔吉毕斯先生。

高尔吉毕斯　　我要做的就是这个。

博　　士　　要话少，随便，不要糟踏时间在乱讲话上头，千万别引用

---

① 拉丁文，意思是："你要相信，第一品德就是不说废话。"

	格言，快些，快些，高尔吉毕斯先生，说吧，不要啰嗦。
高尔吉毕斯	那就让我说话吧。
博　士	高尔吉毕斯先生，一言为定，你话说得太多了；他们争吵的原因，得让别人告诉我啦。
维耳柏洛干	博士先生，你要知道……
博　士	你是一个无知之徒、一个无学之辈、一个没有受过任何良好学科的教育的人，一个说法兰西语言的蠢才罢了。什么？你开始叙述也不先来一段开场白？得换一个人告诉我骚乱的原因。太太，对我讲讲这阵嘈杂的细节吧。
昂皆利克	你看得明白，那不是我的大骗子、我的酒囊袋男人？
博　士	请你慢些：你在我这样的一位博士的胡子前面讲你丈夫要放尊敬。
昂皆利克	啊！真的，可好啦，博士！我才不拿你跟你的学说放在心上，我要做博士的话，我就是博士。
博　士	你要做博士的话，你就是博士，可是我呀，认为你是一个滑稽博士。你的长相就是由着你的任性乱来：在演说的部分，你爱的只是连接词；属性，也就是阳性；在动词变化上，也就是所有格；在句法上，molile Cum lixo；①最后，在音节上，你爱的只是音步，quia constat exuna fonga et duabus brevibus②。来吧，③轮到你了，告诉我什么是你们这场火爆的原因，起因吧。
小　丑	博士先生……

---

① 拉丁文，意思是"变格与不变格"，即形容词与名词。
② 拉丁文，意思是"意即一个长音节与两个短音节"。
③ 转向小丑。

博　士	这样开始就对了:"博士先生!"博士这个字样,耳朵听进去,有些受用,有些气力饱满:"博士先生!"
小　丑	就我的意志来说……
博　士	这就对了:"就我的意志!"意志假设希望,希望假设达到目的的手段,目的假设一个对象:这就对了,"就我的意志来说!"
小　丑	气死我。
博　士	给我取消这句话:"气死我。"这是一个下流的和老百姓的字眼。
小　丑	嗐!博士先生,求你了,听我一回吧。
博　士	Audi quaeso.①西塞罗会这样说的。
小　丑	噢!天呀,撕碎自己、②粉碎自己、摧毁自己,我一点也不嫌痛苦;不过,你要听我的话,不然的话,我就要粉碎你的博士嘴脸的;这到底怎么回事?
	〔小丑、昂皆利克、高尔吉毕斯、卡斗、维耳柏洛干同时说话,想说争吵的原因,博士也在说话,说和睦是一桩好事,吵吵嚷嚷的谁也听不清谁的话;就在这吵嚷期间,小丑捆起博士的脚,把他放倒了;博士仰天倒下;小丑拉着捆他的脚的绳子,虽然被拖,博士一直在说话,拿手指头数着他的理由,就像他不是躺在地上一样,最后他不见了。〕③
高尔吉毕斯	走吧,女儿,回你家里去,跟你男人好好过。

---

① 拉丁文,意思是:"求你了,听我一回吧。"
② 小丑不了解西塞罗是罗马演说家,就声音误为"撕碎。"
③ 1819 年版,增加:"(小丑和博士下。)"

维耳柏洛干　　再见，晚安。①

第 七 场

［法赖尔，拉·法奈。］

法赖尔　　先生，我谢谢你，你对我表示好感。你送我票，我答应你一小时以内我一定到会场上去。

拉·法奈　　这不能延期用；你要是迟一刻钟去，跳舞会就要散场，你要是不赶快去的话，你就不会在那边看到你所爱的女人了。

法赖尔　　那，我们现在就一道去吧。

第 八 场

［昂皆利克。］

昂皆利克　　赶着我男人不在家，我的邻居在家里开跳舞会，我到那边转一趟。我在他前头回来，因为他这时在什么小酒馆里：他不会晓得我出门的。这浑人把我一个人留在家里，好像我成了他的看家狗一样。

---

① 1819年版，增加："（维耳柏洛干、高尔吉毕斯与昂皆利克走掉。）"

第 九 场

［小丑。］

小　丑　　我清楚，我不会上这个鬼博士的当，不会信他那整套胡闹的学说的。见鬼去吧，无知的人！他那套子学问，我给他一个扫地出门。不过，我得去看看，我们的女当家的有没有把消夜给我准备好。

第 十 场

［昂皆利克。］

昂皆利克　　我可真倒楣啦！我去得太迟啦，会散啦：我到了的时候，正赶上人都出来，不过，没有关系，下一回再说吧。我回家，就像什么事也没有。可是门关上了。卡斗，卡斗！

第十一场

［小丑（在窗口），昂皆利克。］

小　丑　　卡斗，卡斗！好啦！她干什么啦，卡斗？你打哪儿来，死鬼太太，在这时候，赶上这份儿天气？

昂皆利克　　我打哪儿来？给我先开开门，我过后再告诉你。

小　　丑　　是吗？啊！天呀，你打哪儿来，到哪儿去睡吧，要是你喜欢的话，就在街上；对待你这样跑街串巷的女人，我才不开门呐。什么，鬼东西！都什么时候啦，一个人！我不晓得是见鬼了还是怎的，反正我的前额头已经冷了半截啦。①

昂皆利克　　怎么的啦！一个人，你说什么呀？你跟我吵的时候，有人陪着我；到底怎么做才对你的路子？

小　　丑　　就该在家里头，预备消夜，料理家务，照料孩子；不过，这全是废话，再见，晚安，见鬼去吧，别吵我啦。

昂皆利克　　你不打算给我开门？

小　　丑　　对喽，我不开门。

昂皆利克　　嗜！我可怜的小丈夫，求你啦，给我开开门吧，我的亲热的小心肝。

小　　丑　　啊，鳄鱼！啊，危险的蛇！你跟我要好，为了出卖我。

昂皆利克　　开门，你倒是开门呀。

小　　丑　　再见！Vade netro, Satanas.②

昂皆利克　　什么？你不给我开门？

小　　丑　　不开。

昂皆利克　　你女人可爱你啦，你也不可怜可怜她？

小　　丑　　不，我是铁石心肠：你伤了我的心。我像魔鬼一样，就爱记仇，这就是说，我横了心：我是没有情面的。

昂皆利克　　你明白，你把我逼急了，你让我动了肝火，我会干出你后

---

① 指戴绿帽子。
② 拉丁文，意思是："去你的吧，魔鬼。"

悔也来不及的事吗?

小　丑　你干什么,母狗?

昂皆利克　看哇,你不给我开门呀,我就在大门外头自尽:我的爹妈回家呀,一定会打这儿经过,了解一下我们是不是在一道,发现我死了,会打发你上绞刑架的。

小　丑　哈,哈,哈,哈!好禽兽!咱们两个人里头,谁顶丢人?去,去,你想吓人呀,还不是那份儿材料。

昂皆利克　你不信我干得出来?看,看,我连刀子都准备好了,你要是不开门呀,我马上就照准了心口这么一刀。

小　丑　当心哇,它可够尖的。

昂皆利克　那么,你决计不给我开门?

小　丑　我对你讲了多少回啦,我不会开门的。自尽吧,寻死吧,见鬼去吧,我才不在乎。

昂皆利克　(假装扎自己)那么,再见啦!……啊噫!我死啦。

小　丑　难道她真就那么蠢,给自己一刀?我倒要下去照着蜡烛看看。

昂皆利克　我得照本儿学。但凡我能进了家呀,我请你找我找个够,走马看花,一人一趟。

小　丑　好啊!难道我不清楚,她不就那么傻吗?她死啦,可是,她跑起来呀,比马还快。天呀,她刚才吓了我那一跳。她溜掉了,算她做得对;因为,我要是看见她活着呀,先前把我吓坏了,我会朝她屁股踢五六记,看她下回还学不学禽兽。现在我睡觉去。噢!噢!我想,风把门关了。嗜!卡斗,卡斗!给我开门。

昂皆利克　卡斗,卡斗!好啊!她干了什么事,卡斗?你又打哪儿钻出来,醉鬼先生?啊!真的,来吧,我父亲马上就要回来的，会知道底细的。丢脸的酒囊袋，有本事你就在小酒馆别出来，你丢下一个可怜的女人跟孩子们，不管他们的死活，整天在等你回来。

小　丑　　快开门，鬼东西，要不呀，我就砸开你的脑壳。

第十二场

〔高尔吉毕斯，维耳柏洛干，昂皆利克，小丑。〕

高尔吉毕斯　什么事？总在吵呀闹地不和！
维耳柏洛干　怎么的啦？你们老是和不到一块儿！
昂皆利克　　你们看啦，他装了一肚子酒，回来就大闹特闹，也不管是什么时候，他吓唬我。
高尔吉毕斯　这可不是回来的时候。作为一位家长，难道你不该早点儿回来，跟你女人一道过？
小　丑　　我敢对天赌咒，我就没有离开过家，问问这些先生们看，他们一直在那边池子里；回来晚的是她。啊！无辜的人净受气！
维耳柏洛干　好啦，好啦；得，两下讲和吧；请她饶恕吧。
小　丑　　我，请她饶恕！我宁可看鬼把她带走。我在气头儿上，自己也莫明所以。
高尔吉毕斯　得，女儿，搂搂你男人，讲和吧。

第十三场

〔博士(在窗口,戴着睡帽,穿着短衫),小丑,
维耳柏洛干,高尔吉毕斯,昂皆利克。〕

博　　士　　又怎么啦?总是争吵、凌乱、不和、争执、吵闹、纠纷、
　　　　　　火爆、口角。出了什么事?到底怎么啦?人就别想安静
　　　　　　得了。

维耳柏洛干　没有什么,博士先生,大家谐和得很。

博　　士　　说起谐和来,你们要不要我给你们读一章亚里士多德,他
　　　　　　在这里证明,宇宙的各部分之所以能存在,全靠它们之间
　　　　　　的谐和。

维耳柏洛干　很长吗?

博　　士　　不,不长:大概有六十或者八十页。

维耳柏洛干　再见,晚安!我们谢谢你啦。

高尔吉毕斯　用不着。

博　　士　　你们不想听?

高尔吉毕斯　不想。

博　　士　　那就再会吧!既然如此,晚安!I atine bona nox.①

维耳柏洛干　剩下我们,一道儿去吃消夜吧。

---

① 拉丁文,意思是:"用拉丁话讲,晚安。"

·飞医生·

原作是散文体。传说这是莫里哀早年写的一出闹剧。

演员

法赖尔 吕席耳的情人。
萨毕娜 吕席耳的表妹。
斯嘎纳赖勒 法赖尔的听差。
高尔吉毕斯 吕席耳的父亲。
胖子·洛内 高尔吉毕斯的听差。
吕席耳 高尔吉毕斯的女儿。
一位律师

第 一 场

〔法赖尔,萨毕娜。〕

法赖尔 好啦!萨毕娜,你有什么好主意帮我出?

萨毕娜 说真的,消息倒也不少。我舅父一心一意要我表姐嫁给维耳柏洛干,事情进行得挺顺当,不是她爱你呀,他们今天就把喜事办啦,可是表姐背地里告诉我,她爱的是你,我的可恶的舅父又嫌贫爱富,这下子把我们逼得无路可走,我们就想出了一个好办法,推迟婚礼。事情是我表姐,就在我同你讲话这时候,假装生病;老头子实心眼儿,信了我们的话,让我出来寻找医生。你要是能有一个什么人来,他是你的好朋友,跟我们走一条线,让病人到乡下去养病,那就好啦。老头子就会立刻让我表姐住到我们花园靠里的那座凉亭,你就好趁着老头子不提防,跟她亲近,把她娶到手,让老头子一个人跟维耳柏洛干做伴儿去。

法赖尔 可是马上到哪儿找这位帮忙的医生,愿意为我冒险卖力气?我对你实说了吧,我是一个医生也不认识。

萨毕娜 我倒有一个主意:你把你的听差扮成医生怎么样?只要骗得过老头子,没有比这再容易的了。

法赖尔 他是一个笨蛋,会坏事的;可是手头没有人,只好用他。再见,我去找他来。这狗东西现在哪儿去啦?那不是他,来得倒是时候。

第 二 场

〔法赖尔,斯嘎纳赖勒。〕

法赖尔　　　啊!我可怜的斯嘎纳赖勒,看见你,我多开心!我有一件急事,等着你做,不过,我不知道你能不能做……

斯嘎纳赖勒　我能不能做,少爷?派我承担你的急事吧,派我干点儿重要事吧,比方说,打发我到钟楼看看钟点,到市场去了解一下牛油的价钱,饮马,你就知道我能不能干了。

法赖尔　　　不是这些:我要你装做医生。

斯嘎纳赖勒　我,医生,少爷!你高兴差遣我干的事,我都乐意干;不过,做医生,我没有那份儿本领,只好敬谢不敏:你把我当作什么人了,上帝?我的天!少爷,你在寻我开心。

法赖尔　　　只要你肯干,得,我给你十个皮司陶。

斯嘎纳赖勒　啊!就算是十个皮司陶,我也不能说我是医生;因为,这不是明摆着的嘛,少爷?实对你说了吧,我的才分不、不那么细巧;不过,就算我是医生吧,我去什么地方啊?

法赖尔　　　去老头子高尔吉毕斯家里,看他女儿,她病了;不过,你是一个蠢人,做不好,反而会……

斯嘎纳赖勒　哎!我的上帝,少爷,这倒用不着操心;我保险,我跟城里任何医生一样,会打发人上路的。有一句谚语,通常讲:"死在前头走,医生随后来。"可是你看吧,我要是一搀和呀,人就要讲:"医生前脚走,死就后脚来!"不过,我又一想,做医生,确实也有困难;我要是做不出什么值钱的事……

法赖尔　　两下里打交道，数这回容易；高尔吉毕斯是一个粗野不文、心地简单的人，你说起话来，什么伊波克拉特呀、嘎连呀，①加上点儿流氓味道，会闹得他晕头转向。

斯嘎纳赖勒　那就是说，讲话应该讲哲学、数学。让我来吧；他既然是一个好对付的人，像你说的那样，我保险没有问题。你只要给我弄一身医生衣服，教我该怎么做，再把毕业证书给我，就是把答应下的那十个皮司陶给我，我保证成功。

第 三 场

[高尔吉毕斯，胖子·洛内。]

高尔吉毕斯　快去找一个医生来，因为我女儿病大发了，快走啊。

胖子·洛内　见了你的鬼！你凭什么要把你女儿许给一个老头子啊？你以为她不是想要一个小伙子，才把她害的？你就看不出里头的关系……（乱说一顿。）

高尔吉毕斯　快去吧；我清楚这个病要推迟婚事啦。

胖子·洛内　叫我生气的是：我以为可以吃一顿好的，撑饱肚皮，现在算是吹啦。我去找一位医生，能看你女儿的病，也能看我的病：我失望透顶。

---

① 伊波克拉特 Hippocrete 公元前五世纪，生于希腊，是当时最著名的医生。嘎连 Galien，公元前二世纪，生于小亚细亚，也是当时有权威的医生。他们在法国十七世纪还有最高的威望。

第 四 场

〔萨毕娜,高尔吉毕斯,斯嘎纳赖勒。〕

萨毕娜 我找到你了,舅父,正是时候,因为我有一个好消息告诉你。我给你带来了人世最能干的医生,一个从外国来的人,他知道最高明的方子,一定会治好我表姐的病。幸亏人家指给我看,我就给你带来了。他本事可大了,我打心眼儿里愿意自己生一场病,叫他给我治好了。

高尔吉毕斯 他在哪儿?

萨毕娜 他不是跟在我后头来了吗;看呀,这不是。

高尔吉毕斯 医生先生,你的十分谦恭的仆人!我请你来,为了给我女儿治病;我把希望全搁在你身上了。

斯嘎纳赖勒 伊波克拉特讲,嘎连也以生动的理由说服人,一个人生了病,身子就不舒服。你把希望放在我身上,很有道理;因为我是植物、感觉、矿物学院中最伟大、最能干、最有学问的医生。

高尔吉毕斯 我喜欢得很。

斯嘎纳赖勒 你不要以为我是一个寻常医生,一个普通医生。所有其余的医生,同我比起来,也就是一些医学界的小崽子。我有特殊才分,我有一些秘方子。Salamalec, Salamalec.①

---

① 阿拉伯语,意思是:"和平跟你在一起。"祝福对方的话。

"罗德里格，你有这个胆子？"①Signor, si；②segnor, non.③Per omniu saecula saeculorum.④可是，我们还是看病吧。⑤

萨毕娜	嗐！病人不是他，是他女儿。
斯嘎纳赖勒	没有关系：父亲的血跟女儿的血原来就是一回事；听父亲的血，我就能诊断女儿的病。高尔吉毕斯先生，有没有办法看一看，égrotante⑥的尿呀？
高尔吉毕斯	成，成；萨毕娜，去拿我女儿的尿来。⑦医生先生，我怕极了她要死。
斯嘎纳赖勒	啊！她不能死！没有医生的处方，她就不该由着自己去死。⑧这个尿的颜色，表示内火太热，五脏全在发炎：不过，她还有救。
高尔吉毕斯	怎么？先生，你把尿喝啦？
斯嘎纳赖勒	没有什么好惊奇的；医生们，平常望望也就满意了；可是我呀，是一位非寻常的医生，我就把尿喝了，因为味道在我嘴里，我就鉴别得出病的原因和后果。不过，实对你说，尿太少了，做不出正规的判断。让她再多撒点儿尿出来。
萨毕娜⑨	要她撒尿呀，可费事啦。

---

① 名剧《熙德》的对话；罗德里格是熙德的名字。
② 意大利语，意思是"先生，是"。
③ 西班牙语，意思是"先生，不"。
④ 拉丁文，意思是："在所有世纪的世纪之中。"
⑤ 说"看病吧"时，他摸高尔吉毕斯的脉管。
⑥ 拉丁文变化出来的法文，意思是"女病人"。
⑦ 1819年版，增加："（萨毕娜下。）"
⑧ 1819年版，补加："（萨毕娜回来。）"
⑨ 1819年版，补加："（萨毕娜出去又回来。）"

斯嘎纳赖勒　　怎么？简直不像话！让她大量地、大量地撒。①要是个个儿病人都这样撒尿的话，我情愿当一辈子医生。

萨毕娜②　　我白费气力：她再也撒不出来啦。

斯嘎纳赖勒　　怎么？高尔吉毕斯先生，你女儿一滴尿也撒不出来！你女儿这病可不轻；我看，我非得开方子叫她利尿不可。有没有办法看一下病人？

萨毕娜　　她起来啦；你等着，我去叫她来。

第 五 场

〔吕席耳，萨毕娜，高尔吉毕斯，斯嘎纳赖勒。〕

斯嘎纳赖勒　　嗐呀！小姐，你病啦？

吕席耳　　是啊，先生。

斯嘎纳赖勒　　活该！这就是你身体不好的一个标记。你感觉头部、腰部都疼得厉害吗？

吕席耳　　是啊，先生。

斯嘎纳赖勒　　很好。是啊，这位大医生，在那一章讲动物性的地方，说……许多美丽的话；就像身子里那些流通的液体一样，全有关联；因为，比方说吧，忧郁就是喜悦的仇敌，撒在我们身上的胆汁让我们变成黄颜色，对健康最最有害的就是病了，我们和这位大人物是意见一致的，可以说：你

---

① 实际上是酒，只骗老实头高尔吉毕斯一个人。
② 1819年版，补加："（萨毕娜出去又回来。）"

女儿有病，病还不轻。我得给你开一个方子。

高尔吉毕斯 快拿一张桌子、纸、墨水来。

斯嘎纳赖勒 这儿有人会写吗？

高尔吉毕斯 难道你不会写？

斯嘎纳赖勒 啊！我想不起来；我脑子里头要记的东西很多，我忘了一半……——我想，你女儿应该吸吸新鲜空气，应该在乡下散散心。

高尔吉毕斯 我们有一座很别致的花园，还有几间房子跟它连着；你要是觉得合适的话，我就让她住在那里。

斯嘎纳赖勒 去！去看看这个地方。

第 六 场

〔律师。〕

律师 我听说高尔吉毕斯先生的女儿病啦；我应该问问她的病，作为她全家的朋友，看我能不能帮帮忙。喂！喂！高尔吉毕斯在家不在？

第 七 场

〔高尔吉毕斯，律师。〕

高尔吉毕斯 先生，你的非常谦恭的……。

律师	听说令嫒病了,我特意来表示一下我的关怀,看我有什么地方可以出出力。
高尔吉毕斯	我方才跟最有学问的人正在那里头。
律师	有没有办法请他谈一谈?

第 八 场

〔高尔吉毕斯,律师,斯嘎纳赖勒。〕

高尔吉毕斯	先生,我有一位很能干的朋友,希望跟你见见面,谈谈话。
斯嘎纳赖勒	高尔吉毕斯先生,我没有工夫:我还得去看我那些病人。我跟你走的不是一条路,先生。
律师	先生,听见高尔吉毕斯讲起你的才具和你的学问,我有世上最大的激情和与你相识的荣誉,我冒昧向你致敬,我相信你不会觉得我有坏的企图。必须承认,所有长于某种学问的人,全值得人盛大赞扬,尤其是那些行医的学者,不仅由于医学有用,而且因为本身就包含着好几门学问,这就使完整的知识非常困难;所以伊波克拉特说起他的头一句格言,就非常合适:Vita brevis ars vero longa, occasio antem oraeceps, experimentum, judicium difficile。①

---

① 拉丁文,意思是"生命短暂,艺术浩长,机会飘忽,经验充满危险,欣赏困难"。

斯嘎纳赖勒　（向高尔吉毕斯。）Ficile tantina pota baril cambustibus.①

律师　你不是那种医生，行的医道也就是被人叫做理性或者教条的医道，我相信你每天行医，都收效很大：experientia magistra rerum。②第一代行医的人们，掌握这种美好的学问，很受尊重，人把他们放入神的行列，为了他们每天收到良好的疗效。医生没有能使他的病人恢复健康，不应该怪罪医生，因为健康并不完全靠他的医药，也不靠他的知识：

Interdum docta plus valet arte malum。③

先生，担心惹你讨厌，我向你辞行，希望我下次和你相会，有荣幸和你更从容地交谈。你的时间是宝贵的，等等。④

高尔吉毕斯　你觉得这人怎么样？

斯嘎纳赖勒　他懂得一点点。他要是再待下去的话，我就要对他提出一种崇高和高雅的材料来。不过，我该告辞了。嘻！你要干什么？

高尔吉毕斯　我清楚我欠你的情分。

斯嘎纳赖勒　你在拿人开心，高尔吉毕斯先生。我不要钱，我不是一个唯利是图的人⑤。你的十分谦恭的仆人。

---

① 冒充拉丁文；他抓了末了的一个字音，开始他的"拉丁文"。
② 拉丁文，意思是"经验教人一切"。
③ 拉丁文，意思是"有时病比医道和学问更高"。
④ 1819年版，补加："（律师下。）"
⑤ 1819年版，补加："（他收下钱。）"

第 九 场

［法赖尔。］

法赖尔　　我不晓得斯嘎纳赖勒都干了些什么：我没有他的消息。我在哪儿能见到他，我简直就弄不明白①。可是，好啦，他来啦。怎么样！斯嘎纳赖勒，我好久没有见到你，你都干了些什么呀？

第 十 场

［斯嘎纳赖勒，法赖尔。］

斯嘎纳赖勒　　奇迹之上加奇迹，我干得漂亮极了，高尔吉毕斯把我当成了一个能干的医生。我让人带到他跟前，劝他让他女儿吸吸新鲜空气，她如今就在花园靠里一个房间里，离老头子远的很，你去看她可方便啦。
法赖尔　　啊！听了你的话，我开心死啦！不担搁时间，我马上就去看她。②
斯嘎纳赖勒　　应当承认，这位老好人高尔吉毕斯是一个真正的笨蛋，由着人骗。③啊！天呀，糟啦，这一下子可把医学推倒啦，

---

① 1819年版，补加："（斯嘎纳赖勒穿着听差服装上场。）"
② 1819年版，补加："（他下。）"
③ 1819年版，补加："（望见高尔吉毕斯。）"

我得骗骗他才行。

第十一场

［斯嘎纳赖勒，高尔吉毕斯。］

高尔吉毕斯 你好，先生。

斯嘎纳赖勒 先生，你的仆人。你看见的是一个可怜的孩子在发急；不久以前，城里来了一位医生，看起病来可有门道啦，你认识他不？

高尔吉毕斯 是呀，我认识他：他才从我家里出去。

斯嘎纳赖勒 先生，我是他兄弟，我们是双生；我们长得很相像。别人常把我们两个人弄错了。

高尔吉毕斯 我不把你当做他呀，才叫见鬼呐。你叫什么名字？

斯嘎纳赖勒 拿尔席斯，先生，供你差遣。你必须知道，我在他的诊所，我打翻了放在桌子一头的两个浓汁小瓶；他马上冲我发了大火，从家里把我赶出来，说什么也不肯再见到我，眼下我变成了一个可怜的孩子。前不巴天，后不着地，无依无靠，一个熟人也没有。

高尔吉毕斯 好啦，你放心好了，我是他的朋友。我答应帮你说和。我一看见他就对他讲。……

斯嘎纳赖勒 高尔吉毕斯，我谢谢你啦。①

---

① 1819 年版，补加："（斯嘎纳赖勒下，换上他的医生袍子，马上又出来。）"

第十二场

［斯嘎纳赖勒，高尔吉毕斯。］

斯嘎纳赖勒 必须承认，病人要是执意不听医生的劝，一个劲儿胡闹……

高尔吉毕斯 医生先生，你的极谦恭的仆人。我求你赏我一个脸。

斯嘎纳赖勒 什么事，先生？难道有事要我给你做吗？

高尔吉毕斯 先生，我方才遇见你兄弟，他十分难过……

斯嘎纳赖勒 高尔吉毕斯先生，他是一个坏蛋。

高尔吉毕斯 我给你保证，他让你生气，他难过极了……

斯嘎纳赖勒 高尔吉毕斯先生，他是一个醉鬼。

高尔吉毕斯 唉呀！先生，难道你真想把这可怜的孩子逼上绝路吗？

斯嘎纳赖勒 别再提起他啦；看这坏蛋多不要脸，找你替他求情；我请你别再跟我谈起他啦。

高尔吉毕斯 看在上帝的份上，医生先生！为了我的缘故，就这么做吧。我要是能在别的方面酬谢你呀，我一定尽心办到。我夸下了大口，说……

斯嘎纳赖勒 你求我求到这份儿田地，虽说我发下了大誓，决不宽恕他，得，就这么着啦：我宽恕了他。实对你说，我答应你，大大违背了自己的良心。我是看在你的情面上才这么做的。高尔吉毕斯先生，再会啦。

高尔吉毕斯 先生，你的极谦恭的仆人。我去找这个可怜的孩子，把这个好消息告诉他。

035

第十三场

〔法赖尔，斯嘎纳赖勒。〕

法赖尔　　　我得承认，我从来不相信斯嘎纳赖勒会把事办得这样称我的心。①啊！我可怜的孩子，我多承你的情，我高兴死了！我……

斯嘎纳赖勒　天呀，你说话真自在。高尔吉毕斯认出了我；露了馅儿啦，我就想不出个办法来弥补。快跑吧，他来了。

第十四场

〔高尔吉毕斯，斯嘎纳赖勒。〕

高尔吉毕斯　我到处在找你，为了告诉你：我跟你哥哥谈过啦，他对我讲，他宽恕了你；不过，为了更放心起见，我要他当着我的面搂抱一下你；到我家里去吧。我去找他来。

斯嘎纳赖勒　啊！高尔吉毕斯先生，我相信你现在找不到他；再说，我也不在你家里等他来，他生起气来，我可害怕啦。

高尔吉毕斯　啊！你要待下来，因为我要把你锁在房子里。我现在找你哥哥去：别怕他，我保证他不会生气。②

---

① 应当补加："（斯嘎纳赖勒换听差服装，上。）"
② 1819 年版补加："（高尔吉毕斯下。）"

斯嘎纳赖勒① 天呀,这下子把我给扣住啦;我就没有法子可以逃跑。云彩太厚,我怕它爆炸了的话,我背上要挨许多记棍子,要不呀,比医生开的方子还要狠,少说也会给我肩膀打上罪人的王家标记。我的事由儿不妙;可是干吗绝望?我已经捣了那么多鬼,索性捣到底。是呀,是呀,还得出去,让人看看斯嘎纳赖勒是诡计之王②。

第十五场

〔胖子·洛内,高尔吉毕斯,斯嘎纳赖勒。〕

胖子·洛内 啊!说真的,可出奇啦!简直像闹鬼,窗户跳进又跳出的!我倒要待在这儿,看到头会变出个什么把戏。
高尔吉毕斯 我简直找不到医生;我不知道这鬼家伙藏在哪儿。③那不是他。先生,光说一句宽恕你兄弟,不行。求求你,满足满足我,拥抱他一下吧。他在我家里。我到处找你,请你当着我的面赏我这个脸。
斯嘎纳赖勒 高尔吉毕斯先生,你在开玩笑:难道我宽恕他还不够吗?我再也不要看见他。
高尔吉毕斯 可是,先生,为了我的缘故。
斯嘎纳赖勒 我就没有法子拒绝你:请他下来吧。④

---

① 1819 年版补加:"(在窗口。)"
② 1819 年版补加:"(斯嘎纳赖勒跳进窗户,下。)"
③ 1819 年版补加:"(望见斯嘎纳赖勒,换了医生服装,上。)"
④ 1819 年版补加:"(高尔吉毕斯由大门进了屋子,斯嘎纳赖勒从窗口跳入。)"

高尔吉毕斯① 你兄弟在那边等你,他答应我,我要他做什么,他做什么。

斯嘎纳赖勒② 高尔吉毕斯先生,请你让他过来;我再三向你声明,我给他宽恕,是个人的私事,因为,毫无疑问,他当着人面会叫我一百个丢脸,一百个难堪的。③

高尔吉毕斯 对,对,我要这样告诉他。他说他没脸,他请你进去,为的是请你私下里宽恕。这儿是钥匙,我可以进去了:我求你别拒绝我,你把这份儿喜欢给我吧。

斯嘎纳赖勒 为了让你满意,我什么也做:你听听我怎么样对待他吧。④啊!你在这儿,坏蛋。——哥哥先生,你饶了我吧,我说实话,不是我的错。——不是你的错,连心也变坏了的大坏蛋?得啦,我要好好儿教训教训你。你竟然敢折磨高尔吉毕斯先生,拿你那些瞎胡闹的事腻烦他!——哥哥先生……——住口,我吩咐你。——我再也不敢……——住口,坏蛋。⑤

胖子·洛内 你以为现在在你家里的是哪个鬼东西?

高尔吉毕斯 是医生和他兄弟拿尔席斯;哥儿俩吵嘴来的,现在和好啦。

胖子·洛内 活见鬼,他们是一个人。

斯嘎纳赖勒 你是醉鬼,我要好好儿教训你一顿。你不抬头!死鬼,他倒明白他出了差错。啊!伪君子,看他装使徒

---

① 1819 年版补加:"(在窗口。)"
② 同上。
③ 1819 年版补加:"(高尔吉毕斯从门里走出家来,斯嘎纳赖勒从窗户出来。)"
④ 1819 年版补加:"(在窗口。)"
⑤ 他一直在学两个人讲话。他装医生又装医生兄弟。

	装得多像！
胖子·洛内	先生，对他讲讲，请他兄弟到窗口来。
高尔吉毕斯	对，对，医生先生，我求你让你兄弟站到窗口。
斯嘎纳赖勒	他不配正人君子看，再说，我不答应他到我跟前来。
高尔吉毕斯	先生，你赏了我那么多脸，这回也赏个脸吧。
斯嘎纳赖勒	说真的，高尔吉毕斯先生，你对我的权力真大，我就没有法子拒绝你。出来吧，露面吧，坏蛋。①——高尔吉毕斯先生，我谢谢你。②——好啊！你就是这副缺德相？
胖子·洛内	天呀，他们是一个人；要证明这一点，你不妨对他讲，你想看他们在一起。
高尔吉毕斯	你索性赏我个脸，让他和你一道出来，在窗口当着我搂搂他。
斯嘎纳赖勒	这件事呀，除非是你求我，换了别人，我才不答应。可是，为了向你表示，为了你的缘故，我什么也肯做，尽管做起来有困难，我决计还是做了。我事前希望他请你宽恕他给你招惹的种种麻烦。——是呀，高尔吉毕斯先生，我求你宽恕我，给你制造了那么多麻烦；我答应你，哥哥，当着高尔吉毕斯的面，从今以后好好儿做，你再也不用抱怨我，求你再也不要想到以往的事。（他拥抱他的帽子和他的皱领。）③
高尔吉毕斯	好啊！那不是两个人吗？
胖子·洛内	啊！老天爷，他是法师。

---

① 1819年版补加："（他不见了一刻，又换上听差的服装露面。）"
② 1819年版补加："（他又不见了，立刻换上医生长袍出现。）"
③ 1819年版补加："（他的帽子和他的皱领，他放在他的肘子的末端。）"

斯嘎纳赖勒① 先生，这是你家的钥匙，我还给你；我不希望这个坏蛋跟我一道下来，因为他叫我丢脸：我不愿意人家看见我陪着他在城里走，我在城里是有点儿名气的。你回头高兴让他什么时候出来，随你的便。我祝你们日安，你的仆人，等等。②

高尔吉毕斯 我得把这可怜的孩子救出来；说实话，他要是宽恕了他的话，一定也受了不少他的气。③

斯嘎纳赖勒 先生，谢谢你了，你为我操足了心，你对我的一片好意，我一辈子也不能忘记。

胖子·洛内 你想医生如今在什么地方？

高尔吉毕斯 他走远啦。

胖子·洛内 我把他夹在我胳膊里了。这不是那个坏蛋，他装医生骗你。就在他骗你、要你的时候，法赖尔和你女儿待在一起，到见鬼的地方去了。

高尔吉毕斯 啊！我真倒楣！我非把你绞死不可，骗子，坏蛋。

斯嘎纳赖勒 先生，你凭什么要绞死我呀？请你听我一句话：不错，我的主人和你女儿在一起，是我的鬼主意；可是，我在伺候他的时候，我也没有坏你的事；就门第来看，就财富来看，这是一门配得过她的亲事。听我的话，别大吵大闹，把事情弄糟了，还是打发这个坏蛋、维耳柏洛干见鬼去吧。可是，我们的情人来啦。

---

① 1819年版补加："（走出屋子，医生装束。）"
② 1819年版补加："（他装出走远了，然后脱掉他的袍子，从窗户进了屋子。）"
③ 1819年版补加："（他走进他的家，和穿着听差服装的斯嘎纳赖勒一道出来。）"

最后一场

［法赖尔，吕席耳，高尔吉毕斯，斯嘎纳赖勒。］

法赖尔　　我们跪下求你来啦。

高尔吉毕斯　我宽恕你们，斯嘎纳赖勒骗我骗得好，得到这么一个好姑爷。我们去庆贺吧，为全体人们的健康干杯。

· 冒失鬼或者阴错阳差 ·

原作是诗体。第一次演出可能是 1655 年，在里昂，在莫里哀和他的剧团进入巴黎之前。初次成书在 1663 年。

副题《阴错阳差》(Les contre lemps) 又是比剑术语：一方故留空子，对方以为有机可乘，即行刺入，不料扑空上当。

演员

赖利	庞道耳弗的儿子。
赛丽	特吕法耳旦的使女。
马斯卡里叶①	赖利的听差。
伊波莉特	昂塞耳默的女儿。
昂塞耳默	老年人。
特吕法耳旦	老年人。
庞道耳弗	老年人。
赖昂德	大户子弟。
昂德耐	被人认为埃及人②。
艾尔嘎司特	听差③。
信差一人	
两队假面人	

地点

墨西拿④。

---

① 有"小假面"的意思。莫里哀演这个角色,可能在眉、鼻之间戴假面具,意大利职业喜剧的影响是显然的。这个名字是从西班牙 mascarilla 一字变化出来的。
② 通常指算命、行乞的游民,过去错把他们看成埃及人。本剧地点在西西利,作为真正埃及游民看,也未尝不可。
③ 1734 年版改"听差"二字为"马斯卡里叶的朋友"。
④ 1734 年版增添:"一个广场"。根据当时一位装置者的札记,关于这出喜剧:"舞台正面是一些房子,两个门,有窗户。需要一个夜壶、两把木剑、两只火把。"

第 一 幕

第 一 场

［赖利。］

赖 利　好！赖昂德，好！非斗不可，咱们就斗斗看；两个人里头，看谁能赢谁吧。这位如花似玉的姑娘，咱们两个人都在追；情敌的那些勾当，谁顶能破坏，咱们就试试看。使出你的本领来吧，做好防备吧，你要知道，我这方面，什么也会使上的。

第 二 场

［赖利，马斯卡里叶。］

赖 利　啊！马斯卡里叶。
马斯卡里叶　做什么？
赖 利　事情多着呐：我在谈恋爱，到处是疙瘩：赖昂德爱上了赛丽。我换了对象，可是定数难逃，他照样儿是我的情敌。

马斯卡里叶　　赖昂德爱上了赛丽！

赖　利　　　岂止爱她，他膜拜她。

马斯卡里叶　　真糟。

赖　利　　　是呀！真糟。我直为这个难受。说归这么说，我也犯不上就因此万念俱灰，因为有你帮忙，我是可以放心的。我晓得你这个人，足智多谋，不管遇到多难的事，也不会愁眉不展，我简直可以称你为用人国的王爷，世上就……

马斯卡里叶　　哎呀！别灌米汤啦。用得着我们这些混账东西的时候，我们就成了举世无双的宝货；下一次，赶上人家发芝麻大的小脾气了，我们又成了欠揍的坏蛋。

赖　利　　　你这种气话，说实话，也就是冤枉我。不过我们还是谈谈我那女奴隶吧①：人长得那么好看，哪怕是铁石心肠，你说怎么样，也得拜倒。拿我来说，我从她的谈吐和面貌上，就看出了她出身高贵的凭证；我相信是上天把她发配在下等社会，瞒着不说明她的来历罢了。

马斯卡里叶　　大白天说梦话，您成了传奇人物了。可是庞道耳弗晓得了这事，会怎么着？少爷，他是您的父亲，至少他这么说。您知道，他一来就动肝火，他不待见您那些胡作非为，骂您骂了个出奇。他正在为您和昂塞耳默谈亲事，要他的伊波莉特给您做媳妇，以为只有成亲，您才能安分。万一他晓得了您不要他挑的姑娘，偏爱一个来历不明的丫头，竟然痴迷不悟，把孝道丢在一边不管，上帝

---

① 1682 年版改为："让我们谈谈那可爱的女奴隶吧。"赛丽不是卖绝的丫头，而是被典押的待赎的丫头。"我那女奴隶"意思是"我喜欢的那个女奴隶"。

	晓得要出什么乱子，他要怎么样狠狠地教训你一顿。
赖 利	哎呀！求你啦，收收你的高谈阔论吧。
马斯卡里叶	可是您呀，您那套做法不很高明，还是收收您那套做法吧。您应该想法子……
赖 利	招我生气，一点好处也得不到，你可知道？劝告从我这儿拿不到好报酬，你可知道？一个好言相劝的听差在我这儿就会坏自己的事，你可知道？
马斯卡里叶①	他动怒啦！②我讲这话，不为别的，只是闹玩儿，试探试探您的性子罢了。难道我像一个老古板？马斯卡里叶是天性的死对头？您晓得我不是。千真万确的是，人家只能嫌我太心软。一个糟老头子的教训，就算他是父亲，也由他去，犯不着搁在心上。您爱怎么着就怎么着吧。说真的，我就这样想，这些上年纪的荒唐鬼，愁眉苦脸的，讲的那些蠢话，惹人讨厌。别看他们道貌岸然，其实是概不由己，心里吃年轻人的飞醋，就盼着把人生的乐趣给他们毁掉③！您晓得我的才分：我就想着给您效劳。
赖 利	你说这种话，才能讨我欢喜。倒是说，让我一见钟情的女孩子，对我表白的情意，一点没有嫌弃的意思。可是赖昂德方才对我讲，他准备把赛丽从我这儿抢走。所以事不宜迟，你开动开动脑筋，想些最快当的法子，帮我把她弄到手。想些巧招儿、妙招儿、诡招儿、好招儿，让情敌的希望全落空。

---

① 1734 年版增添："（旁白。）"
② 1773 年版增添："（高声。）"
③ 1682 年版，从"说真的"到"毁掉"为止，加括弧，表示演出时不说这几句话。

马斯卡里叶　给我点儿时间想想看。①我能想出什么应急的点子呢②?

赖　利　　怎么样? 计策呢?

马斯卡里叶　哎呀! 看您有多急! 我的脑筋一向是稳步前进。我想出来啦: 应当……不对, 我想错啦。可是假如您到……

赖　利　　到哪儿去?

马斯卡里叶　这个招儿不灵。我想出一个来啦。

赖　利　　什么招儿?

马斯卡里叶　也不顶事。可是您就不会……?

赖　利　　怎么样?

马斯卡里叶　您是什么也不会。和昂塞耳默谈谈吧。

赖　利　　我跟他有什么好说的?

马斯卡里叶　可不是, 只有更糟。不过总得想个主意才是。上特吕法耳旦家里走动走动吧。

赖　利　　做什么?

马斯卡里叶　我不知道。

赖　利　　越说越不像话; 你净这么扯闲淡, 我要发脾气啦。

马斯卡里叶　少爷, 您手上要是有大批皮司陶的话, 我们现在也就用不着绞脑汁子, 打歪主意, 就能把那女奴隶干脆买到手, 免去您的情敌抢先一步, 和您为难了。那些埃及人把她押给特吕法耳旦。特吕法耳旦一边看守她, 一边直担心, 因为他等了好久, 就是不见他们来赎她。他巴不得把她卖掉, 找回自己的钱来, 这我再清楚不过, 因为他做人就像一个道地的吝啬鬼, 宁可屁股挨一顿打, 一

---

① 1734 年版增添: "(旁白。)"
② 1673 年版取消这句旁白。

	个小钱也少不得。银钱是他崇敬万分的上帝；不过糟的就是……
赖利	什么？糟什么？
马斯卡里叶	就是令尊大人也是一个小气鬼，不让您动用他那些都喀①，您想动用也无处下手，哪怕是顶小的钱包包，现在也找不到窍门儿打开，帮您行行方便。不过我们就想法子和赛丽谈谈吧，听听她的意见再说。窗户就在这儿。②
赖　利	不过特吕法耳旦白天黑夜把她看守得严严的，你要当心才好。
马斯卡里叶	我们先在那边角上待一会儿。好造化！她来啦，来的还真是时候。

第 三 场

［赖利，赛丽，马斯卡里叶。］

赖　利	啊！感谢上天，让我得见您这天仙般的美人！您的眼睛在我心里引起的痛苦，不管有多剧烈，我都乐意在这地方见到！
赛　丽	听您的话，我有理由大吃一惊，我的眼睛会伤人，我怎么也想不通。万一它们有什么地方冒犯您的话，我可以向

---

① 都喀（ducat）是威尼斯当时铸的一种金币，约值十至十二法郎，另有一种银币，约值金币的一半，在南欧一带通行。
② 1682 年版改为："她的窗户就在这儿。"

　　　　　　您保证，不是由于我的本心。

赖　利　　哎呀！它们的顾盼是如此美妙，不会给我带来丝毫羞辱的感觉，相反，我以珍惜我的伤口为我莫大的荣誉，并且……

马斯卡里叶　你们说起话来，调子有一点太高：我们现在用不着这种格调。我们还是更好地利用时间，赶快问明她的……

特吕法耳旦　（在房内。）赛丽！

马斯卡里叶① 怎么样？

赖　利　　唉呀！好事多磨！这缺德老头子凭什么打搅我们？

马斯卡里叶　好，您走开，我会有话支应他的。

第 四 场

〔特吕法耳旦，赛丽，马斯卡里叶和赖利（躲在一个角落里）。〕

特吕法耳旦　（向赛丽。）你在外头干什么？你有什么急事，我不是不许你跟人讲话吗？

赛　丽　　我先前认识这个老实人，你用不着对他起什么疑心的。

马斯卡里叶　这位就是特吕法耳旦老爷吗？

赛　丽　　是呀，正是他。

马斯卡里叶　先生，有礼。先生闻名天下，小的敬仰无已，今日得见，快乐之至。

特吕法耳旦　不敢当。

---

① 1734 年版增添："（向赖利。）"

马斯卡里叶　我也许来的唐突；不过我在旁的地方见过她，晓得她神机妙算，善知未来，所以特来请教。

特吕法耳旦　什么！你会妖法？

赛　丽　不是的，我晓得的全是正道①。

马斯卡里叶　事情是这样的。我伺候的主人，在为他的意中人害相思病，一直希望能把自己的心事说给他心爱的美人听，可是有一条龙守着这绝色女子，他呕尽心血，总是不能接近，尤其使他苦恼、痛苦的，是他新近发现了一个可怕的情敌。所以我来请你指教，他的恋爱有没有多少成功的希望，因为我相信能从你的口里如实听到和我们息息相关的消息。

赛　丽　你的主人是应哪一颗星降生的？

马斯卡里叶　应一颗恋爱永不负心的星。

赛　丽　他心爱的女子，你就是不对我说破她的姓名，我凭我的神通，也能推测出来。这位姑娘有的是勇气，即使处境困苦，也知道保持高贵的自尊心；人家在她心里引起的秘密感情，她也轻易不会让外人晓得，不过我知道她的底细，就像是她本人一样，而且做人比她和善，用不了几句话，就能一五一十对你交代清楚。

马斯卡里叶　喝！真是法力无边！

赛　丽　只要你的主人情真意坚，居心善良，就不必担心希望落空；他要攻夺的要塞，并不拒绝谈判，而且情愿投降，所以他是有理由乐观点的。

---

① 同样是旁门左道，和魔鬼有关联的就是妖法（magie noire），受天神庇佑的就是正道（magie blauche）。

马斯卡里叶　好是好,不过这座要塞有一位司令官,很难通融。

赛　丽　坏就坏在这上头。

马斯卡里叶①　讨厌鬼真他妈的讨厌,老盯着我们看!

赛　丽　该怎么做,我来教你。

赖　利　(来到他们跟前。)喂,特吕法耳旦,您用不着担心,他是我特意派来拜望您的。我派这个忠心的用人来看你,一方面向您致敬,一方面和您谈谈她的事,我希望在最短的期间,从您那儿把她赎出来,只要我们双方把身价议定,就算妥了。

马斯卡里叶　世上会有这种笨蛋!

特吕法耳旦　嘿!嘿!两个人,相信哪一个人好?他们彼此的话,牛头不对马嘴。

马斯卡里叶　先生,这位少爷脑筋不清楚,您不知道?

特吕法耳旦　我知道我知道的。我怕这里头有什么把戏②。进去,以后再也不许这样抛头露面。至于你们两个家伙,我要是没有猜错呀,准是大骗子,你们想作弄我呀,先把你们的双簧练熟了再说。

马斯卡里叶　这下子可好啦。说老实话,我真还希望他再给我们两个人一顿棍子。您干什么露面呀?干什么像一个冒失鬼,把我说的话全给捅了?

赖　利　我原以为我做得对。

马斯卡里叶　是啊,可真料事如神啦。不过,算啦,我也犯不上大惊小怪;像这一类阴差阳错的事,你干的可多啦,大家已经不

---

① 1734 年版增添:"(旁白,望着赖利。)"
② 1734 年版增添:"(向赛丽。)"

赖利	哎呀！我的上帝，为了这么一点小事，我成了罪大恶极的罪人！乱子真就那么大，挽救不回来了吗？不管怎么样，万一你不能把赛丽给我弄到手的话，少说也要想办法破坏赖昂德的计划，别叫他先把美人买走。我怕我待在这儿又碍你的事，我还是走了吧。
马斯卡里叶①	很好。说实话，要把我们这档子事办好，银钱是一个又牢靠、又得力的帮手。不过两手空空，也就只好另打主意了。

第 五 场

〔昂塞耳默，马斯卡里叶。〕

昂塞耳默	我的妈哟，我们这世纪是一个怪世纪！我替它害臊。从来没有见过这样爱财富的，也从来没有见过这样难把自己的财富收回来的。今天放出去的债呀，都像胎里的小孩子，快快活活地怀了孕，把它养出来可就费了大劲，钱包包有钱进来，开心得很，可是到期还账，肚子就疼起来了。得啦！两千法郎，不能说少，整整拖了两年不还，好不容易才讨回来。能讨回来，总算造化。
马斯卡里叶②	哦！上帝！鸟在当头飞，正好开枪打！且住：我应该凑到

---

① 1734年版增添："（一个人。）"
② 1734年版增添："（前四行诗旁白。）"即到"我有的是"为止。

	跟前，看能不能把他乖乖儿哄住。摇摇篮的词儿，我有的是。昂塞耳默，我方才看见……
昂塞耳默	看见谁？
马斯卡里叶	您的奈利娜。
昂塞耳默	她说我什么，这漂亮的害人精？
马斯卡里叶	她一心都在爱您。
昂塞耳默	她？
马斯卡里叶	她把您爱的呀，真还叫人可怜。
昂塞耳默	你让我开心死啦。
马斯卡里叶	小可怜儿把您爱的呀，就欠多一口气啦。她哭叫个不停："昂塞耳默，我的心肝，我们什么时候才能成亲呀，你什么时候才肯遂我的心愿呀？"
昂塞耳默	可是她为什么一直瞒着不叫我知道呀？女孩儿家，说真的，就会装模作样！马斯卡里叶，不打谎语，你说怎么着？我老虽老，相貌还够招人喜爱的。
马斯卡里叶	可不，说实话，这张脸子还很过得去，就算不是最美的，也是够绝的。
昂塞耳默	所以……
马斯卡里叶①	所以她就迷上了您，只把您当作……
昂塞耳默	当作什么？
马斯卡里叶	当作男人，要您……
昂塞耳默	要我……？
马斯卡里叶	不顾死活，也要您的钱包包。
昂塞耳默	要……？

---

① 1682 年版增添："（打算偷他的钱包。）"

马斯卡里叶①	要您抱抱。
昂塞耳默	我明白你的意思。你听我说：你看见她，多对她说我两句好话。
马斯卡里叶	交给我办好啦。
昂塞耳默	再见。
马斯卡里叶	愿上天保佑您！
昂塞耳默②	唉呀！我这人可真不会做人啦，你说不定要怪我待你冷淡的。我请你成全我的好事，从你这方面听到一个好消息，没有一点点礼物谢谢你的热心肠。对，我要你记住……
马斯卡里叶	呀！不用啦。
昂塞耳默	我一定要给。
马斯卡里叶	我一定不要。我不是为图利才这么做的。
昂塞耳默	我知道，可是……
马斯卡里叶	不，昂塞耳默，您听我说：我是一个君子人，您这么一来，我就难堪了。
昂塞耳默	那就再见吧，马斯卡里叶。
马斯卡里叶③	唉呀！真能唠叨！
昂塞耳默④	我要经你的手让我的意中人欢喜欢喜；我拿点儿钱给你，买一只戒指送她，或者别的什么小玩艺儿，你看着办吧。
马斯卡里叶	不，留下您的钱吧；您用不着操心，我会送她的。我手边

---

① 1734 年版增添："（偷到钱包，扔在地上。）"
② 1734 年版增添："（折回。）"
③ 1734 年版增添："（旁白。）"
④ 1734 年版增添："（折回。）"

	就有一只新式戒指,中她的意的话,您再给我钱好了。
昂塞耳默	好,就替我送给她吧;不过顶要紧的是,你要做的她老心里头想着我一个人。

第 六 场

［赖利,昂塞耳默,马斯卡里叶。］

赖 利①	这是谁的钱口袋?
昂塞耳默	呀!诸天神圣!是我掉的,事后说不定还会冤枉人偷了我的。您这样行好,把钱袋还给我,免得我乱着急,我很感激。我这就回家,把钱存好了。
马斯卡里叶	真会献殷勤,臭殷勤,把我气死!
赖 利	说真的,不是我呀,他就把钱丢了。
马斯卡里叶	的确,您有本事,今天您就显出了一种非常难得的判断力,断送了一种人人眼红的好运。我们要有大进展的,您就老这么干下去吧。
赖 利	怎么啦?我又怎么不好啦?
马斯卡里叶	一个字,蠢:我可以这么说,我也应该这么说。他明明晓得父亲不给他钱,又有一个可怕的情敌死跟在屁股后头,可是我为了帮他忙,露一手儿,豁出去丢脸我一个人丢,有危险我一个人承当……

---

① 1734年版增添:"(捡起钱包。)"一般演法:先是马斯卡里叶把钱包踢到背后地上,预备回头再拿,不料赖利从后走来,捡起它来,高高举起,向四面问是谁的。

赖　利	什么？这是……？
马斯卡里叶	是呀，捣乱鬼，是为赎那个丫头，我把钱偷到了手，您又好心好意给我们弄没啦。
赖　利	这么说来，是我错；不过谁猜得到啊？
马斯卡里叶	的确，要特别精明。
赖　利	你就该丢一个眼色给我。
马斯卡里叶	可不，我就该后背长眼睛。看在天老爷的份上，让我安静安静，那些不合时宜的话，也给我们免了吧。换一个人的话，经过这么一回，也许会撒手不管的；不过我这会儿又想出了一个好主意，巴不得马上就见效，问题全在……
赖　利	对，我答应你，我再也不开口，再也不打岔啦。
马斯卡里叶	走吧，您在跟前，我就有气。
赖　利	千万要快哟，怕的是这条计……
马斯卡里叶	我再说一遍，走吧；我这就下手。①只要能照我的想法儿一步一步办好了，这个鬼招儿，怕是再妙不过了。就这么做去……好啊，我要找的人，说来就来。

第 七 场

〔庞道耳弗，马斯卡里叶。〕

庞道耳弗	马斯卡里叶。
马斯卡里叶	老爷。

---

① 1734 年版增添："（赖利下。）"

庞道耳弗　　直说了吧,我不满意我儿子。

马斯卡里叶　我的主人?抱怨他的,不是您一个人。他品行恶劣,事事乖谬,我是一时一刻都没法子忍受。

庞道耳弗　　我先前总以为你们是一个鼻孔儿出气的。

马斯卡里叶　我?老爷,您这样"以为"不得的。我一来就想法子劝他尽孝道,两个人吵嘴吵了个没完没了。就在眼前,说起伊波莉特的婚事,我们还吵来的。父亲的安排,竟敢抗命,有亏孝道,太不成体统啦。

庞道耳弗　　吵嘴!

马斯卡里叶　是呀,吵嘴,吵得可凶啦。

庞道耳弗　　这么说来,是我错看了你;我先前以为他无论干什么,你都有份儿。

马斯卡里叶　我有份儿!看看今天这个世道,好人永远出不了头!他雇我当用人,要是您知道我为人多正直的话,您还会掏钱请我当家庭教师呐。可不,我要他安分守己,对他讲的话呀,您不见得会比我多。我一来就对他讲:"少爷,看在上帝的份上,别再由着性子胡搞啦,收敛收敛吧。单说上天赐给您的那位正人君子父亲,就多受人尊重;别再伤他老人家的心啦,学学他的好样儿,作一个体面人吧。"

庞道耳弗　　言之有理。他拿什么话回答你?

马斯卡里叶　回答我?也就是瞎三话四,欺我老实罢了。其实他心里头,您留下的为人的影响,也不是没有,只是现在做主的不是他的理智。要是您许我斗胆说的话,用不了多久,也费不了什么事,他就会听话的。

庞道耳弗　　说好啦。

059

马斯卡里叶　这是一个秘密，泄露出去，对我会很不利的，不过您一向持重，我可以放心说给您听。

庞道耳弗　你讲得好。

马斯卡里叶　您要晓得，少爷爱上了一个女奴隶，才不照您的意思做的。

庞道耳弗　有人对我讲起来的；不过由你讲给我听，印象就更深了。

马斯卡里叶　您看，不是您的心腹，我会……

庞道耳弗　我的确听了高兴。

马斯卡里叶　可是不声不响，就让他回心转意，您愿不愿意？这样就该……我一直害怕有人偷听我们的话，万一他晓得了这些话呀，我就完蛋啦。我说，为了釜底抽薪起见，就该悄不作声，把那迷人的女奴隶买过来，送到外乡去。昂塞耳默和特吕法耳旦相熟，今天上午就好托他帮您买过来。买到手以后，您看重我的话，把她交给我，我认识一些生意人，保险照原来的数目，收回她的身价，到时不由少爷做主，就让人把她带走。因为话说回来，希望他照您的意思结婚呀，就非得把这才冒头的爱情搞掉不可。再说，就算他下定决心照您的意思结婚，只要另一个女孩子在，就能勾起他的旧情，还会对亲事有害的。

庞道耳弗　很有道理；我很喜欢这个主意。我看昂塞耳默去。放心，我一定想法子把这害人的女奴隶赶快弄到手，由你摆布就是。

马斯卡里叶[①]　好，我去把这事告诉我的主人知道。诡计和坏包，万岁！

---

① 1734年版增添："（一个人。）"

第 八 场

〔伊波莉特，马斯卡里叶。〕

伊波莉特　好啊，坏蛋，你就这样给我帮忙呀！我方才全听见了，我也看到你玩的把戏了。不是这样的话，我说什么也不会相信！你吃骗人这碗饭，吃到我头上来啦！口不应心的东西，你先前答应我，要成全我对赖昂德的心事，我还直在等你成功；他们看中了赖利，要我嫁给他，你说你有计谋、有办法帮我退婚，让我父亲的计划落空，可是现在呐，你做的满不是那么一回子事！不过你先别得意，我晓得一个可靠的法子，破坏你热心做成的买卖。我马上就去……

马斯卡里叶　呀！你这人怎么这么急磕儿的！说炸就炸，也不看看有理无理，就对我乱发脾气。我错，你既然这样糟蹋我，就该让你的话应验了，给你一个我不管。

伊波莉特　你还想拿话糊弄我呀？口不应心的东西，我方才听见的话，你能否认吗？

马斯卡里叶　不否认。可是你要晓得，这套把戏不但对你无害，而且完全有利。这个巧妙的主意，看上去像是老幼无欺，正好把两个老头子骗个实在。我利用他们把赛丽弄到手，只是为了把她交给赖利。这样一来，昂塞耳默想了许久的女婿想不到手，大怒之下，就会挑赖昂德作他的姑爷的。

伊波莉特　什么？惹我生气的这套大计划，马斯卡里叶，你是为我想出来的！

马斯卡里叶　可不，是为你想出来的。不过既然效劳不中人意，还得受你这种没来由的恶气，人家报答我的只是高高在上，骂我废物、骂我口不应心、骂我骗人，我还是及早弥补错误，马上住手为是。

伊波莉特　（揪住他。）唉呀！我是一时情急，你就宽恕我，别对我这么认真了吧。

马斯卡里叶　不，不，放我走；你这么不待见，我有办法改变这种做法的。从今以后，你对我的瞎张罗决不会抱怨的。是呀，包你嫁给我的主人就是。

伊波莉特　哎呀！我的乖孩子，别生气啦；我错怪了你，我承认，我错。（取出她的钱口袋。）不过我希望这能挽回我的过错。你能狠得下这个心，把我丢了不管吗？

马斯卡里叶　是呀，我再怎么心狠，也不能丢了你不管，可是你那份儿急脾气也太不像话。你要知道，正派人就怕名誉上受挂累，天下没有比这再伤心的了。

伊波莉特　我的确骂你骂得太不像话；不过这两个路易①会治好你的创伤的。

马斯卡里叶　唉呀！一点儿也不顶事；像这样的打击，我顶受不了。不过我已经觉得气在往下消：朋友之间，有些事是该看开些的。

伊波莉特　你能成全我的好事吗？你以为你那些胆大的计谋，像你说的那样，会帮我如愿以偿吗？

马斯卡里叶　别为这事着急啦，我有的是应付种种变局的办法；一计不成，另有一计，总会成功的。

伊波莉特　你放心好啦，再怎么说，也不会知恩不报。

马斯卡里叶　就中图利，也不合我的心思。

---

① 路易 louis 是路易十三铸的金币，当时值十法郎，后来值二十四法郎。

| 伊波莉特 | 你的主人有话对你讲,他在对你招手呐。我走啦,想着把事给我办好了啊。 |

第 九 场

[马斯卡里叶,赖利。]

赖 利	你这家伙在这儿干什么?你应我的话好神啦,可是做起事来,慢悠悠的,我看倒好数第一啦。不是天公作美,使我逢凶化吉呀,我的好事早就完事大吉啦。那样一来,我的幸福吹台,我的喜悦吹台,我要遗恨终生啦。干脆一句话,不是我在场,昂塞耳默就要把女奴隶买到手,我就毫无指望啦。他正要把她带回家去,可是我转危为安,化险为夷,费尽口舌,把特吕法耳旦这家伙说怕了,总算没有带走。
马斯卡里叶	第三回!坏事坏到第十回的时候,也好功德圆满啦。唉呀!你这改不过来的笨脑壳,昂塞耳默中了我的计,才干这桩有利的买卖的!他打算把她买过来给我,想不到你鬼迷了心,坏了自己的事。我还会为你的恋爱卖命吗?我宁愿当一辈子大笨驴,变成傻蛋、傻瓜、废物、怪物,也要撒旦①老爷勾你的魂。
赖 利②	我得把他带到一家酒馆,拿酒平平他的怒气。

---

① 撒旦即魔鬼。
② 1734年版增添:"(一个人。)"

第 二 幕

第 一 场

〔马斯卡里叶，赖利。〕

马斯卡里叶　我这是万不得已，才依顺了您的。我赌咒不管您的闲事，可是我狠不下这个心，现在又为您在冒风险。我这人就是这样好说话。马斯卡里叶一出娘胎就是闺女的话，会怎么样，我不说，您也明白。不过您千万不要以为我好说话，就打乱我安排的计划，背地里杵我一记，叫我白干一场。我还要到昂塞耳默跟前，帮您说句好话，照我们的意思，从中取利。可是今后您再不小心的话，您喜欢的那个姑娘可就永别了，说什么我也不过问了。

赖利　不，我一定小心，你相信我，你用不着耽心，你看好了……

马斯卡里叶　那您就记好了。我为您想出了一个大胆的妙计：老太爷迟迟不死，您的欲望不能得到满足。我方才把他杀死，我是说拿话把他杀死。我散布谣言，说老头子忽然中风咽气了，我怕他装死装得不像，还事先骗他去了他的田庄。有人去对他讲，不用说是我出的主意，工人在他的谷仓附近打地基，无意之中挖出了一堆宝物，他马上奔去了，除掉我们两个人，一家人都跟着他下了乡。我今天在每个人的心里把他杀死，还弄了一个假尸替他入土。我最后要您做的就是：把您的角色演好了。说到我这方面，您要是看出我有一字半字的差错，您就敞开儿讲我是傻瓜好了。

赖 利 （一个人。）他要我称心如意，确实是异想天开，把什么怪主意也想出来了。不过赶上你热恋一个绝色女子的时候，为了成就好事，有什么不肯干的？爱情既然能成为犯罪的一种相当漂亮的借口，无伤大雅的诡计也就更好解释了。想着我就要到手的幸福，我也就情不由己，非赞成不可了。我的天！他们可真快当！我看他们已经谈起来了。我准备一下我那个角色去。

第 二 场

［马斯卡里叶，昂塞耳默。］

马斯卡里叶 您听到消息，自然要大吃一惊。
昂塞耳默 就这么样儿死啦！
马斯卡里叶 他的确不应该。说死就死，我不满意他这一手儿。
昂塞耳默 连害病的时间也没有！
马斯卡里叶 是呀，从来还没有人死得这么快过。
昂塞耳默 赖利怎么样？
马斯卡里叶 他打自己，看什么也不顺眼，浑身上下是浮伤、是肿疱，闹着要跟他的爸爸到坟里去，闹到后来，我看他太苦恼，

	怕他当着死人过分伤心，会跟自己过不去，就急急忙忙把死人入殓了。
昂塞耳默	不管怎么样，你都应该挨到天黑才好，慢说我还想见他一面，而且埋早了，往往等于谋害，看上去像是死了，其实没有死。
马斯卡里叶	我担保他是真死。不过还是接着谈我们方才的话吧。赖利希望给父亲来个大出丧，表表他的孝思，安慰安慰死者，死者看见身后事这样体面，也可以稍稍瞑目了。他继承的财产很多，不过他料理家务是一个生手，一时又欠头绪，而且产业大半不在本地，眼前有的只是一些字据，所以他求您宽恕他方才的冒犯，至少借他一笔钱，成全他这最后的孝思……
昂塞耳默	你已经对我说过了，我这就看他去。
马斯卡里叶①	至少到眼下为止，一切顺利，只要以后能想法子总照这种步伐走，也就好了。怕的是船靠码头遇到暗礁，我还是眼到手到，亲自来领港吧。

第 三 场

［赖利，昂塞耳默，马斯卡里叶。］

昂塞耳默	我们出来吧。看见他裹的那副怪样子，我难过极了。嘻！一眨眼的工夫！今天早上还活着！

---

① 1682 年版增添："（一个人。）"

赖　利　　　哇哇！

昂塞耳默　　有什么办法？好赖利，他到了儿是人，就连罗马也发不出免死券的。②

赖　利　　　哇哇！

昂塞耳默　　死对人从来不存好心，提防也不喊一声，就把人打倒了。

赖　利　　　哇哇！

昂塞耳默　　这残忍的野兽一口咬住了人，你再怎么求，也不会松口的；每个人要挨这一口。

赖　利　　　哇哇！

马斯卡里叶　您白劝解，哀痛在他心里长了根，拔不掉的。

昂塞耳默　　我的好赖利，你听了这些劝告，即使一定要伤心，也该想法子节哀才是。

赖　利　　　哇哇！

马斯卡里叶　他才不呐，我晓得他的脾气。

昂塞耳默　　还有，听你的底下人讲，你给父亲发丧要钱用，我现在给你带来了。

赖　利　　　哇哇！哇哇！

马斯卡里叶　他听了这话，越发难过了！他一想到这场飞祸，就像自己要死一样。

昂塞耳默　　你看一眼老头子的字据，就知道我欠他的钱比这大多了，不过即使我一个钱也不欠你的，你照样可以随意使用我的财产。拿去吧，我乐意效劳，以后你会明白的。

———————

① 1734年版增添："（哭泣。）"
② 从十六世纪起，罗马教皇大量颁发免罪券，换取赀财。免死券自然是针对免罪券而言。

赖　利　　　（走开。）哇哇！

马斯卡里叶　我们少爷真是万分哀伤！

昂塞耳默　　马斯卡里叶，他亲手给我写一张收据，那怕是寥寥两个字，我相信也没有什么不合适。

马斯卡里叶　哇哇！

昂塞耳默　　世事是多变的。

马斯卡里叶　哇哇！

昂塞耳默　　我要的收据，叫他写出来吧。

马斯卡里叶　嗜！照他现在的样子，怎么满足得了您啊？等他不痛苦了再说吧。他心里一不那么难过了，我马上就想法子让他给您立一张借据。再见啦，我觉得心里难过得不得了，我去陪他哭个痛快！哇哇！

昂塞耳默　　（一个人。）尘世充满了苦难，每一个人每一天都受折磨，人生从来就……

第 四 场

〔庞道耳弗，昂塞耳默。〕

昂塞耳默　　呀！诸天神圣！吓死我啦！庞道耳弗的游魂出现！愿他得到安息！他这一死，脸也瘦了！唉呀！求你别挨近我，我就厌恶和死鬼在一起！

庞道耳弗　　怎么吓成这副怪样子？

昂塞耳默　　你待在远处告诉我，你做什么回到阳间来。你要是为了和我告别，不辞辛苦，你未免太客气啦，我实在担当不起。要是你的阴魂有罪，找人祷告，唉呀！我答应你也就是了，千万别吓唬我。我以魂飞胆裂的人的诚意，立刻为你祷告上帝，你一定会满意的。

求你快快走开！

但愿上天施恩，

保佑阁下大人

健康而又欢欣！①

庞道耳弗　（笑。）我又是气，又不由自己觉得好笑。

昂塞耳默　唉呀！你一个死了的人，也这么开心！

庞道耳弗　把活人当死人看，你倒说，是开玩笑，还是发疯？

昂塞耳默　唉呀！你明明死啦，方才我还看见尸首来的。

庞道耳弗　什么？我会咽气，自己不觉得？

昂塞耳默　马斯卡里叶一给我报丧，我就难过得要死。

庞道耳弗　倒说，你是睡着，还是醒着？你认识我不？

昂塞耳默　你的身子是空气给你扮出来的，过一时就会变成另一副模样。我顶怕看见你变成一个巨人，脸也丑得出奇。看在上帝的份上，千万别变成怕人的模样，现在已经够我胆战心惊的了。

庞道耳弗　像你这样头脑简单，轻于相信，昂塞耳默，要是在别的时候的话，我也许会看成一种有趣的游戏，凑趣延长一下，可是宝物出土的谣言，半路上就有人给我戳穿了，现在又说什么我死了，自然就要引起我正当的疑心。马斯卡里叶是一个坏蛋、坏到不能再坏的坏蛋，不懂得什么叫作害怕，也不懂得什么叫作疚心，跟人捣乱，有的是馊主意。

---

① 他跪在地上，面无人色，唧哝着这首小诗。

昂塞耳默	难道会开我的玩笑,把我骗了?唉呀!我的理智,你可真算漂亮啦!让我摸摸他看:的确是他。妈的我今天可真成了笨蛋!你行行好,别把这事张扬出去,人家会演成戏,出我的丑的。不过庞道耳弗,我拿出来埋你的钱,你亲自帮我弄回来吧。
庞道耳弗	你说什么?钱!啊哈!原来是为了这个!现在到了事情的节骨眼儿!活你的该!我呀,我管不着!我去把事情打听明白,只要能把马斯卡里叶捉住呀,出什么代价,我也要绞死他。
昂塞耳默①	我呐,大傻瓜,轻易就相信一个无赖的话,害得我今天又破财,又成了冤大头。说实话,头发都半白了,还一来就干蠢事,也不细想想风言风语的来历,真是胡涂透顶!不过我看见……

第 五 场

［赖利,昂塞耳默。］

赖 利	现在,我有了这笔买路钱,就容易拜望特吕法耳旦了。
昂塞耳默	依我看来,你不哀痛啦。
赖 利	您说到哪儿去啦?终身之忧,一日不可忘怀,在我是绵绵无尽期的了。
昂塞耳默	我回来就为实对你说,方才我没有对你交代清楚,原来那

---

① 1682 年版增添:"(一个人。)"

|昂塞耳默| 些路易，看上去像很不错，其实也有假的，是我无意之中掺在里头的。我现在带了钱来调换。我们国里造假钱的太多了，胆大妄为，简直没有一个钱不惹人疑心的。我的上帝！把他们全绞死了，真是一桩好事！①

|赖　利| 你肯调换，我很高兴，不过我看过了，里头没有一个假的。

|昂塞耳默| 是真是假，我认得出来；你给我看，给我看看就知道了：全在这儿吗？

|赖　利| 全在。

|昂塞耳默| 太好啦！我总算又把你们捞回来了，我的宝贵儿钱，进我的衣服口袋来吧。至于你呀，我的大骗子，成了两手空空。你杀死身体健康的人啊？那你又怎么收拾我这瘦弱的老丈人啊？家伙！我会看中这么一位娇客，会把你当作一位规行矩步的女婿！去，去，你就该惭愧死，疚心死！

|赖　利②| 没的说，我上当啦。真想不到！他怎么这么快就识破诡计了呢？

第 六 场

〔马斯卡里叶，赖利。〕

|马斯卡里叶| 怎么？您已经出来啦？我到处找您。怎么样？我们总算

---

① 据说，从1610年到1633年为止，造赝币者被判死刑的就在五百以上，但是也仅占全数四分之一。
② 1734年版："（一个人。）"

	大功告成了吧？顶呱呱的捣乱鬼，我让他试六回，也没有我棒。来，拿钱给我，买我们的女奴隶去，您的情敌过后有的吃惊的。
赖 利	唉呀！我的乖孩子，时运变啦！你想得出我的命有多苦吗？
马斯卡里叶	什么？出了什么事？
赖 利	昂塞耳默识破了计，冒说钱里头有假的要换，现在又把借给我们的钱全收回去了。
马斯卡里叶	您大概是说笑吧？
赖 利	再真不过啦。
马斯卡里叶	当真？
赖 利	当真。我难过得要命。你要暴跳如雷啦。
马斯卡里叶	我，少爷？怒火伤身，傻瓜才生气。不管结局如何，我要自得其乐。赛丽最后自由也好，当奴才也好；赖昂德买她也好，她待下来也好；对我说来，就像这个一样①，满不在乎。
赖 利	呀！千万别对我这样漠不关心。这么一丁点儿的粗心，你就看开了吧。最后的祸事不算，你也好否认我称职吗？就拿假出丧来说，我装孝子装得人人上当，连最老练的人不也信以为真了吗？
马斯卡里叶	您确实有理由夸口。
赖 利	好啦！我有罪，我情愿领罪；可是你关心我的话，就帮我把这场祸事打消了吧。

---

① "这个"：拇指的指甲蹭过上排牙尖，发出轻微的响声。这是一种表示无足轻重的传统动作。

马斯卡里叶　您饶了我吧，我没有闲工夫。

赖　利　马斯卡里叶，我的好人。

马斯卡里叶　不成。

赖　利　赏我这个脸吧。

马斯卡里叶　不，我什么也不干。

赖　利　你待我心狠，我要寻死的。

马斯卡里叶　请便，你不妨试试。

赖　利　我不能感动你吗？

马斯卡里叶　不能。

赖　利　你看见剑出鞘了吗？

马斯卡里叶　看见啦。

赖　利　我要刺死自己。

马斯卡里叶　你高兴怎么着就怎么着。

赖　利　你见死不救，会不会疚心呀？

马斯卡里叶　不疚心。

赖　利　永别了，马斯卡里叶。

马斯卡里叶　永别了，赖利先生。

赖　利　什么？……

马斯卡里叶　快动手吧：唉呀！扯起闲话来，老没个完！

赖　利　家伙，你要我做傻瓜、抹脖子，好剥我的衣裳。

马斯卡里叶　这些先生们呀，别看赌咒要寻死，今天就没有一个急着去寻死的：全是装腔作势，我有什么不知道的？

第 七 场

〔赖昂德，特吕法耳旦，赖利，马斯卡里叶。〕①

赖　利　　我看见了谁？我的情敌和特吕法耳旦在一起！他把赛丽买走啦！呀！我吓掉了魂！

马斯卡里叶　毫无疑问，他能做到的，他一定做；有钱的话，他想做的，就能做到。我呀，倒也开心，这就是你粗枝大叶、犯急性病的报酬。

赖　利　　我该怎么办好？说吧，指点指点我。

马斯卡里叶　我不会。

赖　利　　你闪开，我去跟他较量较量。

马斯卡里叶　有什么用？

赖　利　　你要我怎么挽回呀？

马斯卡里叶　得啦，我就饶了您吧。我对你又一次起了可怜的心思。让我研究研究他；我相信我用比较和气的方法②，会探听出来他的底细的。③

特吕法耳旦④　回头你派人来，就算定局啦。⑤

---

① 1693 年版增添："（特吕法耳旦低声向赖昂德耳语。）" 1734 年版又增添："（在舞台后方。）"
② 有些版本改变标点符号，把意思变成："让我用比较和气的方法来研究研究他；我相信我会探听出来他的底细的。"
③ 1734 年版增添："（赖利下。）"
④ 1734 年版增添："（向赖昂德。）"
⑤ 1734 年版增添："（特吕法耳旦下。）"

马斯卡里叶① 我应该钓他上钩,成为他的心腹,才好打乱他的计划。

赖昂德② 托庇上天,我的幸福现在摆脱风险啦;我如今是一劳永逸,不用再耽心啦。从今以后,情敌尽管兴风作浪,也奈何不得我了。

马斯卡里叶③ 哎哟!哎哟!救命啊!杀人啦!救命啊!有人打我!哎哟!哎哟!哎哟!哎哟!哎哟!哎哟!坏东西!杀人犯!

赖昂德 哪儿有人喊救?什么事?他们怎么你啦?

马斯卡里叶 人家揍了我两百记棍子。

赖昂德 谁揍你?

马斯卡里叶 赖利。

赖昂德 为什么?

马斯卡里叶 为了一点小事,他赶我走,还狠打了我一顿。

赖昂德 呀!他可真不应该!

马斯卡里叶 可是我呀,除非办不到,我赌大咒要报这个仇。对,上帝不会饶你的,我要你看看,平白无故给人一顿呀,不成。我是底下人,可也是正经人,我给你当了四年听差,说什么你也不该揍我,活作践我,把肩膀打得这么疼。我对你再说一遍,我要想法子报仇的。你看上了一个女奴隶,要我给你弄到手,我宁可让别人抢了你的,也不给你,做不到呀,鬼抓了我去!

赖昂德 你听我说,马斯卡里叶,别这么生气啦,我一向就喜欢

---

① 1734 年版增添:"(边走,边旁白。)"
② 1734 年版增添:"(一个人。)"
③ 1734 年版增添:"(在房里说过这几句话才上场。)"

	你，很盼望有你这么一个精明、忠心的底下人，能有一天给我当差。所以你觉得相宜的话，愿意跟我的话，我就用你了。
马斯卡里叶	敢情好，少爷。尤其难得的是，上天有眼，我服侍您，就抓住报仇的机会。我卖力气让你称心如意，这期间也就正好收拾我的仇人。一句话，凭我的鬼招儿，赛丽就会……
赖昂德	我的爱情已经给自己找到了门道。我方才把她买到了手，我出的价钱，像我那样爱她，就不算多。人家是什么缺点也没有。
马斯卡里叶	什么？赛丽已经成了您的啦？
赖昂德	我能完全做主的话，你这就见到她了。可是有什么办法？做主的是我的父亲。我收到他给我写的一封信，硬要我娶伊波莉特，所以我真怕这事传到他的耳朵，招他生气。我才从特吕法耳旦家里出来，故意说成是为别人进行生意，我付过了钱，和他约定，拿我的戒指为凭，见到戒指，不问来人是谁，就把赛丽交给来人带走。不过我要先想一个法子，赶快找一个安全地点，不让旁人看见那可爱的女奴隶，就藏好了。
马斯卡里叶	我有一个老亲戚，住家离城不远，我可以让他把房子借给您用，您可以把她安安全全藏在那儿，不让一个人知道底细。
赖昂德	说真的，你这话正合我的心思。拿好了，替我去把美人接出来。特吕法耳旦一看见我的戒指，就会把她交给你的。你再把她领到你说起的房子……嘘！伊波莉特就在我们后头。

第 八 场

〔伊波莉特,赖昂德,马斯卡里叶。〕

伊波莉特 赖昂德,我有一个消息跟你讲,不知道你爱听还是不爱听?

赖昂德 要判断明确,还能即刻回答,就非知道消息不可。

伊波莉特 那你陪我到神庙去,我在路上说给你听。

赖昂德① 去,快把事给我办好。

马斯卡里叶② 对,我要照我的方式给你办事。从来世上可曾有过一个更走运的人?啊!赖利回头要快活死了!想不到我们会这样弄到他的情人!想不到眼巴巴望着祸害,望到了全部幸福!还是情敌给他制造幸福!大功告成以后,我希望有人把我当作英雄,给我画像,头戴桂冠,画像底下用金字写着:"坏包皇帝,马斯卡里叶万岁!"③

第 九 场

〔特吕法耳旦,马斯卡里叶。〕

马斯卡里叶 喂!

---

① 1734 年版增添:"(向马斯卡里叶。)"
② 1734 年版增添:"(一个人。)"
③ 原话是拉丁文。

特吕法耳旦　你有什么事？

马斯卡里叶　你看看这只戒指，就晓得我的来意了。

特吕法耳旦　是的，我认识这只戒指。我去叫女奴隶来，你在这儿等一下。

第 十 场

〔信差，特吕法耳旦，马斯卡里叶。〕

信　差① 老爷，麻烦您告诉我一个人……

特吕法耳旦　谁？

信　差　我想这个人叫特吕法耳旦。

特吕法耳旦　你找他有什么事？我就是。

信　差　也就是送这封信给他。

信② "上天垂怜，使我新近获知一喜讯，即小女于四岁时为匪人所拐，改名赛丽，现售于贵府为奴。亲亲之情，人皆有之，阁下当能体验此情，视同己出，将我心爱之小女暂留贵府。我当即日启程，亲来领取，并向阁下致谢照拂小女之恩，是阁下为我造福之日，亦即阁下纳福之日也。"堂·派德洛·德·古日曼，孟塔耳卡乃侯爵，寄自马德里。

特吕法耳旦③　把她典押给我的那些人，难得有几句话可以相信的，不过他们先前对我说过，不久会有人来赎她的，我不会吃亏

---

① 1734年版增添："（向特吕法耳旦。）"
② 1734年版改成："特吕法耳旦（读信。）"
③ 1734年版改成："他继续"。

的。可是我今天急不能待，眼看着就要失去大好的机会。①你迟来一刻，就要空跑一趟了。我正要把这位姑娘给他带走。不过还来得及，我照办就是。②我方才念这封信，你也听见了，你对派你来的人讲，我不能照约行事，他来收钱好了。

马斯卡里叶　可是你这样一来，对他就很不公道了……
特吕法耳旦　去吧，别啰嗦啦。
马斯卡里叶③　嘻！会收到这么一封倒楣的信！天公不作美，我的希望统统落空！不迟不早，从西班牙来了这个信差，雷怎么一路不劈了他，雹子不一路砸了他！说实话，像这样美好的开场，从来还没有过，想不到一转眼间，就变成这么可怜的下场！

第十一场

〔赖利④，马斯卡里叶。〕

马斯卡里叶　您现在有什么喜事，会这样开心？
赖　利　　让我笑够了再告诉你。
马斯卡里叶　好，敞开儿笑吧，我们本来该笑嘛！
赖　利　　啊哈！我再也不会挨你抱怨了。你一来就冲我嚷嚷，说

---

① 1682 年版增添："（向信差。）"
② 1734 年版增添："（信差下。）" 1682 年版增添："（向马斯卡里叶。）"
③ 1734 年版增添："（一个人。）"
④ 1734 年版增添："（笑着。）"

>我打乱了你所有的诡计,今后,你再也不会这么说我了。我使了一个绝妙的鬼招儿;不错,我性子急,有时候好发脾气,可是我开动了脑筋呀,只要我高兴开,就谁也跟不上我的心思活动。我讲过以后,连你也得承认,世上就没有人能想出那种鬼主意来。

马斯卡里叶　那就让我听听您开动脑筋都干了些什么。

赖　利　方才看见特吕法耳旦和我的情敌在一起,我吓了一大跳,希望自己也能想出一个抵制的法子,于是我就聚精会神,深思熟虑,制订了一条巧计。你老夸耀你的计谋妙,这回跟我的一比,毫无疑问,是低了一着。

马斯卡里叶　到底是什么?

赖　利　啊哈!请你听我慢慢道来。所以我就连忙写了一封假信,作为一位大贵人写给特吕法耳旦的,说他邀天之幸,得知他有一个女奴隶,名字叫作赛丽,原来就是他的女儿,从前为匪人所拐,他打算把她接走,求他加意照拂,千万不要转手。他特为这事离开西班牙,并且一定会为他的热心肠重谢他,决不能让他后悔不该作成他的幸福。

马斯卡里叶　好极。

赖　利　你听我说:更好的还在后头。我说起的那封信,于是就送出去了,可是你猜怎么着?信去的恰是时候,信差告诉我,不是这个滑稽主意呀,会有人把她带走的,那家伙的样子可尴尬啦。

马斯卡里叶　您干这一手儿,有没有跟魔鬼打交道?

赖　利　是呀,你想不到我会下这么一步高棋吧?少说你也应该赞扬赞扬我的主意和我破坏情敌的如意算盘的心计。

马斯卡里叶	照您的功劳赞扬赞扬,我缺乏辞令,也没有那份儿才气。可不,表扬这种高贵的努力、这种有目共睹的美好的战绩、这种不输于任何人的开动脑筋的伟大和少有的成果,我的口齿笨拙,无济于事。我希望自己能有所有学问精深的人们的口齿,用美丽的诗句或者熟练的散文告诉您,而且即使有人不同意,我也要这样说:您怎么活下来,永远怎么活下去。这就是说,您是一脑门子的官司:您是思路不清,总往歪里想;您是见识全无;您是判事不明;您是一个捣乱鬼、一个大笨蛋、一个急躁鬼、一个冒失鬼,一个什么又什么……我说一千回也说不完全:这就是我用三言两语奉献给您的歌功颂德的话。
赖 利	告诉我你为什么生我的气。我做错什么事了吗?把话给我说清楚。
马斯卡里叶	不,您没有做错什么事。可是别跟我走。
赖 利	我跟你跟到天涯海角,也要知道这个底细。
马斯卡里叶	真的?那就好吧,把您的两条腿准备好,因为我这就给您机会练练腿。
赖 利[①]	他丢下我跑啦!嗐!莫名其妙的祸事!他对我说的这番话,我怎么了解才是?我给自己惹下什么乱子啦?

---

① 1734年版增添:"(一个人。)"

第 三 幕

第 一 场

［马斯卡里叶。］

马斯卡里叶 （一个人。）我的慈悲心肠，你就住嘴，别唠叨了吧；你是一个傻瓜，我不听你那一套。对，我的忿怒，我承认你有道理：一趟又一趟补救捣乱鬼惹的乱子，未免太有涵养。我那些漂亮的出手，让他搅了一个稀里哗啦，也该撒手不管啦。不过我们还是平心静气地理论理论看：我应当使性子，可是我现在使性子的话，人家就要说我一筹莫展，知难而退了。你多次为自己赢得广大的声誉，人人夸你是了不起的坏包，从来没有人看见你束手无策过，可是这么一来，公众对你的敬重，岂不成了镜花水月？唉呀！马斯卡里叶，事关荣誉，非同儿戏，你的高贵工作，千万中断不得，不管主子怎么惹你生气，也要完成，不是为了他的感激，而是为了你的名声。可是一池清水，被这多事的家伙搅成了浑水，你又有什么好做的？①你眼睁睁望

---

① 1682 年版，下面一句加括弧，表示演时不说。

着他时时刻刻坏你的事,你想拦住这股急流也拦不住,大水一转眼就把你经营的画栋飞梁冲走了。得啦,我就再做一回好事吧,不管结果如何,卖卖力气。他再破坏我到手的机会的话,我抽身不管,也还不迟。①其实我们的事情还不算糟,只要我这么做,能打退他的情敌,赖昂德最后心灰意懒,给我留下一整天照计行事,也就成了。说着说着,我心里就来了一条妙计,只要我不再有这种困难要我克服,我敢说大功一定告成。好,让我看看他的痴情是不是还像先前那样执着。

第 二 场

［赖昂德,马斯卡里叶。］

马斯卡里叶 少爷,您那位先生不守信用,害我白跑了一趟。

赖昂德 他本人已经对我交代过了,不过并不那么简单,我把内情全打听出来了,什么埃及人的拐骗喽、一位大贵人是父亲喽、要离开西班牙到本地来喽,不过是赖利妄想破坏我们买赛丽的生意,使出来的一种诡计、一种滑稽手段、一种骗人的故事、一种无稽之谈罢了。

马斯卡里叶 想不到这么坏!

赖昂德 可是特吕法耳旦让这无稽之谈吓破了胆,居然信以为真,

---

① 1682年版,下面一句加括弧,表示演时不说。

说什么也不肯改变主张。

马斯卡里叶　这样一来，从今以后，他要看守好了她，我看不出还有什么办法好想。

赖昂德　起先我觉得她可爱，现在呀，我简直入了迷。为了把她弄到手，我心里盘算，好不好铤而走险，表示我的信义，改变她的命运，提高她的地位，和她结婚。

马斯卡里叶　你真还打算娶她！

赖昂德　我说不上来；她的身世虽然有些地方不怎么清楚，可是她的仪容和她的人品，有意想不到的魅力，打动人心。

马斯卡里叶　您说什么，她的人品？

赖昂德　什么？你唧咕些什么？有话说出来，人品怎么啦？给我解释清楚。

马斯卡里叶　少爷，您的脸色一下子就变了，我也许顶好还是不说为妙。

赖昂德　不，不，说出来。

马斯卡里叶　那么，好，我就大发慈悲，把真情说给您听吧。这个姑娘……

赖昂德　讲下去。

马斯卡里叶　一点儿也不拿乔；她私下里大开方便之门；您听我说，她那颗心根本不是石头做的，不管什么人，只要迎合得了她的心思，就全好办。她做出天真的模样，要人把她看作正经女人。我说这话，有的是真凭实据。您知道我在这方面还算内行，耍这种把戏，瞒不了我。

赖昂德　赛丽……

马斯卡里叶　可不，她那副冷若冰霜的模样，完全是摆出来给人看的，人品对她说来，只是一个影子，钱包里头放出一道阳光

	来，我不说你也明白，影子就不见了①。
赖昂德	嗐！你说什么？这样的话，我也好相信吗？
马斯卡里叶	少爷，信不信由您，关我什么事？对，别信我的话，照您的计划做去，带走这个鬼丫头，跟她结婚吧：全城的人要为这种热心肠感谢您的，因为您娶她等于娶公共财产。
赖昂德	天下会有这种出人意外的怪事！
马斯卡里叶②	他上钩啦。放胆子干吧，只要他是真上钩，我们就算把脚上的刺拔掉了。
赖昂德	是的，听了这番话，我就像挨了雷打一样。
马斯卡里叶	什么！您会……？
赖昂德	你到邮局去一趟，看有没有我盼望的一封信来。③谁能不上当啊？他说的话是实在情形的话，世上找不出第二张脸的模样更能骗人的啦。

第 三 场

［赖利，赖昂德。］

赖 利	看你心事重重的，为了什么事呀？
赖昂德	你说我？
赖 利	正是。

---

① 有一种旧金币，叫作艾居（écu）的，一面是一顶王冠，王冠上头有一个小太阳，射出八道光线。马斯卡里叶的俏皮话是说：她实际上是一个卖淫的女人。
② 1734 年版增添："（旁白。）"
③ 1682 年版增添："（一个人，沉思之后。）"

赖昂德	我根本没有心事。
赖 利	我看出来了,你是为了赛丽。
赖昂德	这种小事,我就不在心上。
赖 利	可是你为她费尽了心机。不过也应该这么说,因为枉费心机了。
赖昂德	我迷恋她的风情,就够蠢的了,可是再怎么,也不玩你那些花招儿?
赖 利	哪些花招儿?
赖昂德	我的上帝,我全知道。
赖 利	知道什么?
赖昂德	你从头到尾耍的手段。
赖 利	你的连篇怪话,我一句也不懂。
赖昂德	假装不懂呀,听便。不过你听我说,不必再耽心啦,我和你竞争那种财产,感到遗憾。我爱极了守身如玉的美人,可是决不追逐一个伤风败俗的女子。
赖 利	慢着,慢着,赖昂德!
赖昂德	啊哈!你可真好!得,我再对你说一遍,伺候她吧,别瞎起疑心啦。你很可以把自己说成最走运的人的。她的美貌确实不同寻常,不过此外也就很寻常了,大可相抵。
赖 利	赖昂德,这种不入耳的话,还是少说为是。你为了她,爱怎么对付我就怎么对付我,可是千万别拿脏话作践她。你要知道,尽着人说我的女神的坏话,我会怪自己太懦怯的。我容忍得了你的爱情,可是我说什么也不要听你那些中伤的话。
赖昂德	我说这话是有来源的。
赖 利	谁对你说这话,谁就是坏蛋,谁就是无赖。我不许人糟踏

	这位姑娘,我清楚她的。
赖昂德	可是审问这样的案件,马斯卡里叶是一位胜任的法官。判她有罪的就是他。
赖 利	马斯卡里叶?
赖昂德	正是。
赖 利	他以为信口雌黄,诽谤一位正经姑娘,我也许会一笑置之,我打赌他要改口的。
赖昂德	我呀,打赌不会。
赖 利	家伙!他要是对我坚持这种谎话呀,就乱棍把他打死。
赖昂德	我呀,他要是不证明他对我说过的话呀,就当场削掉他的耳朵。

第 四 场

〔赖利,赖昂德,马斯卡里叶。〕

赖 利	好,好,他来了。过来,狗东西。
马斯卡里叶	什么事?
赖 利	你这一味骗人的烂舌根子,竟敢糟踏赛丽?像她那样人间少有的人品,出污泥而不染,你也竟敢诽谤?
马斯卡里叶①	别急,这话是我编派出来的。
赖 利	不,不,用不着作眉眼,用不着打哈哈。我什么也不看,什么也不听。哪怕是我的亲兄弟,我也决不善罢甘休。

---

① 1734年版增添:"(低声,向赖利。)"

	竟敢作践我的意中人，等于是把我的心挖出来。这些手势呀，都无济于事。你对他说什么来的？
马斯卡里叶	我的上帝，别找我的碴儿，要不，我就走啦。
赖　利	你逃不掉。
马斯卡里叶	哎哟！
赖　利	说，招出来。
马斯卡里叶①	放我走，你听我说，这是计。
赖　利	快讲，你说什么来的？看看我们谁对。
马斯卡里叶②	我说过我说了的，你就别生气啦。
赖　利③	啊！我要让你换一个样子说话。
赖昂德④	住手，犯不上生这么大的气。
马斯卡里叶⑤	世上会有这种死脑壳！
赖　利	我这口恶气非出不可！
赖昂德	你要当着我的面打他呀，太过分。
赖　利	什么！我没有权力处分我的底下人？
赖昂德	怎么，他怎么会是你的底下人？
马斯卡里叶⑥	糟糕！他要全知道啦。
赖　利	就算我有意把他打死，又怎么样？他是我的听差。
赖昂德	现在是我的。
赖　利	真会开玩笑！怎么成了你的？明明……

---

① 1734年版增添："（低声，向赖利。）"
② 1734年版增添："（低声，向赖利。）"
③ 1682年版增添："（剑举在手里。）"
④ 1682年版增添："（阻止他。）"
⑤ 1734年版增添："（旁白。）"
⑥ 1734年版增添："（旁白。）"

马斯卡里叶	（低声。）①别急。
赖　利	哼！你有什么好讲的？
马斯卡里叶	（低声。）②唉呀！这个红了眼的败事精！什么事都要坏在他手上！随你怎么打手势，他就是不理会！
赖　利	赖昂德，你自己做梦，还要我相信。他怎么不是我的听差？
赖昂德	他不是做坏了什么事，让你辞掉了吗？
赖　利	我不懂你的话。
赖昂德	你不是大生其气，臭打他来的？
赖　利	没有的事。我？打他，赶走他？赖昂德，你在寻我的开心，要不，就是他在寻你的开心。
马斯卡里叶③	说下去，说下去，败事精，你在成全你的好事！
赖昂德④	这么说来，挨打这话是假的！
马斯卡里叶	他不清楚他在说什么；他的记性……
赖昂德	不，不，那些手势就说明你心里有鬼。对，我真还疑心你在搞什么鬼把戏。不过你编派你的，我不跟你一般见识就是。对我说来，他打开我的亮眼，看出你愚弄我的动机，也就很上算了。我一直相信你的假热心肠，如今会这么便宜就脱身，也算造化：这和"奉劝读者，当以此为鉴"效果相同。再见，赖利，再见，您的卑微的仆人。⑤
马斯卡里叶	勇敢呀，我的孩子，我们有好运陪伴，举起剑来，冲上前

---

① 1734年版增添："（低声，向赖利。）"
② 1734年版改为："（旁白。）"
③ 1734年版增添："（旁白。）"
④ 1734年版增添："（向马斯卡里叶。）"
⑤ 赖昂德下。

	去,扮演杀害无辜的奥利柏里屋斯吧。①
赖 利	他说你诽谤……
马斯卡里叶	所以您见不得我用计,使他误会?可是他这一误会不要紧,您就占了便宜,他的爱情差不多就烟消云散了。不,人家心地率直,决不行诈。我费了老大心思糊弄住他的情敌,眼看他的情人就要落到我的手里,他来了一封假信,把事坏了。我有意给他的情敌拉后腿,我的勇士立刻出马,打开他的亮眼,我白给他做手势,暗示这是计,没有用,他一马当先,不揭底,决不罢休:这种开动脑筋的伟大和崇高的成果,不输于任何人!这是一件稀世之宝,简直就该献给国王,摆在御书房!
赖 利	我不奇怪我会给你泼冷水,你要做的事,不告诉我知道,泼你一百回冷水也免不了。
马斯卡里叶	那就活该。
赖 利	你要恼我恼得有道理,少说也该让我知道一些你的计划。可是我对你的情形一无所知,自然就老要出岔子了。
马斯卡里叶②	我相信你会成为一位剑法大师的,你在任何危险场合,都是你来我去,横冲直撞,杀法奇绝③。
赖 利	过去的事,说也白说,就搁下不说了吧。反正我的情敌奈何不得我,我靠你的本事……

---

① 奥利柏里屋斯(Olibrius)是四世纪罗马的高卢总督,以残酷闻名。
② 1682年版改为:"唉呀!毛病全出在这上头,坏事的正是这个:说真的,亲爱的主人,我对您再说一遍,您将来永远只是一个大傻瓜。"
③ 原文是比剑术语,字面有挖苦的意思。"你来我去"即副题的"阴错阳差"。"横冲直撞"(rompre les meswres)本意是"避开对方的冲刺"。

马斯卡里叶	我们就谈谈别的，不提这话了吧。可不，我是一肚子的气，不就那么容易平息下来的。您先帮我一个大忙，随后再看我该不该成全您的好事。
赖 利	这点儿小事，我不会拒绝的。说吧，你要用我的血，还是要用我的胳膊？
马斯卡里叶	看他想到什么地方去啦！您就像那些决斗的副手，拔剑比掏一枚太司东①，往往容易多了。其实需要的是太司东。
赖 利	那么，你要我干什么？
马斯卡里叶	就是：一定要把老爷的气给平下来。
赖 利	我们已经和好了。
马斯卡里叶	对；不过可不是为的我。我今天早上为了您的缘故，散布谣言，说他死了。想到这上头，他就受不了。②像他这样的老年人，什么死呀死的，就像几把刀子扦在他心里头，别看他们天年快到了，想起死来，就不开心。所以老头子别看年纪大，总想多活几天，决不许人在这方面开他的玩笑。他害怕恶兆，有人告诉我，他生我的气，到法院把我告下来了。万一牢监成了我的公馆，我害怕我住在里头，心满意足，就不肯出来了。法院老早就为我出了许多告示，因为，话说回来，在这该死的世纪，从来有道德就有妒忌，所以一向道德就受迫害。去劝他把心肠软下来吧。
赖 利	好，我去劝他，可是你也要答应……

---

① 太司东 (teston) 是法国古币，合半法郎。
② 1682 年版，下面一句加括弧，表示演时不说。

马斯卡里叶　唉呀！我的上帝，那还用说！①家伙，累了这老半天，也该喘喘气，暂时停止我们的诡计，别总像一个折腾鬼，折磨自己。反正赖昂德乱了步伐，不能为害了；赛丽被人看管起来，坏在那封假信上……

第 五 场

［艾尔嘎司特、马斯卡里叶。］

艾尔嘎司特　我有一个重要的秘密告诉你，到处找你找不到。

马斯卡里叶　什么事？

艾尔嘎司特　有没有人在跟前偷听？

马斯卡里叶　没有。

艾尔嘎司特　咱哥儿俩的交情，嫡亲兄弟也跟不上，我晓得你那些计划跟你主人的爱情。你千万要当心，赖昂德搞了一群人来抢赛丽；他晓得在这些日子里，本区有些妇女，常常在晚上戴着面具，来看特吕法耳旦，所以他心想组织一队戴面具的，就进得了他的大门，听说已经安排停当啦。

马斯卡里叶　是吗？好的。他还没有称心如意，我来得及从中打劫的。有来有去，他进攻他的，我正好将计就计，让他有进无退，尝尝我的厉害，也好领教领教我有多大的才分。再见，下次碰头，不醉不休。②这抢亲的计划倒也

---

① 1734 年版增添："（赖利下。）"
② 1734 年版增添："（艾尔嘎司特下。）"

不错，有利的部分大可借用一下，来它一个不同寻常的巧妙的袭击，反正无险可冒，碰碰运气也还值得。我戴上面具先下手，赖昂德一定来不及和我们作对。这样一来，我们把人抢到手，他后来一步，开销就全归他负担了。①他的计划差不多已经走漏风声，疑心永远落在他的头上，乱子就算惹下了。一切有他承当，有后果我们也不害怕。正是，不屑锣鼓喧天，便好因人成事。妙哉！妙哉！我这就去找一些弟兄来，把面具戴上：要他们做好准备，一刻迟延不得。我晓得他们的巢穴，可以不费手脚，就能立时找到人手和用具。②看吧，我会大显身手的。上天既然把捣鬼的本事给了我，我就决不会像那些小气鬼，藏起上帝送给他们的才分不用。

第 六 场

［赖利，艾尔嘎司特。］

赖　利　　他打算带他的假面人手把她抢走？

艾尔嘎司特　消息再可靠不过：他那群人里头，有一个人把这个计划透露给我，我马上跑来找马斯卡里叶，一五一十说给他听，他当时就想出了一条妙计，破坏他们的阴谋去了。凑巧遇见您，我以为应该全告诉您才是。

---

① 1682 年版，下面一句加括弧，表示演时不用。
② 1682 年版，下面一句加括弧，表示演时不用。

赖　利　　你通风报信给我，我太感激你了。你走吧，我不会忘记你待我的好意的①。我那坏蛋一定是跟他们捣乱去了。不过我也想出一把力，帮他把事搞成了。我不能由人说，自己的事，也袖手旁观，像树桩子一样，动也不动。时候差不多啦，他们看见我，要吃一惊的。嘻！我怎么不带着我的骑兵铳啊？②可是谁想跟我作对，谁就来吧，我有两把好手枪，我的剑也锋利无比。喂！有人吗？有话告诉你。

第 七 场

［赖利，特吕法耳旦。③］

特吕法耳旦　什么事？是谁找我？
赖　利　　府上的大门，今天晚上当心关好。
特吕法耳旦　做什么？
赖　利　　有些人戴了面具，来府上表演，是闹事来的：他们想抢走赛丽。
特吕法耳旦　哎呀！诸天神圣！
赖　利　　他们用不了多久，就一定到这儿来了。你待着别走，你在窗户那边全看得见。好！我没有说错吧？你看见他们来了没有？别做声，我要你当面看我出他们的丑。不出意外的话，我们会有好戏看的。

---

① 1734 年版增添："（艾尔嘎司特下。）"
② 骑兵铳（porterespect）是大口径，有威慑作用。
③ 1734 年版增添："（在窗口。）"

第 八 场

［赖利，特吕法耳旦，马斯卡里叶（戴着面具）①。］

特吕法耳旦　啊哈！你们这些跳梁小丑，竟想蒙我呀！

赖　利　戴假面的，你们跑哪儿去？可以见告吗？特吕法耳旦，给他们开开大门，和女孩子掷掷骰子，赌赌输赢吧②。我的上帝！她真标致呀！小模样儿多可爱呀！什么？你嘀咕什么？摘下你的假面具，露出你的真脸来，你不见怪吧？

特吕法耳旦③　滚吧，你们这些存心不良的坏包；给我走开，你们这些混账东西。④先生，您晚安，万分感谢。

赖　利⑤　马斯卡里叶，是你？

马斯卡里叶　不对，是旁人。

赖　利　嗐！真意想不到！我怎么这么背时呀！你干什么改装，你没有告诉我，我怎么猜得着呢？我说什么也想不到，我这么一来，坏了你戴假面的事，我真倒楣！我心里这个气呀，恨不得亲手打自己，打自己一百棍子！

---

① 1734 年版改为："（马斯卡里叶和他的假面伙伴。）"
② "和女孩子掷掷骰子，赌赌输赢吧（jouer un mom'on）"，是一种过节的风俗。司卡隆（Searron）写的《演员传奇》（1662 年），有一段文字描写这种游戏："黄昏时分，我和我的伙伴戴上面具……我吹灭蜡烛，走到桌子跟前，把我们的糖杏盒子放在上面，就掷起骰子来了。百合花小姐问我点谁掷骰子，我冲她做手势，表示同她掷；她又问我：要她出什么作赌注，我就指着她的一个蝴蝶结和她左臂上的一只珊瑚镯子……我们掷骰子，我赢了，我把我的糖杏送给她。"
③ 1734 年版增添："（向扮作妇女的马斯卡里叶。）"
④ "（向赖利。）"
⑤ 1734 年版增添："（摘下马斯卡里叶的面具。）"

马斯卡里叶	永别了,聪明绝顶的人,世上少有的开动脑筋的人!
赖　利	唉呀!你生了气不帮我,我还有谁好靠啊?
马斯卡里叶	靠地狱里的大魔鬼去!
赖　利	唉呀!哪怕你是铁石心肠,也要再一回饶恕我的鲁莽。万一不亲你的膝盖头,我就得不到你的饶恕,你看……
马斯卡里叶	别扯淡啦!走吧,哥儿们,走吧:我听见有人跟在我们后头来了。

第 九 场

〔赖昂德(戴着面具,和他伙伴),特吕法耳旦。〕

赖昂德	别出声!我们要文文静静的!
特吕法耳旦	什么!整夜有戴假面的包围我的大门?先生们,千万别无缘无故着了凉啊。出这个主意的人,可真闲在呀。抢赛丽嘛,有点儿太迟啦。她恳求你们,今天晚上就免了吧。美人上床了,不能和你们答话,我很抱歉。不过你们关心她,也不能白来一趟,她感谢你们的盛情,送这一锅香水给你们。
赖昂德	呀呀采!难闻得很,我溅了一身,我们叫人家给看破啦,朝这边儿退。

第 四 幕

第 一 场

［赖利①，马斯卡里叶。］

马斯卡里叶　您这副扮相，可真滑稽啦。
赖　利　　　你这一回又给我带来了希望。
马斯卡里叶　我生气一向长久不了，咒一通，骂一通，气就消了。
赖　利　　　你看好了，我要是有朝得势呀，我的酬谢你不会不满意的，哪怕是我只有一块面包……
马斯卡里叶　算啦！您就一心一意想着这条新计吧。你要是一捅娄子的话，这一回您可不好意思归罪到意想不到上头啦：你应该把台词背熟了。
赖　利　　　可是特吕法耳旦怎么款待你的？
马斯卡里叶　我假装热心，好好先生就中了计。我好心好意去对他讲：他不担心的话，会受人暗算的。各方面都有人注目他的女奴隶，先前已经有过一封信，捏造她的身世了。他们很想邀我合伙，可是我躲开了。我一向就对他关心，所以特

---

① 1734年版增添："（亚美尼亚人装束。）"

地来警告他，多加小心。说着说着，我就大发议论，摆出一副道学面孔，大骂尘世天天都有的鬼蜮行为。我本人，厌倦人世和人世的无耻生涯，希望拯救我的灵魂，远离忧患，能长久靠近一位正人君子，过着安静的日子。要是他赞成的话，我仅有的愿望就是在他的门下度过我的余生。我对他的感情是这样深，非但伺候他不要工钱，而且要拿父亲的一点财产和我辛辛苦苦挣来的几个钱，给他保管，因为我觉得他为人可靠。万一上帝要我离开人世，我决计让他一个人继承我的遗产。这是得他的欢心的真正方法。我希望您和您的情人私下见一面，商量一个主意，看怎么做才好如愿以偿，不料他自己给我指出了一条明路，能让您和她公开住在一起。他同我说起他有一个儿子，人已经死了，昨天晚上梦见回来了。听了这话，我马上想出这条妙计来。你听听他告诉我的故事。

赖　利　　得啦，我全知道：你对我讲过两回了。

马斯卡里叶　对，对，不过我就是讲上三回，凭您那份儿才情，到时也许还会出事。

赖　利　　可是时间拖得太久，我要紧张的。

马斯卡里叶　急中有错，还是别急的好。您明白，您的脑壳有点儿钝，顶好是多听几次，练牢靠些。特吕法耳旦是那不勒斯人，当时的名字是萨诺比奥·卢拜尔提。有一派人在闹内乱，当局对他起了一点点疑心（其实他不是那种扰乱国家治安的人），他不得不在一天晚晌，悄悄离开本地。他留下他的老婆和一个很小的女儿，隔了不久，她们死了，他听到消息，非常伤心，不但想把他的财产转移到别的城市，而且还想把他的独生子也带在身边。儿子叫作贺拉斯，是他传宗接代的唯一的指望。为了受到更好的教育，一位青年教师叫作阿耳拜的，一直把他带在波伦亚上学。他写信到波伦亚，可是两年过去了，他在指定会面的地点一个人也没有见到。过后，他认为他们都死了，只好来到本城，改叫现在这个名字。十二年来，别说是这位阿耳拜，就连他的儿子贺拉斯，他也是什么音信都没有听到。这就是事情的大概，再说一遍，你心里也好有个谱儿。你现在冒充一位亚美尼亚商人，在土耳其见过这两个人，都活得好好儿的。我所以这样做，把他日夜思念的人们弄活过来，也有一个缘故。一条土耳其战船把人从海上抢走，①过上十五年或者二十年，人以为没有指望了，偏巧就在紧要关头送到家里来。这种事，说起来也很寻常，我就看过一百部这样的故事。不绞脑汁子，用现成的，有什么不好？您听人说起他们不幸的遭遇，就拿钱把他们赎了出来。可是您有急事在身，非先走不可，贺拉斯晓得他父亲的境遇，就拜托您探望他父亲，在他家里住几天，等他们回来；我不嫌烦，把课给您上完啦。

赖　利　　重复来，重复去，简直多余，我一听就全明白啦。

马斯卡里叶　我进去先把第一步做好。

赖　利　　马斯卡里叶，你听我说，我只担心一件事：万一他问起他儿子的脸相来，怎么办？

马斯卡里叶　这也为难！难道您不知道，他看见他的时候，他不还很小吗？何况日子久了，又给人家当奴隶，面貌有什么不会变的？

---

① 1682年版，下面的话，到"有什么不好？"为止，加括弧，表示演时不说。

赖　利　　不错。可是你说，万一他认出我来，怎么办？

马斯卡里叶　您没有记性还是怎么的？我方才不是对您说过，他看见您也就是一会儿工夫，您的模样儿在他心里一闪就过去了，何况还有胡子跟衣服，把您整个儿改了。

赖　利　　很好；不过我想起来了，土耳其那个地点……？

马斯卡里叶　你听我说，土耳其也好，巴巴利①也好，都是一样的。

赖　利　　可是我看见他们的城叫什么名字？

马斯卡里叶　突尼斯。我看他问我要问到天黑了。他说，用不着重复，可是这个城名，我已经说过十二回了。

赖　利　　去，开路去吧，我没有别的再问你啦。

马斯卡里叶　说什么也要小心，也要检点，千万开动脑筋不得。

赖　利　　一切有我，你可真够胆小的！

马斯卡里叶　贺拉斯在波伦亚上学；特吕法耳旦，萨诺比奥·卢拜尔提，是那不勒斯的公民；教师阿耳拜……

赖　利　　呀！你不是教我，你明明是在臊我。依你看，我是傻瓜，还是什么？

马斯卡里叶　不，不全是；可是也差不离。

赖　利　　（一个人。）我不靠他的时候，他就摇尾乞怜，像一条狗，可是一觉得他有忙可帮了，他放肆到了这般地步。我就要来到那双明媚的眼睛跟前了，秋波一转百媚生，我作奴才也甘心。我可以无拘无束，热情奔放，向这位美人述说我心灵的痛苦了。我就要知道我是命好命坏了……不过他们来了。

---

① 巴巴利（Barbarie）：泛指非洲北部沿地中海一带广大地域。

第 二 场

［特吕法耳旦，赖利，马斯卡里叶。］

特吕法耳旦 感谢上苍，我也有运转时来的一天。

马斯卡里叶 你应该白天做梦，夜晚做梦，因为您做起梦来，梦而不幻。

特吕法耳旦① 先生，我怎么样才报得了、酬谢得了您的大恩呀？我就该称您为我的幸福的天使才是。

赖　利 用不着这些礼数，您就免了吧。

特吕法耳旦② 我记不清在什么地方，见过一个人，长得挺像这位亚美尼亚人。

马斯卡里叶 我也这么说来的；有时候人可相像啦。

特吕法耳旦 您看见我那希望所在的儿子来的？

赖　利 看见了，特吕法耳旦先生，他是世上顶豪放的人。

特吕法耳旦 他同您讲起他的生平，还常常谈到我？

赖　利 有一万多回。

马斯卡里叶 我看，不到一万回吧。

赖　利 他形容您，和我现在看到的一模一样：面貌、风度……

特吕法耳旦 有这种事？他最后看见我的时候，才只七岁，就说他的教师吧，过了这多年，怕也很难认出我的面貌了吧？

马斯卡里叶 亲血肉就不同了，会把模样保留下来的。有人的模样勾

---

① 1734年版增添："（向赖利。）"
② 1734年版增添："（向马斯卡里叶。）"

	勒的深透了，家父就……
特吕法耳旦	够啦。您在什么地方离开他们的？
赖　利	在土耳其，在都灵。
特吕法耳旦	都灵？不过我想，都灵是在皮也孟吧①？
马斯卡里叶②	唉呀！敲不开的死脑壳！③您没有听懂他的话，他说的是突尼斯，他的确是在突尼斯离开您的儿子的。亚美尼亚人发言，全有一种坏习惯，把每一个字的尼斯说成灵，所以他们不说突尼斯，说成都灵。我们外国人听起来，可别扭啦。
特吕法耳旦	这么说来，想听懂他的话，先得知道这个。他告诉您怎么样和他的父亲相会吗？
马斯卡里叶④	看他怎么回答！⑤我在温习剑法。从前我比剑就没有敌手，我在许多教比剑的学校显过身手。
特吕法耳旦⑥	我现在不想知道这个。⑦他说我从前叫什么名字来的？
马斯卡里叶	啊！萨诺比奥·卢拜尔提先生，上天现在给您的喜悦有多大呀！
赖　利	这是您的真名字，另一个是后取的。
特吕法耳旦	他告诉您他在什么地方生的？
马斯卡里叶	那不勒斯似乎是一个住家的好地方，可是对您说来，却成

---

① 皮也孟（Piedmont）是意大利西北一带通称，紧挨着法兰西。
② 1734 年版增添："（旁白。）"
③ 1734 年版增添："（旁白。）"
④ 1734 年版增添："（向特吕法耳旦。）"
⑤ 1734 年版增添："（舞剑，然后向特吕法耳旦。）"特吕法耳旦发现马斯卡里叶对赖利作手势，马斯卡里叶立即装成练剑的样子。
⑥ 1734 年版增添："（向马斯卡里叶。）"
⑦ 1734 年版增添："（向赖利。）"

	了一个顶可恨的地方。
特吕法耳旦	你能不能住住口,让我们谈谈?
赖　利	他生在那不勒斯。
特吕法耳旦	他小时候,我叫他去的什么地方,谁照顾他的?
马斯卡里叶	这位可怜的教师阿耳拜也真难得,你托他照管儿子,他从波伦亚起,就一直陪伴着他。
特吕法耳旦	啊!
马斯卡里叶①	再这么谈下去,我们就毁啦。
特吕法耳旦	我很想从您这儿晓得他们的遭遇。时运不济,是在什么船上……
马斯卡里叶	我不晓得怎么的啦,直打呵欠。不过特吕法耳旦先生,您看这位外国先生也许要吃东西了吧?天色不早了吧?
赖　利	我不饿。
马斯卡里叶	嗐!您就不知道您有多饿。
特吕法耳旦	请进。
赖　利	您请。
马斯卡里叶②	老爷,在亚美尼亚,主人是不拘礼的。③可怜虫!没有说上两句话!
赖　利	我也就开头让他给吓住啦。可是你放心,我已经振作起来啦,说起话来,会滔滔不绝的……
马斯卡里叶	我们的情敌来了,他不晓得我们在捣什么鬼④。

---

① 1734 年版增添:"(旁白。)"
② 1682 年版增添:"(向特吕法耳旦。)"
③ 1734 年版增添:"(等特吕法耳旦进去以后,向赖利。)"
④ 1734 年版增添:"(他们走进特吕法耳旦的家。)"

第 三 场

［赖昂德，昂塞耳默。］

昂塞耳默 站住，赖昂德，听我谈两句，这关系到你一生的安乐和荣誉。我决不是作为小女的父亲、作为关心我的家庭利益的人，才和你谈话，而是像令尊那样，关怀你的幸福，不想奉承你，也不要瞒着你什么。总而言之，遇到同样的事，我希望人家也能肝胆相照，这样对待我的子女。你的佳话，一夜之间，传遍全城，你知道每一个人的看法吗？你昨天抢亲的事，你知道在各方面引起多少议论，造成多少笑柄吗？你一时高兴，看中本地一个埃及的贱货、一个卖笑的姑娘做老婆，她的高尚职业也不过是沿街乞讨，大家会怎么样批评你啊？我为自己害臊，因为我发现自己也卷进漩涡来了，小女已经许配给你，外人看不起她，就不会不给我带来羞辱的，可是我说，我替你比替我自己还害臊。唉呀！赖昂德，别再堕落下去了。睁开眼睛，看看清楚吧。倘使我们不能终日循规蹈矩的话，犯过错的时间总是越短越好。老婆带来的嫁妆只有美貌，喜事一过，就会懊悔。欢好无常，最美的女人也抵挡不了事后的冷淡。你再听我说，青年人一时激动，一时热狂，一时不顾一切，起初有几夜觉得开心，可是这种欢娱，决不耐久，我们度过这些良宵，热情减低，苦难的日子就要接踵而至：结局就是父亲盛怒之下，取消儿子的继承权，眼前只有烦恼、忧虑和苦难了。

赖昂德　　您说的话，我已经都想到了。您对我的热切关怀，我一方面觉得自己不配，一方面是万分感激。我纵然不克自主，一时误入歧途，可是令嫒的才貌，还有她的人品，我是心中有数的，所以我一定尽力……

昂塞耳默　这家大门开开了，我们走远些，免得看到什么坏人，反而于你不利。

第 四 场

〔赖利，马斯卡里叶。〕

马斯卡里叶　您干的一些蠢事，也太不像话了，再这样下去的话，我们的诡计很快就会露相的。

赖　利　　我怎么就该老受你的责备？你有什么好抱怨的？我说的话不都恰如其分吗？……

马斯卡里叶　也就是凑合。比方说，您把土耳其人叫邪教徒，还一口咬定他们信奉的神是月亮和太阳。这都不说啦。我顶气不过的是①，您在赛丽跟前，里里外外只有爱情，就像火太旺了，牛奶面汤烧开了，往四外涨，流得到处都是。

赖　利　　要人怎么样克制自己？我差不多还没有跟她说话呐。

马斯卡里叶　对，可是光不说话，也不顶事。用饭用了一会儿工夫，您那些手势，就比别人整整一年制造出来的疑心还多。

---

① 1682年版，下面的话加括弧，表示演时不说。这就需要译成："这让我顶气不过。"不过这样译，还是解决不了上下文不属的基本情况。

赖　利　　那怎么会？

马斯卡里叶　怎么会？有目共睹。特吕法耳旦让她一块儿用饭，您直不愣腾，老盯着她看。脸红红的，一副窘相，眉来眼去，看也不看一眼上的菜。她喝起来了，您才觉得渴，从她手里抢过杯子，洗也不洗，剩下的酒也不倒，就拿嘴对准她的嘴印子喝。她的小手碰过的面包，或者牙咬过的面包，您伸手去拿，比猫捉老鼠还快，张口就吞，跟吞豌豆一样。除此以外，您还在桌子底下发响声，脚蹬来蹬去，讨厌到了极点，特吕法耳旦也让您狠狠踢了两脚，没有地方出气，处罚了两回两条完全无辜的狗；狗要是有胆子的话，会找您算账的。您后来的行为，难道又好来的？①我呐，像扎了一身刺；别看天气冷，我急出了一身汗。我望着您，就像一个玩球的，扔出了球以后，看着球滚②，身子扭过来扭过去，直想制止您所有的行为。

赖　利　　我的上帝！你感觉不到那些快乐的原因，所以怪起人来，才这样容易！不过为了使你喜欢一回，我也希望压制压制我那专制的爱情，从今以后……

第　五　场

〔赖利，马斯卡里叶，特吕法耳旦。〕

马斯卡里叶　我们在讲贺拉斯的经历。

---

① 1682年版，下面的话，到"看着球滚"为止，加括弧，表示演时不说。
② 滚球游戏，远处立九根短棒（quilles），看木球能打倒几根，多者赢。

特吕法耳旦　好得很。①我有一句话同他私下里谈，您不见怪我吧？

赖　利　见怪的话，我就很失礼了。②

特吕法耳旦　你听我讲，你清楚我方才做什么来的吗？

马斯卡里叶　不晓得，但是只要您见告，我一定会很快就晓得的。

特吕法耳旦　有一棵结实的大栎树，已经活了将近两百年了，我方才特意挑了一个枝子，粗细正好，砍下来，我马上就聚精会神修成一根棍子，约摸有……是呀，有这么粗细③；有一头没有这么粗，不过打到肩膀上头，总比三十根竹竿子重，因为很合手，绿油油的，疙里疙瘩的，沉甸甸的。

马斯卡里叶　不敢请问，这是为谁预备的？

特吕法耳旦　为你；再次就为那个假冒为善的骗子，哄我相信他是好人，打我的主意；就为那个亚美尼亚人，那个乔装的商人；他假造故事来糊弄我。

马斯卡里叶　什么？您不相信……？

特吕法耳旦　你用不着找借口。是我运气，他自己泄露了他的狡计。他握着赛丽的手，对她说：他是借题来的，是为她来的。他没有留意我的干女儿小贞就在跟前，一句又一句，全听见了。他没有提到你，不过我相信你不会不是该死的同谋。

马斯卡里叶　唉呀！您可错怪了我！您要知道，他糟踏您算不了什么，头一个受骗的是我。

特吕法耳旦　你要我相信你说的是真话吗？那你就帮我把他赶走，把

---

① 1734 年版增添："（向赖利。）"
② 1734 年版增添："（赖利走进特吕法耳旦的住宅。）"
③ 1682 年版增添："（他伸出他的胳膊。）"

	这个坏包臭打一顿,我打,你也打,我就免了你共犯的罪名。
马斯卡里叶	来呀,奉陪,我要赏他一顿棍子,让您看看我跟他是不是一伙儿的。①啊!亚美尼亚先生,你要挨揍的,什么事总坏在你手上!

第 六 场

〔赖利,特吕法耳旦,马斯卡里叶。〕

特吕法耳旦②	请,我有一句话讲。好啊,骗子先生,你今天竟敢愚弄一位正经人,寻他的开心吗?
马斯卡里叶	假装在外国见到他的儿子,好混进他的家呀?
特吕法耳旦③	滚,马上滚。
赖 利④	哎哟!坏蛋!
马斯卡里叶⑤	捣鬼就该……
赖 利	凶手!
马斯卡里叶	尝尝这种甜头儿。记住这个。
赖 利	什么!我会让……
马斯卡里叶⑥	去,去,不的话,我就揍死你。

---

① 1734 年版增添:"(旁白。)"
② 1734 年版增添:"(叩门后,向赖利。)"
③ 1682 年版增添:"(打赖利。)"
④ 1734 年版增添:"(马斯卡里叶也打他,向马斯卡里叶。)"
⑤ 1682 年版增添:"(还在打他。)"
⑥ 1734 年版增添:"(一直在打他,赶他走。)"

特吕法耳旦　　这下子我称心啦。进去吧,我满意啦。①

赖　利②　　打我!一个当听差的,这么作践我!这坏家伙胆大妄为,竟敢欺负他的主人,谁能料的到?

马斯卡里叶③　请问,尊背疼不疼呀?

赖　利　　什么!你还敢对我说这种话?

马斯卡里叶　这呀,这就是看不见小贞和说话一直不小心的报应。我这一回决不生气,我不发作,也不骂您。随您举动怎么轻率,我也由它去,反正我的手在您的脊梁骨上已经给我出气了。

赖　利　　你卖主求荣,我要报仇的。

马斯卡里叶　你是自作自受。

赖　利　　我?

马斯卡里叶　您方才和您的心上人谈话,您要是头脑清醒的话,就会留意到小贞在您后头,就不至于让她的尖耳朵全听了去。

赖　利　　难道对赛丽讲的话,她会听到?

马斯卡里叶　不听到,怎么会这么快就扫地出门的?是呀,就由于话多,您才到了外头。我不晓得您是不是常玩"皮盖",手里起码应该留下几张好牌才成。④

赖　利　　嗜!世上人数我运气坏了!可是话说回来,你凭什么撵我走?

马斯卡里叶　我是万不得已。我这么做,起码他先不会疑心我是主谋

---

① 1734年版增添:"(特吕法耳旦走进他的住宅,马斯卡里叶随下。)"
② 1734年版增添:"(回来。)"
③ 1682年版增添:"(在特吕法耳旦的窗口。)"
④ "皮盖"(piquet)是一种扑克游戏,三十二张,七点以下不用。二人,每人十二张,每次发二张,下余八张,换牌用。

	或者同谋了。
赖　利	那你打我就该轻点儿呀。
马斯卡里叶	有这种笨人！特吕法耳旦斜着眼睛盯牢了我。再者，不瞒您说，来这么一个方便的借口，消消我这口恶气，我决不遗憾。反正事情已经做下了，只要您保证不跟我记仇，不管是兜圈子，还是不兜圈子，不报我高高兴兴打了您那一顿的仇，我就答应您，靠我现在的地位，不出两夜，让您心满意足。
赖　利	你待我就算太不成话，只要你答应我，我有什么好刁难的？
马斯卡里叶	那么，您答应我啦？
赖　利	对，我答应你。
马斯卡里叶	还有。您答应我，不管我做什么事，您不要插一脚进来。
赖　利	行。
马斯卡里叶	您要是说话不算话呀，害疟疾死掉①！
赖　利	可是你也要说话算话，想着让我放心。
马斯卡里叶	去把衣服脱了，给背上抹点儿药膏吧。
赖　利②	倒楣事怎么跟定了我，一个劲儿老丢脸呢？
马斯卡里叶③	怎么！您还没有走？快走吧。千万别再操心啦，有我效劳，您就放心好了，随我有什么计划，也不劳您帮助……安心歇着去吧。
赖　利④	是，行，我一定这么着。

---

① "害疟疾"是当时流行的咒语。
② 1734年版增添："（一个人。）"
③ 1734年版增添："（从特吕法耳旦的家里出来。）"
④ 1734年版增添："（走开。）"

马斯卡里叶[①] 现在看看我用什么计谋好。

第 七 场

［艾尔嘎司特，马斯卡里叶。］

艾尔嘎司特 马斯卡里叶，我来告诉你一个消息；它要给你的计划带来狠命的打击。就在我说话的时候，来了一个年轻的埃及人，皮肤不算黑，样子像很有钱，[②]一道儿来的还有一个憔悴不堪的老婆子。他到特吕法耳旦家里来赎你们想弄到手的那个女奴隶。他像是很爱她。

马斯卡里叶 这一定是赛丽说起的那位情人了。世上没有人比我们再命苦的了！真是一波未平，一波又起。我们听说赖昂德正打退堂鼓，不跟我们捣乱了；他父亲出其不意地来了，伊波莉特占了上风；父命所在，焉敢不从，婚约就要立了：可是知道了这个也不顶事。去一个情敌，来一个更厉害的情敌，我们仅有的一点希望也无踪无影了。不过靠我的神机妙算，我相信我还能推迟他们上路的日子，找到必需的时间，努力结束这桩好事。新近出了一件大窃案，谁干的，没有人知道。很少有人把他们当作好人看待。我希望略施小计，给这小子添点儿无妄之灾，在牢监里头

---

① 1734 年版增添："（一个人。）"
② 有人把"样子像很有钱"（Seut assez son bien），解释为"样子像很文雅"，一般认为不妥当。"有钱"关系着下文赎女奴隶。

关上几天。①我认识几位法院的官儿，个个儿饥不择食，干这种事，决不迟疑。他们为了弄几文小费进账，就张牙舞爪，无所不为。为了他们的利益，钱口袋常常有罪，掏钱赎罪，也就成了理所当然。

---

① 1682年版，下面的话加括弧，表示演时不说。

第 五 幕

第 一 场

〔马斯卡里叶，艾尔嘎司特。〕

马斯卡里叶 嗐！蠢货！嗐！双料的蠢货！木头脑壳！你要折磨我一辈子，还是怎么着？

艾尔嘎司特 仗着伤口警官①的周密布置，你的事情进行得很顺利，眼看那小子就要关起来了，你的主人早不来，晚不来，偏巧在这时候赶来，像疯子一样，打乱了你的计谋。他高声喊道："我不能答应一位正人君子受这种羞辱；我看他的脸相，就敢担保；一切有我。"衙役不肯放手，他马上就动武，打了他们一个胡天胡帝，他们平时一棍也挨不起，我说话的这个当儿，他们还在逃命，全以为赖利在追他们。

马斯卡里叶 坏东西就不知道，这个埃及人已经到了特吕法耳旦家里，要把他的宝货带走哩。

艾尔嘎司特 再见，我另外有事，不奉陪啦。

---

① 这位警官有伤口，本来是身体上一种标记，后来成了诨名，甚至于成了人名。旧版本"伤口"原文（balafré）第一字母小写，直到 1773 年版，才改为大写（Balafré）。

马斯卡里叶① 可不，这么一手绝活儿，使我目瞪口呆，无话可说。这家伙一定有魔鬼附身，人家会说，我也确信，这捣蛋鬼就爱拆我的台脚，什么地方他能坏事啦，魔鬼就把我带到那个地方去。不过我偏干到底，别看我一次又一次失败，倒要看看是魔鬼赢，还是我赢。赛丽有点儿向着我们，很不愿意离开。我就想法子利用利用这个机会吧。不过他们来了，想着我该怎么做吧。这所房子，家具现存，由我支配，我可以自由使用。运气好的话，就算定规了，房子只我一个人住，钥匙也在我手里。唉呀！上帝！在这短短的时间，出了多少怪事！我这坏包也不得不变化多端。

第 二 场

［赛丽，昂德耐。］

昂德耐　　你知道，赛丽，只要能向你表白我的感情真挚，我什么事也做。从我年轻时候起，威尼斯人见我作战勇敢，就相当器重，不是我夸口，这样干下去的话，我会有一天得到一个体面的职位。可是我看见了你，心里忽然起了变化，抛弃前程，改头换面，很快就作为你的情人，混入你那一伙人里边，任何意外摇动不了我的坚决的心情，连你的冷淡也办不到。后来出了岔子，你我天各一方，说什么也想不到会那样久长。为了和你再在一起，我不辞辛苦，破除时

---

① 1734 年版增添："（一个人。）"

间，总算找到那个埃及老婆子，探听到你的下落：原来是你那些伙伴，急于弄一笔钱，解除大家的困难，把你在这个地方典给别人了。我听到消息，急莫能待，赶快跑来粉碎你做奴隶的锁链，听候你的吩咐。按说你恢复自由，就该眉飞色舞才是，想不到你竟然是愁容满面。如果你喜欢清静的话，我打仗得了许多东西，足够两个人在威尼斯过活。万一我还得像往常那样，随你东飘西荡，我也同意，因为我的野心就是待在你一旁，你爱叫我怎么样，我就怎么样。

赛　丽　　您对我的热心，有目共睹，我为这个愁眉不展，未免忘恩负义。我脸上显出激动的情绪，一点也说明不了我当前的心情。原因是我头疼得实在厉害。假使我对你多少还有一点力量的话，我们的旅行最好是等我病好了，过三四天再走不迟。

昂德耐　　你愿意缓几天走，就缓几天走，我一心一意只为图你喜欢。我们找一所房子让你将息将息。说来也巧，那边就有招租条子。

第 三 场

［马斯卡里叶①，赛丽，昂德耐。］

昂德耐　　瑞士先生，你是这房子的主人吗？

---

①　1734年版增添："（扮成瑞士人。）"

马斯卡里叶　不敢当，是咱。

昂德耐　　　有房子出租吗？

马斯卡里叶　有。房间带家具，租给外国人住，行为不端的人可不租哩。

昂德耐　　　你这所房子，想来名声还好吧？

马斯卡里叶　咱瞅你的脸子，不像本城人。

昂德耐　　　不是。

马斯卡里叶　女的是先生屋里的？

昂德耐　　　什么？

马斯卡里叶　是老婆，还是妹子？

昂德耐　　　都不是。

马斯卡里叶　长相怪俊的。你是干啥的，做生意，还是告状的？可别打官司，要大破钞的，犯不上！公家讼师是贼，私人讼师也糟得很。

昂德耐　　　跟这不相干。

马斯卡里叶　那你带这位闺女上路，是散心的，到城里开眼的？

昂德耐　　　你就少管闲事吧。① 我去去就来。我马上就找老婆子来，再把我们预订的车给退掉。

马斯卡里叶　她有病啊？

昂德耐　　　她头疼。

马斯卡里叶　咱呀，有好葡萄酒，有好干酪。请咧，请咧，到咱的小房子来。②

---

① 1734年版增添："（向赛丽。）"
② 1734年版增添："（赛丽、昂德耐和马斯卡里叶走进房子。）"

第 四 场

〔赖利,昂德耐。〕

赖 利[①]　我心里纵然着急,可是有言在先,我只好耐心等待,一无所为,由人料理,看上天怎样安排我的命运。[②]你找这家什么人吗?

昂德耐　这所带家具的房子,是我方才租的。

赖 利　不过房子是家父的,我的听差为了看房子,夜晚就住在这儿。

昂德耐　我不晓得。反正有招租条子。你念念看。

赖 利　我承认,这的确出乎我的意料之外。家伙!是谁贴的?做什么用?啊!有啦,我猜了个八九成:跟我猜的就许是一档子事。

昂德耐　请问是哪一档子事?

赖 利　换了旁人,我决不奉告,不过你就不同了,你会守口如瓶的。你看见的招租条子,据我猜测,不会是别的,一定是我说起的那个听差的什么计策,一定是他搞出来的什么鬼花样,帮我把一位埃及姑娘弄到手。我爱极了她,说什么也要弄到她;可是我失败了,一连几次都失败了。

昂德耐　她叫什么名字?

赖 利　赛丽。

---

① 1682年版增添:"(一个人。)"
② 1734年版增添:"(向昂德耐,后者从房子里面出来。)"

昂德耐　　唉呀！你怎么不早说？只要你开口，我一定会免去这个计划给你带来的种种烦难。

赖　利　　什么！你认识她？

昂德耐　　我现在才把她赎出来不久。

赖　利　　哦！真想不到！

昂德耐　　由于她的健康关系，我们一时不能上路，所以就让她在这所房子住下来了。难得你如今把你的意图说给我知道，我很愉快。

赖　利　　什么！我希望的幸福，会从你这儿得到？你能……？

昂德耐①　我立刻让你满意。

赖　利　　我对你说什么好？怎么才能报答……？

昂德耐　　不必，我用不着，我根本不要报答。

第 五 场

〔马斯卡里叶，赖利，昂德耐。〕

马斯卡里叶②　得！那不是我的急性子主人！他又要给我添新麻烦了。

赖　利　　穿了这么一身怪衣服，谁认得出是他啊？过来，马斯卡里叶，欢迎。

马斯卡里叶　咱是个场面人，不是马克里叶。咱自来就没有卖过女人，卖过闺女。

---

① 1734年版增添："（过去叩门。）"
② 1734年版增添："（旁白。）"

赖　利　　　怪腔怪调的，还真逗哏！真有你的！

马斯卡里叶　拿咱开心，滚你的吧。

赖　利　　　好，好，别装蒜啦，认认你的主人吧。

马斯卡里叶　妈的，咱自来就不认识你这个鬼东西。

赖　利　　　全说妥当啦，用不着装假。

马斯卡里叶　你不走哇，咱揍你个好看的。

赖　利　　　你听我说，你的德意志方言①已经成了多余，因为我们说定了，他成全我的好事，满足我的愿望，你用不着再担惊受怕。

马斯卡里叶　既然时来运转，你们已经说定了，我也就变成自己，不必充瑞士人了。

昂德耐　　　你这个听差对你非常忠心。不过你等一等，我就回来。

赖　利　　　好！你说怎么样？

马斯卡里叶　我们没有白费心血，终于结局美满，我从心里快活。

赖　利　　　你先前还不肯露出你的本相，直不信我会成功。

马斯卡里叶　因为我清楚你的为人，所以怕得不得了，就是现在，我还觉得出奇。

赖　利　　　不过你得承认，我最后立下了大功劳。至少，我这一回是将功赎罪了。完成大业的荣誉要归我啦。

马斯卡里叶　就算是吧：靠你运气好，不是靠你聪明。

---

① 瑞士有一部分人说德意志语言。马斯卡里叶的瑞士话是学德国人说的不准确的法国话。演时可以改成"瑞士方言"。

第 六 场

［赛丽，马斯卡里叶，赖利，昂德耐。］

昂德耐　她是不是你和我说起的那位姑娘？

赖　利　呀！世上没有比我再幸福的人了！

昂德耐　不错，我受过你的恩惠，不承认这一点，我会受责难的。可是话说回来，拿我的心头肉来酬谢，这种恩惠的代价也就未免太高了。我为她的美貌，神魂颠倒，我该不该出这样的高价报答，你想想也就明白了。阁下宽洪大量，想来也不会要我这样做的。过几天再会。我们到我们原来的地方去。①

马斯卡里叶②　我笑，可是我并不想笑。③你们说定了，他送赛丽给你。还……你懂我的意思。

赖　利　太不像话，我再也不想求你为我帮这种多余的忙了。我是蠢货，是奸细，是可憎的凶手，配不上你的好意，什么事也不会做。算啦，别为一个背时的人卖命啦，我不允许自己坐享其成。经过种种挫折，经过我的轻率，应当助我一臂之力的，只有死。

马斯卡里叶④　这是完成他的事业的真正方法：他干的傻事，不一而足，

---

① 1682年版增添："（他带赛丽下。）"1734年版让"过几天"和下句相连，应译为："我们到我们原来的地方过几天去。"
② 1682年版增添："（歌唱。）"
③ 1682年版改为："（我唱，可是我并不想唱）。"
④ 1734年版增添："（一个人。）"

可是登峰造极，还欠一死。想到他做的那些错事，他恨极了自己，赌气不要我过问，不要我协助，不过没有用，他爱怎么样就怎么样，我反正要帮忙到底，不管他愿不愿意，也要战败他的磨难，取得胜利。障碍越大，荣誉越高。我们克服的困难只是一些装扮勇敢的侍女罢了。

第 七 场

〔马斯卡里叶，赛丽。〕

赛　丽[①]　随你怎么说，随你有什么建议，我对迟走几天，不存什么奢望。我们单看结局，也就明白，他们两下里离妥协还很远呐。我早已对你说过，像我们这样的人，是不肯为了一方害另一方的。我对双方都有强烈的感情，只是感情并不一样罢了：赖利有我的爱情、强烈的爱情，昂德耐那方面也分到我的感激，决不许可我的私心，有一点点损害他的利益。是的，就算他在我心里没有位置，就算我对他的痴情并不热衷，起码我也应该报答他为我付出的代价，决不可以违拂他的信义和旁人相好，就说克制自己的私念，如同我压制他明白表示的欲望一样。我的责任为我制造出了这些困难，你说说看，你能有什么希望？

马斯卡里叶　说实话，这些障碍很难解除，我又没有制造奇迹的本领。不过我尽我最大的能力，哪怕是上天入地，哪怕是跑遍天

---

① 1734 年版增添："（向马斯卡里叶；他先对她低声说话来的。）"

涯海角，也要想法子找出一个两全之策。怎么做才好，我这就告诉你。

第 八 场

[赛丽，伊波莉特。]

伊波莉特　自从你住到我们这个地方以来，本地的妇女有充分理由抱怨你那双销魂的眼睛：你抢去了她们最得意的胜利品，把她们的情人全变成了负心汉。他们才一露面，你就箭不虚发，一箭一个。他们甘心给你当奴隶，似乎我们的损失每天都在帮你增加财富。拿我来说，我对你那种横行霸道的出奇的魅人力量，本来也不要抱怨，只要我那些情人变成你的情人的时候，你给我留下一个来，此外的损失我也就不介意了。可是你惨无人道，全给我抢走了。你这种残酷的作风，我也只有抱怨了。

赛　丽　这是一种温文尔雅的揶揄。不过求您网开一面吧。您的眼睛，您自己的眼睛就十分晓得自己的力量，用不着对我有丝毫的畏惧。它们对自己的魅力很有信心，从来不会无谓惊惶的。

伊波莉特　其实我这些话，大家早已心中有数，我一点也没有添油加醋，别的不说，人人晓得赛丽迷住了赖昂德和赖利。

赛　丽　他们迷失方向，我相信你失去了他们，也不会难过的。你的情人会看中这样一个坏女孩子，你不会器重他的。

伊波莉特　恰巧相反，我的看法完全两样。我认为你的美貌是一种抗拒不了的威力，他们不由自主就变了心，倒也十分值得原谅。所以赖昂德喜新厌旧，不守誓言，我也就不能怪罪他了。我希望自己心平气静，不久就会见到他听凭父亲做主，和我结婚。

第 九 场

〔马斯卡里叶，赛丽，伊波莉特。〕

马斯卡里叶　好消息！好消息！意料不到的结局！让我现在来告诉你。

赛　丽　什么消息？

马斯卡里叶　我不骗你，你听我说……

赛　丽　什么？

马斯卡里叶　一出真正和地道的喜剧的收场。就在现在，那个埃及老婆子……

赛　丽　怎么样？

马斯卡里叶　走过广场，什么也不在想，就见另外一个老婆子，长得相当丑，面对面，打量了她老半晌，就扯开沙嗓子，破口大骂，狠命和她厮打起来①。她们的武器不是火枪，不是短剑，也不是射箭，空里只有四只干瘪的爪子，岁月给她们骨头上留下的一点点肉，两位女战士拼了命往下抓。大家听见的只是什么泼妇、淫妇、贱货。她们的包头布老早就在广场上飞开了，露出两颗没有头发的光

---

① 1682年版，下面一句话加括弧，表示演时不说。

头，把一场好战也变得又难看、又好笑。听见吵架的声音，昂德耐和特吕法耳旦也挤在人群里面跑了过来。两个老婆子怒气冲天，他们费了好大劲，才把她们揪开。一场狠斗过去了，两个人都想着遮掩自己的现眼的秃头。大家想知道她们为什么怄气，就见头一个惹起这场风波的老婆子，别看她一肚子的气，还仔细打量了半晌特吕法耳旦，接着就大声嚷嚷："人家说您隐姓埋名，住在本地，我眼下要是没有认错人的话，您就是他了！哦！有这么巧的相会！是呀，萨诺比奥·卢拜尔提老爷，我正在为您苦恼不堪，不料就在这时候，天叫我遇见了您！①您把家丢在那不勒斯走了，您知道，您的女儿自小儿由我带大，从四岁起，做人跟长相，就样样儿可爱。您眼前的这个不要脸的女妖精，常到我们家里走动，就把小宝贝偷去了。嘻！太太为了这事，我相信难过的不得了，不多久就下世了。我一看小姐让人拐骗了，怕您怪罪到我头上来，就捎信给您，说两个人全死了。不过我既然撞见了她，现在就非冲她要人不可，小姐到底怎么样了。"她一连几次说起萨诺比奥·卢拜尔提的名字，昂德耐听在耳里，脸色改变了好一阵工夫，就冲吃惊的特吕法耳旦说："什么？我一直寻访不到的人，上天可怜，到底让我找到了！看见生我养我的人，竟然当面不相识！②是呀，父亲，我是您的儿子贺拉斯。照管我的阿耳拜去世了，凑巧我心里有别的挂虑，就抛弃学业，离开波伦

---

① 1682 年版，下面的话，到她说完为止，加括弧，表示演时不说。
② 1682 年版，下面的话，到"高兴到了什么程度"，表示演时不说。

亚，六年以来，受好奇心的驱使，浪游各地，后来又起了回乡见见亲人的心思，可是我在那不勒斯，嗐！没有找到您，而且一个人一个说法，得不到您的确实消息。寻问不出您的下落，我在威尼斯住了一个时期，没有再作无谓的奔波。直到现在，除去您的姓名，家里事我就一无所知了。"你们想想看，特吕法耳旦听到这话，高兴到了什么程度。总而言之，（得闲的时候，盘问一下你的埃及老婆子，你就全知道了，我用不着跟你啰嗦，）特吕法耳旦认你是他的女儿。昂德耐成了你的哥哥，他一见自己不能娶你，因为你是他的妹妹，就希望报答我的主人，求父亲许你给他做老婆。我们那位老爷从始至终也在场，不但满口应允，而且为了给家里喜上添喜，建议把女儿嫁给新找到的贺拉斯。你看，一下子出了多少稀奇事！

赛　丽　　这么多的新鲜事，我听也听呆了。

马斯卡里叶　他们全跟在我后头来了，只有两位女斗士打完了架，还在调理她们的身子。赖昂德和他们在一起，你的父亲也来了。我现在找我的主人，拿话对他讲明白。他以为障碍重重，决难如愿以偿，可是上天显出奇迹，成全了他。①

伊波莉特　我听了这些话，不晓得怎么样欢喜才是，我对自己的事也不会让我分外欢喜。不过他们来了。

---

① 1734年版增添："（马斯卡里叶下。）"

第 十 场

〔特吕法耳旦，昂塞耳默，庞道耳弗，
昂德耐，赛丽，伊波莉特，赖昂德。〕

特吕法耳旦　呀！我的女儿！

赛　丽　呀！我的父亲！

特吕法耳旦　你已经晓得上天怎么样保佑我们了吗？

赛　丽　我听到这神奇的结局也就是一会会儿工夫。

伊波莉特　（向赖昂德。）你的心上人就在我眼面前，所以你为你的负心找借口，根本是自说白话。

赖昂德　我要求的是宽洪大量饶恕我。不过青天在上，我之所以临崖勒马，家父的主张跟不上我自己的主意。

昂德耐　（向赛丽。）那样真纯的热爱，谁会相信有一天要受大自然的谴责呢？幸而一直有荣誉支配着它，所以用不着太大的改变，我就可以维持我的热爱。

赛　丽　我这方面，一直责备自己，以为做错了事，因为我对你只有一种极高的敬重。我不能知道有什么强大的阻力，止住我不走又愉快、又光滑的下坡路，而且我即使勉强自己相爱，也不知道有什么阻力，让我对你的情话一直不感兴趣。

特吕法耳旦[①]　可是我才找到你，又打算马上和你分手，把你嫁给他的儿子，你要怎么样说我呀？

---

① 1734 年版增添："（向赛丽。）"

赛　丽　　　女儿的终身如今由您做主。

第十一场

〔特吕法耳旦，马斯卡里叶，赖利，昂塞耳默，
庞道耳弗，赛丽，昂德耐，伊波莉特，赖昂德。〕

马斯卡里叶①　我倒要看看，你的魔鬼这一回有没有本事破坏这种牢不可破的希望，你还能不能开动脑筋，抵制你这天大的造化。天公作美，一转眼的工夫，想也没有想到，您的愿望就满足了，赛丽成了您的。

赖　利　　上天竟有旋转乾坤的能力，我能相信吗？

特吕法耳旦　是呀，我的女婿，是真事。

庞道耳弗　亲事已经说定啦。

昂德耐②　我正好借此酬谢你的恩典。

赖　利　　（向马斯卡里叶。）乐死我啦，我得亲你一千回，再一千回……

马斯卡里叶③　哎哟！哎哟！求您啦，轻点儿。他差点儿没把我闷死，万一您跟赛丽要好，也这样兴奋的话，我替她担心死了。宁可免了的好。

特吕法耳旦　（向赖利。）你知道我托庇上天，现在何等快乐。我们既然在一天之中人人如意，天黑以前就不要分手，同时还要

---

① 1682年版，下面一句加括弧，表示演时不说。
② 1734年版增添："（向赖利。）"
③ 1734年版增添："（向赖利。）"

尽快把他的父亲①请来。

马斯卡里叶　现在你们全有了着落，难道就没有一个姑娘，敷衍敷衍可怜的马斯卡里叶？②看见一个一个成双结对，我也动了娶媳妇的心思。

昂塞耳默　我倒有一个。

马斯卡里叶　走吧，愿上天保佑我们是自己的孩子的父亲。

---

① 指赖昂德的父亲。
② 根据一般习惯，演员说下面一句，走到台口，望着观众。

· 爱情的怨气 ·

原作是诗体。1656 年第一次在贝济埃 Béziers 演出。

人物

艾拉斯特	吕席耳的情人。
阿耳贝尔	吕席耳的父亲。
胖子·洛内	艾拉斯特的听差。
法赖尔	波里道尔的儿子。
吕席耳	阿耳贝尔的女儿。
马丽内特	吕席耳的使女。
波里道尔	法赖尔的父亲。
福罗席娜	阿斯卡涅的知心女友。
阿斯卡涅	阿耳贝尔的女儿,男装。
马斯卡里叶	法赖尔的听差。
麦塔福拉斯特	学究。
拉·辣皮耶尔	比剑者。

第 一 幕

第 一 场

〔艾拉斯特，胖子·洛内。〕

艾拉斯特 你要我讲给你听吗？我心神不宁，受了暗伤。可不，说起我闹恋爱的事来，随你怎么讲，实说了吧，我担心它上人家的当；不是我的情敌买通了你，你把心变坏了，就是，至少你跟我一样受了骗。

胖子·洛内 说到我，疑心我会耍鬼把戏，不怕我说出什么来得罪您，我干脆实说了吧，那有伤我的为人，简直是当面不认识人。像我这种长相的人，多谢老天爷，骂我是坏蛋，是骗子，我真还不配。人夸我厚道，我是受之而无愧的，本来我就胖墩墩的嘛。说到人家欺骗我，倒也很有可能，怀疑是有根据的，不过，我不相信我会上当。除非我是一个笨蛋，我就看不出来，会有什么值得您折磨自己。在我看来，吕席耳对您表白心情够瞧的了；她见您，整天跟您讲话；至于您害怕的法赖尔，说到临了，现在吃苦，似乎受到了什么压力。

艾拉斯特 假象往往蒙哄住一个情人的眼睛。最心爱的人常常不就是最受欢迎的人。妇女显示的热情有时只是一幅包藏别的爱情的遮羞布。最后，作为一个失意的情人，法赖尔近来有点儿过于安静；我受到的那些你所谓的表面的优待，他表示喜悦或者漠不关心，就是最可爱的魅力的一副一副毒药，成为这种你不懂得的苦恼的根由，让我疑心我的幸福是假的，我就难以相信吕席耳说的是真心话。要我好受呀，我宁可看他醋海兴波，又不高兴，又不耐烦，那时我才真正心安理得。你自己想想看，谁能看着一位情敌心满意足，像他那样？就算你什么也不相信吧，你告诉我，我有没有理由为这事发愁。

胖子·洛内　也许他认识到自己伤心叹气没有用，改变了主意。

艾拉斯特　人家不待见，哪怕真爱人家，也要躲得远远的，说什么也要闹它个天翻地覆，绝不会息事宁人，处在一种偃旗息鼓的境地。先前爱人家爱得像个命根子，过后心里绝不会漠然置之；看着爱过的人，他不增加蔑弃之心，爱慕之心很快就会回来。总之，相信我的话，即使你不爱人家，心里总有那么一点吃醋的意思，你不会看着自己，平白无故地被人摔掉，由着别人顶替。

胖子·洛内　就我来说，我不懂得这么大的道理：我眼里看见什么，我就老实相信，不做自己的死对头，不管有没有道理，折磨自己一顿。干吗死活找寻理由，为了痛苦不堪？没影儿的事，我也怕个没完没了！过不过节，等节日到了再说。我觉得，操心是一件不方便的事：没有正当理由，我绝不操那份儿闲心，甚至于眼前是一片操心的事，我也不要看它一眼。我跟您闹恋爱闹到一条路上，您关心，我也关心，要小姐骗您，先得丫头骗我？可是我小心在意不这样想。

	有人对我讲："我爱你"，我就信她信个实在，犯不上为了快活，去看一眼马斯卡里叶有没有拔掉头发。就算马丽内特高高兴兴答应姚得赖随意摸她、亲她，这位漂亮情敌笑得像个疯子，我也要学他笑个足，让人看看谁笑得顶好。
艾拉斯特	这话也就是你说。
胖子·洛内	可是我看她过来啦。

第 二 场

〔马丽内特，艾拉斯特，胖子·洛内。〕

胖子·洛内	天，马丽内特！
马丽内特	噢！噢！你在这儿干什么？
胖子·洛内	说真的，问吧，我们正在讲你。
马丽内特	您也在这儿，少爷！有一个钟头了，您让我跑来跑去，像巴斯克人一样[①]，撒谎才怪！
艾拉斯特	怎么回事？
马丽内特	为了找您，我跑了十里路，告诉您一个……
艾拉斯特	什么？
马丽内特	您不在教堂，不在散步的地方，不在家里，也不在广场。
胖子·洛内	顶好在哪儿等着。
艾拉斯特	请你告诉我，是谁叫你找我的？

---

① 巴斯克人 Basque 是法国与西班牙交界一带的山民，以身手轻捷出名，是走私的能手。

马丽内特	说实话,这个人呀,对您没有太大的恶意,一句话,是我的小姐。
艾拉斯特	啊!亲爱的马丽内特,你说的话真是她心里的想法?别对我隐瞒不祥的秘密。把真情讲出来吧,我不恨你。看在上天的份上,告诉我,你的美丽的小姐有没有拿虚情假意来报答我的真心实意?
马丽内特	哎!哎!您从哪儿来的这种滑稽想法的?难道她的感情还没有表白够?您的爱情还需要什么保证?您要怎么样?
胖子·洛内	除非是法赖尔上吊;没有这一点点保证,他的心就安定不下来。
马丽内特	怎么回事?
胖子·洛内	他吃醋吃到这种地步。
马丽内特	吃法赖尔的醋?啊!真是想到哪儿去啦!这只能是您脑子里胡思乱想的结果。我一直以为您是一位懂事的人;可是,眼下看来呀,我弄错了。你的脑壳有没有过上这个毛病?
胖子·洛内	我,吃醋?上帝可别让我犯这个毛病。也别胡涂透顶,拿这种焦心事儿糟蹋自己身子!先不说你的心对我是一种保证,就拿我对自己的意见来说吧,额头骨可高呐,除了我以外,就不会想到还有人能讨你喜欢。你到哪儿再找一个人跟得上我的?
马丽内特	说真的,你的话有道理,应该是这样的。一个吃醋的人不会让这些疑心露面的!结果也就是祸害自己,带动情敌的计谋得逞。你的忧虑往往擦亮情人的眼睛,看到那个伤害你的人的本领;我就认识一个人,由于情敌爱吃醋,一来

	就吵闹，反而如愿以偿，交上最好的运。总之，不管怎么样，表示怀疑不安，就在爱情里扮演了一个认输的角色，最后，得不到信任的是他本人。艾拉斯特少爷，这话是捎带着说给您听的。
艾拉斯特	好啦！不再讲这个。你找我有什么话讲？
马丽内特	正该让您多等一等。为了惩罚您，我为什么找您找得那么辛苦，我就该把这个大秘密瞒住不对您讲。看吧，看这封信，别再乱猜疑了。没有人偷听，您就扯开嗓子念吧。
艾拉斯特	（读）"你曾经对我讲，你为爱情什么也敢做，假如你能得到父亲的同意，爱情今天就可以给自己加冕。你对我特有的权力可以用了，我给你自由；如果事情对你有利的话，我的回答就是我一定服从。"啊！多福气！噢！你呀，给我带来一封这么好的信，我应当把你看成一尊神。
胖子·洛内	我早就对您讲过了。我对事情的看法从来没有错过。也只有您不信。
艾拉斯特	（读）"你对我特有的权力可以用了，我给你自由；如果事情对你有利的话，我的回答就是我一定服从。"
马丽内特	我要是告诉她你为人有多别扭，她会马上不认有这一封信的。
艾拉斯特	啊！我不过是偶尔胆怯，以为近处都是黑暗一片，求你就替我遮掩遮掩吧。万一你对她讲起来呀，就再加上一句：我准备好了死，来补偿我的过失；我要是有意惹她不欢喜呀，她生我的气是应该的，我愿意把我的性命献在她的脚边。
马丽内特	别说死不死的，还不是时候。

艾拉斯特	反正我欠下你的大人情。我希望很快就能漂漂亮亮地酬谢这样一位又高贵又善良的信差的恩德。
马丽内特	说正经，您知道我方才在哪儿找您来的？
艾拉斯特	怎么样？
马丽内特	靠近菜场，您知道。
艾拉斯特	到底在哪儿？
马丽内特	那，在那家铺子，上个月，您慷慨大度，自己答应赏我一只戒指。
艾拉斯特	啊！我明白啦。
胖子·洛内	鬼东西！
艾拉斯特	不错，我答应你的东西，到现在没有给，拖的日子也太久了，可是……
马丽内特	我说这话，可不是逼你。
胖子·洛内	噢！不是！
艾拉斯特[1]	这只戒指，你也许看得上眼，先拿着它吧。
马丽内特	少爷，您这是怎么的啦，我可不好意思拿。
胖子·洛内	不要脸的东西，拿着吧，别再蘑菇啦：少爷赏的东西，不要，那才是傻瓜哩。
马丽内特	这也是为了讨你点儿纪念。
艾拉斯特	我什么时候可以向这位可爱的天使道谢？
马丽内特	想办法弄到父亲的欢心。
艾拉斯特	万一他拒绝我，我该不该……
马丽内特	走着瞧！我们会帮您使出种种计策的。不管怎么说，她一定是您的：您那边加把劲，我们也拼命干。

---

[1] 1682 年版，补加："（拿下他的戒指给她。）"

艾拉斯特　　再见。我们今天就会知道结果的①。

马丽内特　　倒说咱们俩，咱们那档子事该怎么办？你说也不跟我说一声。

胖子·洛内　到时候拜天地，像咱俩，事情还不明摆着嘛。我要你；你也照样要我？

马丽内特　　那还用说。

胖子·洛内　就这么办啦，完啦。

马丽内特　　再见，胖子·洛内，我的心肝。

胖子·洛内　再见，我的星星。

马丽内特　　再见，我的烧火棍儿。

胖子·洛内　再见，亲爱的扫帚星，我心上的七彩虹。②感谢上天，我们的事由儿有门道啦：阿耳贝尔不会不答应。

艾拉斯特　　法赖尔朝我们走过来啦。

胖子·洛内　晓得事情的经过，我可怜这个穷鬼。

第 三 场

〔艾拉斯特，法赖尔，胖子·洛内。〕

艾拉斯特　　好啊，法赖尔先生？

法赖尔　　　你好啊，艾拉斯特先生？

艾拉斯特　　恋爱进行得怎么样？

---

① 1682 年版，补加："（艾拉斯特低声读信。）"
② 1734 年版，补加："（马丽内特下。）"

法赖尔	你的事由儿呢?
艾拉斯特	一天比一天有进展。
法赖尔	我的也在飞速前进。
艾拉斯特	还是吕席耳?
法赖尔	是她。
艾拉斯特	说真的,我承认,你是少有的坚贞的范例。
法赖尔	你的忠诚该是后人的一个少见的榜样。
艾拉斯特	就我来说,我不喜欢那种严峻的爱情,仅仅看上两眼就知足了,我对经常受到虐待也没有什么好感,总之,我要是爱呀,就要见爱、相爱。
法赖尔	这是自然的,我的看法跟你一样。我所爱的是最完美的美人,我不见爱呀,我就不会献上我的心。
艾拉斯特	可是吕席耳……
法赖尔	我要什么,吕席耳就给什么,心里可爱我啦。
艾拉斯特	你那么容易满足?
法赖尔	也不就像你想的那样容易。
艾拉斯特	我不是夸口,可是我相信,她爱的是我。
法赖尔	我呀,我就知道我在她心里有一个相当好的位置。
艾拉斯特	相信我吧,别让自己上当。
法赖尔	相信我吧,别让你的死心眼儿的眼睛太上当。
艾拉斯特	我要是敢给你看一件确实的东西,证明她的感情……不:你会大为震动的。
法赖尔	我要是敢对你揭露一个秘密……我会伤你的心的,还是不作声的好。
艾拉斯特	说真的,我并不乐意,是你逼得我,你太神气了,我得打击打击你。你念吧。

法赖尔[①]	可真多情啦。
艾拉斯特	你知道是谁写的?
法赖尔	对,是吕席耳写的。
艾拉斯特	怎么样?事情十拿九稳……
法赖尔	(笑)再见,艾拉斯特先生。
胖子·洛内	他发疯了,这位少爷:他有什么好笑的?
艾拉斯特	说实话,这出乎我的意外。不瞒你说,我就不知道这里头在闹什么鬼。
胖子·洛内	他的听差来了,我想。
艾拉斯特	是的,我看见他来了。我们假装不知道,逗他。把他主人的恋爱事由儿全讲出来。

第 四 场

〔马斯卡里叶,艾拉斯特,胖子·洛内。〕

马斯卡里叶	是啊,没有人比我现在更糟的啦,找了这么一位闹恋爱的年轻东家。
胖子·洛内	你好。
马斯卡里叶	你好。
胖子·洛内	马斯卡里叶这时候到哪儿去?有什么贵干?回来?走?还是待下来?
马斯卡里叶	不,我不回来,因为我哪儿也没有去;我也不走,因为我

---

① 1734年版,补加:"(读过以后。)"

	留住了；我也不待下来，因为眼下我就得走。
艾拉斯特	别这么作难自己：马斯卡里叶，慢点儿。
马斯卡里叶	啊！少爷，小的有礼。
艾拉斯特	你躲我们躲得好急呀！为什么？我有什么好让你怕的？
马斯卡里叶	我不相信你会吓唬我的。
艾拉斯特	讲和吧，我们不再为争风吃醋使气了。我们是朋友。我不搞这套把戏了，你们有什么打算，好敞开儿进行啦。
马斯卡里叶	但愿能这样就好！
艾拉斯特	胖子·洛内知道我的心在别的上头。
胖子·洛内	是这样的，我把马丽内特也奉让给你。
马斯卡里叶	这话就别提了，咱俩的争夺不会闹得那么不可开交。可是您少爷确实是不搞恋爱这档子事了，还是拿人寻开心啊？
艾拉斯特	我听说你主人进行得很成功，那位美人私下给了他好处，我再追下去就成傻瓜了。
马斯卡里叶	听你这么一讲，我确实高兴。不说我们的方案，我过去害怕的就是您捣乱，现在您知难而退，不能说您没有见识。是呀，女的对您好，玩的都是假招子，您上不了她这个当，再好没有。事情我一五一十全清楚，我有一千回可怜您希望要落空。愚弄老实人是要造罪的。可是，话说回来，您怎么识破这个鬼把戏？因为给他们要好当证人的，除去夜晚之外，也就是我跟别的两位。我们的两位情人可知足啦，不过，事情一直严守秘密，总以为不会有人知道底细的。
艾拉斯特	怎么！你说什么？
马斯卡里叶	我说，我就意想不到，少爷，也猜不出谁会讲给您听。我们装作没事人，把人人骗住，也把您骗住，其实，他们好

的要命，私下已经结婚啦。

艾拉斯特　你撒谎。

马斯卡里叶　少爷，小的领教。

艾拉斯特　你是混蛋。

马斯卡里叶　同意。

艾拉斯特　你胡说八道，欠当场给你来一百记棍子。

马斯卡里叶　您说到做到。

艾拉斯特　啊！胖子·洛内。

胖子·洛内　少爷。

艾拉斯特　这话我听了胆战心惊，我否认。（向马斯卡里叶。）你想跑？

马斯卡里叶　不。

艾拉斯特　什么？吕席耳嫁给了……

马斯卡里叶　不，少爷，我在开玩笑。

艾拉斯特　啊！你开玩笑，混账东西！

马斯卡里叶　不，我不开玩笑。

艾拉斯特　那么，是真的？

马斯卡里叶　不，不，我没有说这话。

艾拉斯特　那你在说什么？

马斯卡里叶　哎呀！我什么也不说，怕说错了话。

艾拉斯特　这是真事，还是假事，给我讲明白。

马斯卡里叶　您说真就是真，说假就是假；我在这儿，不是跟您争论这个的。

艾拉斯特[①]　你讲不讲？现在，用不着讨价还价，你的舌头就活动了。

---

① 1734年版，补加："（抽出他的宝剑。）"

马斯卡里叶　它还要讲傻话的！得啦，求您了，您要是高兴的话，就快揍我一顿，由着我滚吧。

艾拉斯特　我要听你把真话吐出来，不然呀，你就是死。

马斯卡里叶　哎呀！我说；不过，少爷，您听了也许要生气的。

艾拉斯特　说吧！可是当心你说的话：要是你讲的话有半句是谎话呀，我生起气来，你就没命啦。

马斯卡里叶　我讲真话；我要是有半句话骗您呀，您就剁掉我的腿、我的胳膊，比这还厉害，剁掉我的脑壳。

艾拉斯特　结婚是真的？

马斯卡里叶　我看，我的舌头这回可要惹乱子啦；不过，一句话，事情就像您说的那样，经过五个夜晚的拜访，利用你这堵遮风墙给他俩的好事打掩护，他们就在前天结了婚。从这以后，吕席耳本来热恋着我主人，也装作不怎么爱了，为了不叫人知道他们的秘密，就完全装成表面爱您，其实是她谨慎小心，做出来给您看的。要是您不相信我赌的咒，胖子·洛内可以随便哪一晚晌跟我一块儿去，我会让他看个清楚，因为我是放哨的，我们夜里可以自由进出她的屋子。

艾拉斯特　滚开，无赖。

马斯卡里叶　正中下怀；我要的就是这个。①

艾拉斯特　怎么样？

胖子·洛内　哎呀，少爷，咱俩全受骗啦，要是他讲的是真话的话。

艾拉斯特　哎呀！他讲的话太真啦，该死的刽子手。他说的句句话，我看了个透明。还有法赖尔，看见那封信就笑，也是不谋

---

① 1734 年版，补加："（马斯卡里叶下。）"

而合的做法。毫无疑问，统统是忘恩负义的女人为她男人设下的圈套。

第 五 场

〔马丽内特，胖子·洛内，艾拉斯特。〕

马丽内特　我来告诉你们，回头晚晌，我的小姐答应您到花园看她。

艾拉斯特　你还敢跟我讲话，你这两面做人的奸细？走开，离我远远的，告诉你的小姐，说她别再拿她写的字条吵闹我啦；混账东西，她的信呀，我就这么回答了①。

马丽内特　胖子·洛内，告诉我，他中了什么邪？

胖子·洛内　你还敢跟我讲话，不讲理的女人，骗人的鳄鱼，心比波斯的总督还黑、比耐斯屯贡人②还黑？去吧，去告诉你那位小姐，对她照实讲吧：别看她能随机应变，我们不是傻瓜，少爷不是，我也不是，从今以后，让她跟你一道见鬼去吧。

马丽内特③　我可怜的马丽内特，你是醒着还是睡着？是什么鬼迷上了他们的心窍？什么？就这样欢迎我们的好心好意？噢！这可真叫人意料不到！

---

① 1734 年版，补加："（他撕掉信，下。）"
② 耐斯屯贡人 Lestrygon，是吃人的巨灵，见于荷马的史诗《奥德赛》第十章。
③ 1682 年版，补加："（一个人。）"

第 二 幕

第 一 场

〔阿斯卡涅,福罗席娜。〕

福罗席娜 阿斯卡涅,多谢上天,我是一个保守秘密的女孩子。
阿斯卡涅 可是,我们在这儿讲这番话合适吗?当心别遇到意外,让人偷听了什么的。
福罗席娜 我们在家里倒不保险了。这儿四面八方都在我们眼底下,我们正好放心讲话。
阿斯卡涅 哎呀!把话讲出来,在我可真是一桩难事啊!
福罗席娜 看你把话说的!那么,这一定是一个重要的秘密。
阿斯卡涅 太重要了,因为对你讲,我都觉得疢心,我要是能隐瞒下去的话,你不会知道的。
福罗席娜 啊!你这是看不起我,有话不对我讲,迟疑来,迟疑去,可你知道这个关心你的人多么不爱开口!我跟你一道吃奶长大,对你那么关系重要的事都一向不对人讲!知道……
阿斯卡涅 是的,你知道不让世人晓得我的性别和家庭的秘密理由;你知道我幼年过活的家庭,小阿斯卡涅死了,害怕家产由外人继承，就把我装扮成他，顶替他的小命，所以我才放心向你讲起这话来。可是福罗席娜，在讲下去以前，我经常犯的一个疑心，请你给我解释明白。阿耳贝尔真就一点也不知道我这样装成男孩子、让他成为我的父亲的原因吗？

福罗席娜　说实话，你要我讲的事，也就够作难我的了：我始终弄不清楚这桩事由儿的底细，我母亲在这上头也帮不了我什么忙。据说在这个儿子出生以前，就有一位阔极了的舅父，小心翼翼地立下遗嘱，把大笔财富留给他，可是这位宝贝疙瘩儿子后来死了，他母亲瞒着不让人知道，她丈夫又不在家，担心老头子急疯了，看见整个家产落到别人手里，自己家里反而一点便宜也沾不到。你听我讲，为了掩盖这档子事，就决定把你接到家里来，养活成人，你母亲也同意这种骗人的做法，冒充那位死了的儿子，给知情的人送了些礼，答应一道保守秘密。阿耳贝尔从来不晓得其中的变化，他女人瞒着不叫他知道，整整十二年还要多，直到她害了急病，死得那样快，来不及把事情说破。不过，我看见他一直跟你生身的母亲有来往，我还清楚他私下里送她东西，他这么做，也许是有所谓而为的。另一方面，他要你成亲，让你跟一个女孩子结婚，葫芦里卖什么药，人就不知道了。我不知道他是不是晓得你顶替的事，反正他不晓得你是女孩子。可是我把话扯远了，也没有法子再扯了，还是回来谈你的秘密吧，我急着要听呐。

阿斯卡涅　你要知道，爱神不会受骗的，我是女孩子，瞒不过爱神的，他射出来的细箭，穿过我的男孩子衣服，一直射进一个弱女孩子的心里：总之，我爱上了人。

福罗席娜	你爱上了人？
阿斯卡涅	别急，福罗席娜；别先就吃惊，还不是时候；意想不到的事多着呐，这颗呻吟的心还有别的事要告诉你。
福罗席娜	什么事？
阿斯卡涅	我爱上了法赖尔。
福罗席娜	啊！你有道理。你爱的这个人呀，你这一顶替，就把他应该继承的一笔产业给顶丢了，他要是有点儿影子知道你是女的呀，会马上把家产弄回去的！这又是一个出人意外的大标题。
阿斯卡涅	你倒真想不到我还有事瞒着你。我是他女人。
福罗席娜	噢！天呀！他女人！
阿斯卡涅	是的，他女人。
福罗席娜	啊！这可真拔尖儿啦，说什么我也想不到这上头。
阿斯卡涅	我还有话告诉你。
福罗席娜	还有？
阿斯卡涅	我是他女人，可是，他本人连想都没有想到，他也想不到我是谁。
福罗席娜	好！讲吧，我不说话了，我不争论了，一连串的怪事把我都搅胡涂啦。我简直就想不出还有什么好惊人的。
阿斯卡涅	你高兴听，我就仔细给你讲。法赖尔决心给我姐姐当俘虏，我觉得他倒是一个可取的情人，人家不要他，我倒觉得他怪可怜的，不免对他有了一点好感。我希望吕席耳爱听他谈话，我怪她无情，怪她好厉害，不知不觉，不由自己，就领会了她不要接受的感情。他跟她讲话，领情的是我；他的叹息对人家不起作用，却让我受到深深的感染；他追求的女孩子不理他那一套，他却像胜利者，把我打败

了。所以，福罗席娜，我的有点儿太脆弱的感情，嗐！就把人家不要的东西当作宝贝捡了起来，不由自己受了伤，用过高的利息替别人还账。总之，我的亲爱的，总之，我爱他的这番意思直想有所表示，可是用的是别人的名字。这位太惹人爱的情人，有一夜晚，听我讲话偏袒他，还以为遇到的真是吕席耳；我小心在意跟他谈话，他一点也不感到我是乔装打扮。我就这样骗住了他，还得到他的喜爱，我对他讲，虽然我爱他，可是我父亲另是一种心思，我不得不照着他的吩咐来做。这样我们相爱就只好瞒着人，也只有夜晚才好相会；白天怕出乱子，我们之间任何私话也要避免；他看见我也要装出素不相识，就像我们先前毫无来往的模样。他那一方面，跟我这方面，都不许打手势、说话、递纸条子，泄露半点儿秘密。总之，这出骗人的好戏由我引导，我靠这个办法，把一个大胆的计划做到底，我为自己看中了一个丈夫，事情都像我说的那样。

福罗席娜 你这坏孩子，你真有天大的本事！谁看得出你冷冰冰的脸会干出这个！别看我盼望事情成功，你也太性急了点；难道你真以为事情会长久不为人知道吗？

阿斯卡涅 爱情强烈，什么也挡不住它，满足它的也只有它的计划，除非它达到给自己建议的目的地，它事后什么也不放在眼里。不过，今天，我讲给你听了，你的劝告……我丈夫来了。

第 二 场

〔法赖尔，阿斯卡涅，福罗席娜。〕

法赖尔　　要是你们两个在一起商量什么事，我不该打搅你们的话，我就走开。

阿斯卡涅　不，不，你来得巧，正好需要你打断我们的谈话。

法赖尔　　我？

阿斯卡涅　正是。

法赖尔　　怎么会的？

阿斯卡涅　我在讲，我要是女孩子的话，法赖尔一定有办法讨我喜欢；我要是他心上人的话，我也一定会很快就让他幸福。

法赖尔　　说这些话表白自己，不费什么事，因为有一个"要是"在中间挡着。话虽然甜，可是经不起考验，一出事，你就脱不了身了。

阿斯卡涅　一点也不；听我讲，你要是真爱我呀，我会心甘情愿满足你的。

法赖尔　　你是不是有心帮我忙，让我如愿以偿？

阿斯卡涅　我满足不了你的期待。

法赖尔　　你这话可不够交情。

阿斯卡涅　什么？我要是女孩子，真还爱你的话，法赖尔，你当真要我答应你，帮你得到另一个女人的爱？这事对我太难堪了，我做不到。

法赖尔　　这不等于白说？

阿斯卡涅　我对你说的话，是作为一个女孩子说的，你就该把它当作

	一个女孩子的话来听。
法赖尔	这么看来，阿斯卡涅，我对你的恩典没有什么好指望的，除非是上天在你这里显示一个大奇迹。总之，你不是一个女孩子，永别了你的情意：你对我感不感兴趣也就无所谓了。
阿斯卡涅	我的用心比什么人都细，牵连到爱情上来，一点点顾虑也会得罪我。总之，我是真心诚意：你要是不能叫我完全放心，放心你对我有同样的感情，你有同样热烈的友情，法赖尔，我也决不会管你的闲账，再说，我要是一个女孩子的话，我也决不允许另外一个女的占住你的心。
法赖尔	你这样妒忌，顾虑重重，我还没有遇到过；你感情这么激动，尽管事情古怪，我也只好答应了！你要我做的事，我照办就是。
阿斯卡涅	当真？
法赖尔	是的，当真。
阿斯卡涅	如果真是这样的话，我答应你，你的事就是我的事。
法赖尔	我回头有一个重要的秘密告诉你，你听了以后，怎么样想，对我很有关系。
阿斯卡涅	我也同样有秘密告诉你，你听了以后，你的真情就自然流露了。
法赖尔	嗜！这怎么会的？
阿斯卡涅	原因是我有一桩恋爱事由儿不敢对人讲，你对我所爱的人影响大极了，我将来幸福不幸福全看你了。
法赖尔	阿斯卡涅，说吧。只要我做得到，我在事前就可以做出担保，你一定幸福。
阿斯卡涅	你眼下答应的远比你能答应的多。

法赖尔	不,不:你要我传话的人,告诉我吧。
阿斯卡涅	还不到时候;不过,这个人,跟你关系很近。
法赖尔	你的话让我吃惊。但愿这不是我妹妹……
阿斯卡涅	我告诉你,现在不是我解释的时候。
法赖尔	为什么?
阿斯卡涅	有原因的。等我知道了你的秘密,你就知道我的秘密了。
法赖尔	要我说破我的秘密呀,我需要另外一个人的许可。
阿斯卡涅	把许可弄到手吧。到我们彼此亮出爱情的那一天,我们再看我们两个人谁顶守信用。
法赖尔	我接受这个打赌,再见。
阿斯卡涅	我也接受,法赖尔。①
福罗席娜	他以为从你这儿得到的是一位兄弟的帮助。

第 三 场

〔福罗席娜,阿斯卡涅,马丽内特,吕席耳。〕

吕席耳	就这么决定啦:只有这么做,我才能平下这口气来;这么做,能折磨他,再合我的心意不过。②我的兄弟,事情又大变啦。我一直不理睬法赖尔,现在我改了主意,我站到他这一边啦。
阿斯卡涅	姐姐,你说什么?怎么回事?变心!你这个变化,我觉得

---

① 1734年版,补加:"(法赖尔下。)"
② 1734年版,补加:"(以上的话向马丽内特讲。)"

太怪气啦。

吕席耳 我倒觉得你的变化才不可解释啦。从前，是你要我爱法赖尔；你为了他怪我三心二意，什么瞎折磨人啦，什么骄傲啦，什么不公平啦，全朝我头上撂；现在我要爱他啦，你又不高兴我这么做，我看你在反对他！

阿斯卡涅 姐姐，我不支持他了，我听你的。我知道他在接受另外一个女人的支配，你要是叫他回来，他不回来，那你可就丢人啦。

吕席耳 单单是这个的话，我保险我会打赢的。至于他的心思，我再有把握不过：我的眼睛看得可清楚了，那是瞒不过人的。我把我的心思对他讲，用不着担惊受怕。你要是不肯帮我传话呀，我自己会让他知道，他爱我的一片心意有好报应。什么？兄弟，你惊呆了，像天打雷劈一样？

阿斯卡涅 啊！姐姐，我要是对你有作用的话，你要是肯听一个兄弟的劝告的话，就别这么做了，别让法赖尔做出违心的事来，他爱的那个年轻姑娘跟我很要好，说真的，她有权利要你关心她。那个不幸的可怜虫爱疯了他，她的心思只讲给我一个人知道，多骄傲的人，再冷酷的心也会被她婉转的柔肠所打动。是的，你知道你这下子对她的打击有多大，她的心情你也会可怜的；她的痛苦我体会得一清二楚，姐姐，你要是把她喜爱的人抢走的话，我可以说，她会死的。艾拉斯特跟你是天生的一对，彼此也都相爱……

吕席耳 够啦，兄弟。我不知道你目前关心的是谁，不过，求你别再讲下去了，让我再细想一想吧。

阿斯卡涅 好吧，残忍的姐姐，你要是照你讲的计划做呀，那我就绝望透顶啦。

第 四 场

〔马丽内特，吕席耳。〕

马丽内特　小姐，您的决心也真够快的。

吕席耳　人家欺负我欺负到这种地步，怪不得我不管三七二十一，我要报仇，我生了气，眼前有什么，我就用什么。蛮横无礼到了极点，混账东西！

马丽内特　您看我到现在还为这生气。可是我也反复寻思来的，事情来的个怪，我就猜不透是怎么回子事。因为，说真的，听到好消息，他可高兴啦，心亮堂堂的；看到您那封信，他高兴得要死，就欠把我当作神仙看待。可是过后，一样的信，我这丫头受的气别提有多狠啦。我真不明白，在这么短的时间里，会起这么大的变化，我真还不懂是什么缘故。

吕席耳　我恨他，他也找不出话来回护自己，因为就没有事情能让他感到痛苦的。什么？你想在天良丧尽之外，另帮他寻找干这种坏事的秘密原因？我那封倒楣的信，都怪我不好，要给他写信，可是他凭什么借口糟蹋它？

马丽内特　说实话，我明白你有道理，这种吵闹纯粹是无理取闹。我们受骗了，小姐。这些该死的狗东西，嘴可巧啦，装出一副懒洋洋的神情，寻我们开心，可是我们偏偏又要听！听了他们求饶的话，我们就狠不下心啦，他们发誓我们也就相信啦，我们真是脆弱之至！我们实在蠢，男人也实在坏！

吕席耳	好,好!他欺负我们,由他夸口,由他笑,他得意长久不了的。我要他看看,一个心灵健康的人,先前待他好,他不受,也会蔑视他的。
马丽内特	赶上这种事,明白他没有拿着你什么把柄,少说也是一桩称心的快事。随人怎么说,马丽内特先头是对的,有一夜晚,大家寻欢作乐,她就是不答应你跟他走。换了别人的话,你希望成亲,就会听凭人家摆弄的;可是我呀,不认识你。
吕席耳	你这半天净说蠢话了,也不看看是什么时候!总之,我心里的难受就别提了,万一这位背信弃义的情人,有一天心回意转(我现在不该对事情抱什么希望,因为上天存了心来折磨我,不会给我机会报复他的),我说,哪怕是我交好运,他会心回意转,把他的性命交给我爱怎么办就怎么办,趴在地上憎恨他今天的所作所为,我也不许你帮他说话。恰巧相反,对他犯罪的严重性,我倒希望你能在我面前骂上两句;甚至于我经不起他勾引,要做什么坏事的话,你也不要客气,鼓起我正当的怒火,绝不放过他。
马丽内特	说真的,不用怕,交给我办吧,少说我的怒火也跟你一样高。我宁可做一辈子老姑娘,也不许我那个胖坏小子惹我再喜欢他。他要是来了的话……

第 五 场

［马丽内特，吕席耳，阿耳贝尔。］

阿耳贝尔　回去吧，吕席耳，给我叫家庭教师来；我要跟他讲讲话，他教阿斯卡涅念书，我要听听他的情形，他知不知道他近来有多无聊。(他独自讲下去。) 行为不正当，会让我们多么焦急，不知所措！先前由于我太爱财，给自己弄了一个孩子，从这时起，我心里那个难过呀，就跟犯了罪一样。看见自己这样活活儿受罪，我巴不得自己没有这个孩子。一时我怕人说破这个骗局，家里陷入穷困之中；一时我又怕儿子遇到千百种意外，我得用一切力量来保全他。要是碰到什么买卖叫我出去，我担心回来听到什么坏消息："怎么！你不晓得？他们没有告诉你？你儿子在发烧，或者胳膊呀腿的摔断了。"总之，随时我都要停住手，脑子里头七上八下，各种各样的苦恼在折腾我。啊！

第 六 场

［阿耳贝尔，麦塔福拉斯特。］

麦塔福拉斯特　Mandatum tuurm curo diligenter.①

---

① 拉丁文，意思是："我奉命而来。"

阿耳贝尔	老师,我想……
麦塔福拉斯特	"老师"来自 magis ter,①像我们说的:"三倍伟大"。
阿耳贝尔	我要死了,我要是懂得你说些什么。算了,说别的吧!那么,老师……
麦塔福拉斯特	讲下去。
阿耳贝尔	我也愿意讲下去,不过,你不要老是这样打断我讲话。现在,再讲一遍,老师(这是第三回了),我儿子使我难过;你知道我爱他,我一直在当心把他养大。
麦塔福拉斯特	不错:filio non potest prae ferri Nisi filius。②
阿耳贝尔	老师,我们在一起讲话,我觉得,这种语言不是必要的。我知道你是拉丁文大学者,还是有证书的大博士,我相信那些证人;不过在我想同你进行的谈话之中,千万别把你的学问摆出来,像书呆子,讲许多怪话,好像你在教堂讲话那样。先父虽然头脑最清楚,也不过教我读书读到祷告书为止,我天天读,读了五十年,对我还是高深莫测。你就收起你的大学问,委屈你一下,跟我讲普通话吧。
麦塔福拉斯特	行。
阿耳贝尔	谈我儿子。他似乎害怕结婚,我帮他提了几门亲事,他总是冷冰冰的,不接碴儿。
麦塔福拉斯特	也许他有马库斯·土里屋斯的兄弟的脾气,这是土里屋

---

① 拉丁文,意思是"三倍伟大"。
② 拉丁文,意思是"只一个儿子,也就只能爱惜一个儿子"。

	斯对阿提库斯讲起的①,这在希腊人就叫做:"Atanaton②..."
阿耳贝尔	老天爷!永生的老师,求你了,把他们摆在一边儿吧,希腊人,阿尔巴尼亚人,埃斯克拉文尼亚人③,你方才讲的各种人:他们都同我儿子的事不相干。
麦塔福拉斯特	怎么样,你儿子?
阿耳贝尔	我不知道他是不是私下里有什么心爱的人,反正有事在苦恼他,否则,就是我受骗了,昨天我就看见他,他没有看见我,在树林一个人不去的黑角落。
麦塔福拉斯特	在树林一个人不去的地方,你的意思是说,一个隐秘角落,latine, secessus④;维吉尔⑤说过:Est in secessu locus⑥...
阿耳贝尔	见了鬼了,这个叫维吉尔的,怎么会讲这话?我拿稳了,在这安静地方,除掉我们两个人,就再没有什么人了。
麦塔福拉斯特	我讲起维吉尔来,因为他是一位有名的作家,用精选的语言说你所说的话,不是讲你昨天的事的见证人。
阿耳贝尔	我呀,我告诉你,我用不着精选的语言,用不着作家或者见证人,有我自己做见证就够了。

---

① 马库斯·土里屋斯 Marc Tulle 是罗马大演说家西塞罗 Ciceron 的名字。阿提库斯 Atticus 是他兄弟的亲戚。
② 希腊字,意思是"永生"。
③ 阿尔巴尼亚人 Albanais 和埃斯克拉文尼亚人 Esclavonie 即南斯拉夫人,都是希腊的近邻。
④ 拉丁文,意思是"拉丁文,隐僻所在"。
⑤ 维吉尔 Virgile,(公元前71—前19),是罗马大诗人,著有史诗《阿尼亚特》。
⑥ 拉丁文,意思是"有一个人迹不到之处"。维吉尔描写一个僻远的海湾,《阿尼亚特》Enéide,卷一,159 行。

麦塔福拉斯特	可是你应该就最优秀的作家们所用的语言来选择，正如人们所说：Tu vivendo bonos, scribendo sequare peritos①。
阿耳贝尔	是人，还是鬼，我都不管，你能不能不争论，听我讲话？
麦塔福拉斯特	宽提连②拿它做成了法则。
阿耳贝尔	该死的健谈的人！
麦塔福拉斯特	他在这方面学问渊博，用的那个字，你一定高兴听。
阿耳贝尔	活见你的鬼，狗东西！噢！我多想给他的狗脸添几记巴掌印子！
麦塔福拉斯特	可是先生，谁惹你生气来的？你要我怎么着？
阿耳贝尔	我要你听我讲话，我对你讲了有二十回了。
麦塔福拉斯特	啊！要是只是这个的话，你一定会得到满足的：我住口就是。
阿耳贝尔	那你就识抬举啦。
麦塔福拉斯特	我已经准备好了听你讲话。
阿耳贝尔	那就好。
麦塔福拉斯特	我要再讲半句话的话，我就死。
阿耳贝尔	上帝会赏你这个脸的。
麦塔福拉斯特	从今以后，你不会埋怨我啰嗦的。
阿耳贝尔	但愿如此。
麦塔福拉斯特	你要说什么，就请说吧。
阿耳贝尔	我就说。

---

① 拉丁文，意思是"行为照着有德行的人的范例去做，行文照着优秀的作家的范例去做"。
② 宽提连 Quintilion 是公元后的罗马学者，著有《演说术》Institutions oratoires，此处指卷十第二章。

麦塔福拉斯特　别再担心我会打搅你。

阿耳贝尔　够瞧的啦。

麦塔福拉斯特　我比什么人都说话算话。

阿耳贝尔　我相信。

麦塔福拉斯特　我答应你什么话也不说。

阿耳贝尔　行。

麦塔福拉斯特　从现在起,我是哑巴。

阿耳贝尔　很好。

麦塔福拉斯特　说吧,放大胆！至少,我在听你讲;我不会让你埋怨我不沉默的,我连嘴动一下都不动。

阿耳贝尔①　混蛋！

麦塔福拉斯特　可是求你就快点儿吧。我已经听了老半天,按道理也该轮到我讲了。

阿耳贝尔　该死的凶手……

麦塔福拉斯特　哎！上帝！难道你要我永远听你讲下去吗？少说,我也得分享一下讲话的权利,要不我就走了。

阿耳贝尔　我的忍耐是……

麦塔福拉斯特　什么？你还要讲？还没有讲？Per Jovem！②我要疯。

阿耳贝尔　我没有讲……

麦塔福拉斯特　又来了？上帝！多能讲话！难道就没有办法拦住他不讲下去吗？

阿耳贝尔　气死我了。

麦塔福拉斯特　还讲？噢！折磨得死人！嗐！求你了,也让我讲两句

---

① 1734年版,补加:"(旁白。)"
② 拉丁文,意思是:"裘彼得！"表示气极呼天。

159

吧。一个不讲话的傻瓜，和一位不开口的学者，就无所用其区别。

阿耳贝尔 （走开。）家伙！要他住嘴呀只有走开！

麦塔福拉斯特 因而就有了一位哲学家的至理名言："说吧，也好叫人知道你。"所以，如果人家剥夺了我说话的权利的话，就我来说，我宁可丧失人性，把我的本性换成一只走兽的特性。我一头疼起来呀就要头疼一个星期。噢！我多恨这些爱唠叨的人！什么？要是学者的话没有人听，要是人长久要封住他们的嘴呀，事物的自然秩序就必然乱了套：母鸡不久要吃掉狐狸，年轻孩子要教训老人，小羔羊要欢欢喜喜地追赶狼，疯子制定法律，妇女打架，罪犯审判法官，学生殴打老师，病人给健康的人开方子，胆小的兔子……天呀！救命啊！

〔阿耳贝尔上来，拿着一串铃铛在他耳边摆动，把他赶跑了。〕

第 三 幕

第 一 场

〔马斯卡里叶。〕

马斯卡里叶 一个计划草率,有时候上天会帮它成功;人惹了乱子,也可以躲开。说到我,口风太松是我的大毛病,补救的最有效办法就是做到底,尽快对老主人把全部诡计说破了。他儿子是一个轻浮家伙,净给我留下一些难题做;另一位,家伙!把我告诉他的事到处讲,恨不得揍我们一顿!在他怒火大发作之前,至少碰碰好运气,说不定老头子之间还能讲和。这就是我要做的,我要赶快找到老头子,替我主人传话。①

第 二 场

〔马斯卡里叶,阿耳贝尔。〕

阿耳贝尔 谁敲门?

---

① 1734 年版,补加:"(他叩阿耳贝尔的大门。)"

马斯卡里叶　朋友。

阿耳贝尔　噢！噢！什么风儿把你吹来的，马斯卡里叶？

马斯卡里叶　老爷，我给您请安来了。

阿耳贝尔　啊！说真的，太麻烦你了。我祝福你，日安。

马斯卡里叶　回答的好干脆呀！真是急性子！

阿耳贝尔　又来了？

马斯卡里叶　老爷，您还没有听我讲呐。

阿耳贝尔　你不是问过安了吗？

马斯卡里叶　是的。

阿耳贝尔　好啦！我说过了，日安。

马斯卡里叶　是的，可是我还用波里道尔先生的名义向你致敬。

阿耳贝尔　啊！这另是一回事了。你的主人叫你向我致敬的？

马斯卡里叶　是的。

阿耳贝尔　我多谢他了。去告诉他：我希望他万事如意。

马斯卡里叶　这人一点儿也不喜欢礼节。老爷，我没有讲完他的问候：他求您能立即帮他一个忙。

阿耳贝尔　好啦！他愿意什么时候来，就什么时候来，我在等他驾到。

马斯卡里叶[①]　等一下，我有两句话就完：他有要事同您面谈，他会来的。

阿耳贝尔　哎！他有事跟我面谈，到底出了什么事啦？

马斯卡里叶　您听我讲，不久以前，他发现了一个秘密，不用说，关系到两个人的大事。这就是我带来的话。

[①] 1734年版，补加："（拦住他。）"

第 三 场

［阿耳贝尔。］

阿耳贝尔 噢！天呀，我直打颤！因为，说到最后，我们很少交往。我的计划要被破坏了，不用说，这个秘密正是我害怕听到的秘密。有人想弄到钱把我出卖了，我的生活有了污点：我的骗局要被揭发了。噢！要真情实况长久保密起来有多困难。为了我的名声起见，我能照着正当的害怕来做倒好多了，我有许多次心神不宁，直想把我欠给波里道尔的一份财产送还给他，防止我受打击，陷于不可收拾的地步，让一切都安安静静地过去！可是，哎呀！做了就是做了，追悔也来不及了；这靠诈骗弄到手的财产，要想不为我所有呀，就要把我干干净净的名声也给带走。

第 四 场

［阿耳贝尔，波里道尔。］

波里道尔[①] 人不知鬼不觉地就这样结了婚！但愿这种荒唐行为能有好结局！我不知道怎么办才好，这位大财主父亲生起气来

---

① 1734年版，补加："（到'我真还害怕'为止，没有看见阿耳贝尔。）"

	呀，我真还害怕。可是我看见他了，一个人。
阿耳贝尔	上帝！波里道尔来了！
波里道尔	我挨近他，直打哆嗦。
阿耳贝尔	我害怕得动也不敢动。
波里道尔	我从哪儿开头呀？
阿耳贝尔	我说什么好呀？
波里道尔	他整个儿在激动。
阿耳贝尔	他的脸变了颜色。
波里道尔	阿耳贝尔先生，你的眼睛的神气告诉我，你已经知道我为什么到这儿来。
阿耳贝尔	哎呀！是的。
波里道尔	你一定意想不到听见这消息，连我自己也不相信我听到的事。
阿耳贝尔	按说我应该无地自容。
波里道尔	我认为这样做是不对的，我也不情愿谅解犯罪的人。
阿耳贝尔	愿上帝怜悯无耻的小人。
波里道尔	这种事你应该这样看待。
阿耳贝尔	必须宽大为怀。
波里道尔	确实应当如此。
阿耳贝尔	看上帝的份上，噢！波里道尔先生，宽恕吧！
波里道尔	哎！求你的应该是我。
阿耳贝尔	为了得到你的宽恕，我跪下来求你。
波里道尔	应该下跪的是我，不是你。
阿耳贝尔	可怜可怜我的不幸遭遇。
波里道尔	我是跪下来求你的人。
阿耳贝尔	你这么宽厚，我的心简直经不住了。

波里道尔	你这样谦逊,我不知道怎么样才好。
阿耳贝尔	我再次请你宽恕。
波里道尔	哎呀!应该宽恕的是你。
阿耳贝尔	我为这事痛苦万分。
波里道尔	我呐,也为这事同样痛苦。
阿耳贝尔	我斗胆求你,别让人人知道。
波里道尔	哎呀!阿耳贝尔先生,我希望的也正是这个。
阿耳贝尔	不要损害我的名声。
波里道尔	哎!是的,我也这样想。
阿耳贝尔	至于财产,你自己就好做主。
波里道尔	我不要你的财产,我要的只是你决定给的;在这方面,我希望你能做主;你要是肯这样做,我就太满意了。
阿耳贝尔	哎!多有善心的人!宽大到了极点!
波里道尔	宽大的是你:在这样不幸之后!
阿耳贝尔	愿你万事如意!
波里道尔	愿上帝跟你在一起!
阿耳贝尔	让我们像兄弟一样拥抱。
波里道尔	我完全同意;事情结局能这样美满,我非常高兴。
阿耳贝尔	谢天谢地。
波里道尔	你不必装假了,你不生气反而使我恐惧:吕席耳在我儿子这方面犯了一个过失,因为你又有钱又有朋友……
阿耳贝尔	嗜!你说什么犯过失,还有吕席耳,怎么的啦?
波里道尔	好,不啰嗦啦。我承认我儿子很不好,搅在里头,不过,为了你放心起见,我可以说,事情全是他一个人干的,过失在他;你女儿的人品无可非议,干不出什么伤天害理的事来,这都是有坏人从中挑拨的缘故。她天真

	无邪，没有坏人勾引，绝不会伤你教养她的心的。既然祸事已经闯下来了，我们两个人也不作难他们，凡事和为贵，我看就这样吧。用不着追究既往，举行正式婚礼来补救也就成了。
阿耳贝尔[①]	噢！上帝！多大的误会！他告诉了我些什么？我才放下心来，又撞上另一个大乱子。心里乱糟糟的，我就不知道怎么回答才好；我一开口呀，我怕我会闹出大笑话来。
波里道尔	阿耳贝尔先生，你在想什么？
阿耳贝尔	什么也不想。改天再谈吧，求你啦：我忽然有点儿不舒服，不得不离开你。

第 五 场

〔波里道尔。〕

波里道尔	我看见他在难受。道理他讲了一大篇，其实心里照常还是不快活。凌辱的形象还在，他躲开了，掩饰他的痛苦。他的羞愧我也有份，他的忧患也打动我。他需要一点时间来让自己平静下来，痛苦约制得太紧了，容易加倍的。我的年轻蠢才来了，乱子都是他给我们惹出来的。

---

① 1734年版，补加："（旁白。）"

第 六 场

〔波里道尔，法赖尔。〕

波里道尔 好啊，宝贝儿子，你的行为可好啦，无时无刻不在催父亲的老命；你每天都有怪花样，我们听也听腻啦。

法赖尔 我每天都干了些什么，惹你老人家生这么大的气？

波里道尔 我是一个怪人，脾气坏透顶，居然怪罪这样懂事和这样安分的一个孩子！可不！他像一位圣徒过活，从早到晚都在家里祷告。说他改变自然的秩序，把白天变成夜晚，噢！是一个大骗局！说他净干些不尊重父亲和亲戚的事，是谎话连篇！说他新近私下里和阿耳贝尔的女儿成亲，也不怕惹出多大的乱子，那是错冤枉了他！连我要说什么，清白的可怜虫都不知道！啊！狗东西！老天为了处分我才生下你来，由着性子胡来，在我咽气之前，我就一次也看不到你安分守己？

法赖尔 （一个人。）这是怎么回事？他这么教训我，我看只有马斯卡里叶明白。可是他绝不肯向我认罪的：必须使计谋，克制一下我的正当的怒火。

第 七 场

［马斯卡里叶，法赖尔。］

法赖尔 马斯卡里叶，我方才看到我父亲，他知道了我全部的事情。

马斯卡里叶 他知道了？

法赖尔 是的。

马斯卡里叶 家伙！他怎么会知道的？

法赖尔 我就不知道猜谁好；不过，事情的结局还算称心，我有理由十分高兴。他一句骂我的话也没有说，他谅解我的过失，他赞成我的爱情。是谁有本领把他变得这样柔和，我真想知道。我简直表现不出我的满意来。

马斯卡里叶 少爷，你想到哪儿去啦，事情这么顺当；不是我的功劳又是谁？

法赖尔 好呀！好呀！你的功劳可大啦！

马斯卡里叶 你听我讲，老爷知道这事，是打我这儿知道的；是我帮你得到这个好结果的。

法赖尔 可是，真是这样子，不开玩笑？

马斯卡里叶 开玩笑的话，不是这样的话，鬼抓了我去！

法赖尔① 你要是不马上得到正当报酬的话，鬼抓了我去！

马斯卡里叶 啊！少爷，这是怎么搞的？容我分辩两句。

法赖尔 这就是你答应我的忠心？我就猜是你耍的诡计，不是我骗

---

① 1734 年版，补加："（手里抽出宝剑。）"

	出你的话来呀,就别想你会告诉我。奸细,你这张嘴巴呀,鬼透啦,会扇起父亲的肝火来收拾我,完全把我毁了的;不用废话了,你给我死。
马斯卡里叶	慢些:说死呀,我的魂灵儿还没有做好准备。求求你,等一下,看看事情的结局再收拾我不迟。你没有敢公开的婚事,我有好些正当理由给你公开的,这是一个大变化,结果会打消你这口恶气的。你有什么好生气的?我这么一声张,你会完全心满意足的,你受到的压制也会结束的,又有什么不好?
法赖尔	要是你这番话扑空了呢?
马斯卡里叶	那你有的是时间收拾我。可是我的计划会有好效果的,有上帝帮忙,结果会好的,你将来会为我的行动感谢我的。
法赖尔	我们看吧。可是吕席耳……
马斯卡里叶	住口!她父亲出来了。

第 八 场

〔法赖尔,阿耳贝尔,马斯卡里叶。〕

阿耳贝尔	我越不像先头那样张皇,我越觉得那番话古怪,我的害怕也改变了一个式样,因为吕席耳坚持这是扯谎,讲话的神气也去掉了我的疑心。啊!先生,你在这儿呀,你好大的胆,作践我的名声,编出这个鬼话骗人?
马斯卡里叶	阿耳贝尔先生,声音放和气点儿,少对您的姑爷发怒。
阿耳贝尔	姑爷,混账东西?你的模样活脱脱就像一架机器的弹簧,

169

是最早的设计人。

马斯卡里叶　我看不出这里头有什么可招您生气的。

阿耳贝尔　告诉我，你觉得毁谤我女儿、羞辱全家人应该吗？

马斯卡里叶　他人在这儿，听凭您的吩咐。

阿耳贝尔　我要他说实话，除掉这个，我还有什么要他做的？他要是有意要我女儿的话，他追她就该有礼貌，走正道！他就该照规矩向她求爱，就该向她父亲要求结婚，不该打这种浑蛋主意，糊弄人，不顾廉耻地胡来。

马斯卡里叶　什么？难道吕席耳没有把终身许给我的小主人？

阿耳贝尔　没有，奸细，也永远不会。

马斯卡里叶　慢着！要是真有这事的话，您赞成他们的婚事吗？

阿耳贝尔　要是这不是事实的话，你愿意打断你的胳膊和腿吗？

法赖尔　先生，证明他说的是真话并不难。

阿耳贝尔　好！又来了一位，配有这样一位听差的主子！噢！无耻的撒谎大家！

马斯卡里叶　说真的，我讲的是实话。

法赖尔　我们除去要你相信之外，还有什么目的？

阿耳贝尔[①]　他们两个协作起来，就象市场的小偷。

马斯卡里叶　不用吵了，还是听听证人吧，叫吕席耳出来，让她讲。

阿耳贝尔　她要是否认的话，你们还打算怎么着？

马斯卡里叶　我担保，老爷，她不会照您的话做的。您就答应他们的婚事吧，她要是不亲口承认她的热情和她们的婚约的话，我甘愿领受最狠的处分。

[①]　1734年版，补加："（旁白。）"

阿耳贝尔　　到底是怎么回事，让我们来看吧。①

马斯卡里叶②　好啦，逢凶化吉。

阿耳贝尔　　喂，吕席耳，问你一句话。

法赖尔③　　我担心……

马斯卡里叶　不用怕。

第 九 场

［法赖尔，阿耳贝尔，马斯卡里叶，吕席耳。］

马斯卡里叶　阿耳贝尔先生，您也该让别人说话啦。小姐，事情可趁您的心啦，您这位父亲老爷，知道了您的事，承认了婚姻，把丈夫给您留下来，只要您证实我们的话是真的，他的无所谓的恐惧也就烟消云散了。

吕席耳　　这个十拿十稳的坏蛋跟我讲了些什么呀？

马斯卡里叶　好！我已经有了一个漂亮的头衔。

吕席耳　　先生，你们今天宣扬的这个多情故事，到底是怎么回事，我倒要听听。

法赖尔　　宽恕我吧，可爱的人，把话说出去的是一个听差，由不得我做主，婚事就张扬开了。

吕席耳　　婚事？

---

①　1734年版，补加："（他过去敲自己的家门。）"
②　1682年版，补加："（向法赖尔。）"
③　1734年版，补加："（向马斯卡里叶。）"

法赖尔	人全知道了，可爱的吕席耳，想掩饰也是枉费心机。
吕席耳	什么？我的热情让你成了我的丈夫？
法赖尔	这件事应该给我招来一个人妒忌；不过我这种幸运，并不完全来自你的热情，而更多来自你的心地善良。我晓得你有理由生气，你不要人知道这个秘密，我也曾努力克制我的热狂的感情，不要违反你的特意的叮咛，可是……
马斯卡里叶	好啦，是的，是我，都是我惹出来的娄子！
吕席耳	还有什么事比得上这个骗局的？你竟敢当着我的面坚持它，以为靠这种诡计就可以把我弄到手吗？噢！滑稽的情人，他的多情的热恋得不到我的心，愿意伤害我的名声，好让我父亲听到这个编造的谎话就害怕，答应这羞辱我的婚事！即使样样成全你的激情，我父亲、命运、我的心情全在你这一边，我也要不顾死活，跟我的心情、命运、我父亲作对到底，我宁可死，也不要嫁给这个靠诡计就以为能把我骗到手的人。去吧，我要是不顾礼节，不管自己是不是女孩子，能由着我的性子去做的话，你这样对待我，我会换一个样子教训你的。
法赖尔①	完啦，没有法子让她别生气。
马斯卡里叶	让我跟她讲话。哎！小姐，求您了，您现在装模作样有什么用？您想到哪儿去啦？您生这么大的气，拼命作难的是谁，还不是自己？要是您父亲没有人性，由他去；不过他也让理性控制他，他自己就对我讲，只要您承认有这事，他就什么也答应。我相信，承认自己有意中人，您觉得有点儿害臊；不过这要是有点儿拘束您的话，您只要一结

---

① 1734年版，补加："（向马斯卡里叶。）"

婚，就全弥补过来了。即使有人责备您不该动心，这也算不了什么，总比杀死一个人好得多吧。人知道有时候肉体是脆弱的，女孩子又怎么样，不是石头，也不是木头。不用说，您不是头一个，我相信，也不会是末一个。

吕席耳　　　　什么？您听了这些不要脸的话，一点反应也没有？

阿耳贝尔　　　你要我说什么？这样的怪事把我气胡涂了。

马斯卡里叶　　小姐，我敢说，您早就全该承认了。

吕席耳　　　　承认什么？

马斯卡里叶　　什么？您跟我主人之间的事：装胡涂！

吕席耳　　　　无耻之尤，你倒说，我跟你主人之间的什么事？

马斯卡里叶　　我相信，您晓得的事应该比我多，昨儿晚晌对您太甜了，您不会这么快就忘记的。

吕席耳　　　　父亲，纵容这样一个厚颜无耻的听差也太过分了。①

第 十 场

〔法赖尔，马斯卡里叶，阿耳贝尔。〕

马斯卡里叶　　她方才给了我一记耳光。

阿耳贝尔　　　滚吧，坏蛋，流氓，她方才打你那一下子，得到我做父亲的称赞。

马斯卡里叶　　尽管这样，我要是说的不是真话呀，鬼把我带走！

阿耳贝尔　　　尽管这样，你要是再敢大胆胡来呀，我由人割掉一只

---

①　1734 年版，补加："（她打了他一记耳光。）"

	耳朵！
马斯卡里叶	你要我带两个证人来给我作证吗？
阿耳贝尔	你要我的两个听差出来揍你一顿吗？
马斯卡里叶	他们的证词会证明我不撒谎的。
阿耳贝尔	他们的胳膊会补救我没有力气的。
马斯卡里叶	我告诉您，吕席耳这样做，是怕羞的缘故。
阿耳贝尔	我告诉你，对的是我。
马斯卡里叶	您认识奥尔曼、那个能干的胖公证人吗？
阿耳贝尔	你知道格栾庞、城里的刽子手吗？
马斯卡里叶	跟当年时髦极了的裁缝西蒙吗？
阿耳贝尔	跟集市中心支起的绞架吗？
马斯卡里叶	您会听到他们证实这个婚礼的。
阿耳贝尔	你会看到他们结果你的性命的。
马斯卡里叶	他们全是有信用的证人。
阿耳贝尔	他们用不了多久就会给我报仇的。
马斯卡里叶	那些看见的人不会撒谎的。
阿耳贝尔	那些人会看你一瘸一拐的。
马斯卡里叶	作为标记，吕席耳蒙了一块黑头巾。
阿耳贝尔	作为标记，你的额头骨证明你要绞死的。
马斯卡里叶	噢！固执的老头子！
阿耳贝尔	噢！下地狱的坏包！滚吧，谢谢我上了岁数，为了你给我的羞辱，不能当场处分你：我告诉你，少不了你的，你等着吧。

第十一场

〔法赖尔,马斯卡里叶。〕

法赖尔　好啊!这就是你想到手的好结果……

马斯卡里叶　你要说的那半句话,我明白;全在跟我作对;我看见四面八方全准备好了棍子、绞架来对付我。所以,在这大乱子当中,我想安静呀,就得打石头上往下跳才成,我一肚子的绝望,但愿我走运碰得见一块顶高的石头。永别了,少爷。

法赖尔　不,不,逃跑也是多余;你寻死呀,还是当着我的面死好。

马斯卡里叶　看着我死,我反而不能死;那么,我死的日期,只好推迟了。

法赖尔　跟在我后头,奸细,跟在我后头;我火儿上来呀,你不会由人摆布的,这你不是不明白。

马斯卡里叶[①]　遭殃的马斯卡里叶!你今天看见自己,为了别人的罪孽,吃到多大的苦!

---

① 1734年版,补加:"(一个人。)"

第 四 幕

第 一 场

［阿斯卡涅，福罗席娜。］

福罗席娜 事情糟透啦。

阿斯卡涅 啊！我亲爱的福罗席娜，命里注定了我要毁灭。别瞧这事已经到了顶点，显然不会在这儿待下来，还要往前冲；吕席耳和法赖尔，想不到这么希奇古怪，一定要把这个秘密揭开了，这一下子我的计划就全流产了。因为说到最后，不是阿耳贝尔参预计谋，就是连他和大家都受骗了，万一有一天我的身份暴露了，他不得不把吞并的财产让给别人的话，你再看他肯不肯收留我吧：他的钱财没有了，他不管我的死活，恩情也就吹了。到了那时，我的情人不管对我的计策是什么看法，一个没有钱财跟家庭的女孩子，他会娶她为妻吗？

福罗席娜 我觉得你的议论挺有道理；不过早点儿想到这上头就好了。谁阻挡你这样想来的？从你计划的那时候起，你今天才看清楚的事，用不着做大巫婆也看得出来。明摆着的事，我一听你讲起，我就看不到有更好的

	结局。
阿斯卡涅	可我该怎么做才是?我心里乱极了。你就设身处地给出出主意吧。
福罗席娜	出主意的应当是你自己,我处在你的地位,遇到这种倒楣事,就该你替我设想才是。因为我现在是你,你是我。福罗席娜,跟我出个主意吧:像我现在这个处境,有什么办法挽救?说吧,我求你啦。
阿斯卡涅	哎呀!别拿这事寻开心啦。看见我这种情景,还对我这些恼人的事情发笑,太不同情人啦①。
福罗席娜	说实话,你的苦恼的确让我难受,我要尽我的力量来搭救你。可是,话说回来,我又能怎么样化险为夷,让事情有利于你的爱情,我就看不出一点点办法。
阿斯卡涅	万一我得不到帮助的话,那我就只有死了。
福罗席娜	啊!要死呀,那还不容易,死是随时随地可以想到的办法,人尽最大的可能来推迟它。
阿斯卡涅	不,不,福罗席娜,不;要是你的好主意还不能领我走出这些困境,我就只有绝望这条死路好走了。
福罗席娜	你知道我怎么样想吗?我得去看望一下……不过,艾拉斯特来了,他会打搅我们的。我们可以边走边研究这事:来吧,让我们走开。

---

① 1682年版,指出上面福罗席娜一段话和阿斯卡涅这一段话,演出时都被删掉。可能是由于这里开玩笑,不适合两个人的处境。

第 二 场

[艾拉斯特,胖子·洛内。]

艾拉斯特 又拒绝啦?

胖子·洛内 我这个外交使者糟透啦,人家就不让我讲话。我才一开口,说您希望得到时间,和她谈谈话,她就仰起脸来,回答我:"去,去;我重看他,跟重看你一样,让他滚蛋吧。"才把这好听的话说过,她就朝我转开了脸,人也走开了。还有马丽内特,一副看不起人的怪脸相,说什么"走开,下贱东西",把我丢在那儿,跟小姐一模一样。我的命和您的命一个样,谁也比谁好不了多少。

艾拉斯特 忘恩负义的女人!我有什么不该生气的?我才一回心转意,她就待我这么傲慢!什么?我上当上得那么狠,第一次激动也不配谅解?难道在这致命的时辰,面对着情敌的幸福,我就该让我最激昂的热情无所表白?换了别人的话,在我的地位,有什么不好做的?人家胆大胡来,看着也不奇怪?难道我不该猜疑,还是猜疑的时间太久啦?我没有等她赌咒发誓。人们还在不相信她,我这颗心不耐烦再等下去,就把荣誉摆在她跟前,寻找借口要她原谅;我这样尊敬她,她一点也看不到我的崇高的热爱!她不让我的灵魂放心,提供武器防止情敌引起的不安,忘恩负义的女人让我自己在醋海里受罪,不肯接受我的口信、文字和会面!啊!不用说,爱情就没有力量来消灭这样一次轻微的侮辱。这口怨气发作上来,不留情面,她的心就算有海一样深，也要把它掏出来看个明白，即使她的三心二意能奉承我的情意，我现在也知道给它一个什么样的评价。是呀，我不再留连她了，我已经看出我受到多大的冷淡；既然她这样无情无义，我也要学她同样无情无义。

胖子·洛内 我也一样；我们两个人全发怒，把我们的爱情归到老账上吧。这些轻浮的女孩子该怎么活着，得好好儿教训教训，要她们承认我们是有勇气的。谁容忍她们蔑视，谁就得到蔑视。只要我们能看重自己，女人们就不会趾高气扬的。噢！由于我们的过失，她们对我们有多傲气！我宁愿上吊，也不愿看她们搂住我们的脖子，比我们愿意看她们搂的时候多。在我们这个世纪，大多数男子汉每天低三下四地惯坏了她们。

艾拉斯特 拿我来说，我在每件事上都看不起自己；为了惩罚她，我要她受到同样的蔑视，我要另找一个女孩子相爱。

胖子·洛内 说到我呀，我再也不要为女人呕心啦：我全不要，说实话，我相信你学我做，才叫有人的气派。因为，你看喱，女人像人家讲的，我的少爷，是一种走兽，你就很难认它一个明白，它天性倾向于作恶。因为一个走兽永远是走兽，哪怕活上十万年，也还只是走兽，所以，不说玩笑话，女人永远是女人，只要世界存在一天，也只能还是女人。所以，有一个希腊人就讲，她的头可以被看作流动的沙子；因为，请少爷听好了，理由在这儿是十足的：因为头是身子的长官，没有长官的身子就比走兽还坏，如果长官不和头是一回事，什么也不受罗盘的支配，就要出乱子了。兽性那一部分就要主有感觉那一部分，你就会听见有人喊"驾"，有人喊"吁"；有人要求软，有人要求硬；总

179

之，人走路就没有一个准方向。这就是说，在尘世上，像人们解说的那样，一个女人的头就像房顶上的风标，随着风乱转。所以亚里士多德老表经常拿她和大海相比，所以人在尘世上讲，没有比波浪更流动无常的了。我们不妨比较比较来看（因为比较可以帮助我们领会一个道理，我们另外一些研究学问的人，就喜欢用比较，不怎么喜欢用类似），所以靠比较，我的少爷，让我把话讲完，像我们看见海那样，暴风雨来了，海也生了气；大风在吹在刮，浪卷浪，乱作一团，情形可怕已极；随你船夫怎样拨弄，船一会儿露出船底，一会儿露出船顶，就是这样，一个女人的头要是古怪起来呀，人就看见一阵暴风，变成大风模样，说起话来，就要……抢……先，于是又……一阵风……一片浪……这么一来，就像一堆沙子……总之，女人们呀比魔鬼还坏。

艾拉斯特　　讲得好极了。

胖子·洛内　　相当好，谢谢天。可是我看见她们过来了。少说也要坚强。

艾拉斯特　　你不用操心。

胖子·洛内　　我真还担心，她的眼睛会收紧你的链子。

第 三 场

〔艾拉斯特，吕席耳，马丽内特，胖子·洛内。〕

马丽内特　　我看见他啦，你要撑着点儿。

吕席耳	别疑心我会软弱到这种程度。
马丽内特	他朝我们走过来啦。
艾拉斯特	不，不，小姐，别相信我又来同你谈起我的爱情。那已经过去了；我要把它忘掉。我深深知道你的心曾经占有我的心。为了一点冒犯的小事，居然经久恼怒，我太了解你的漠不关怀了；我应当让你明白，慷慨大度的人们对藐视特别敏感。我承认，我的眼睛在你的眼里看到从别人的眼里寻不到的魅力；我看重我在奴役中体会到的喜悦之情，比国王的权杖还要宝贵。是的，不用说，我对你的爱情是非常的；我整个活在你的心里；我甚至承认，也许说到最后，尽管受欺负，我摆脱你还有相当的困难。虽然我试着脱离你的支配，也许我受到的伤口还要长久流血，我从前爱你是我的幸福，现在我不爱了，我下定决心谁也不爱了。反正这话等于白说，因为每次向你表示爱情，你对我的憎恨又把我赶走；这是最后一次，我不会再纠缠你了，你拒绝我也就是这一次了。
吕席耳	你很可以彻底宽恕我，先生，省去这最后一次见面。
艾拉斯特	好，小姐，好，你会满意的！既然你愿意，我同你断绝关系，永远断绝关系；我要是再想同你谈话呀，我就不得好死！
吕席耳	那就好了，承情之至。
艾拉斯特	不，不，不要怕我说话不实在，就算我为人多情，忘记不了你的形象，你再也不会看见我回来；相信我的决心吧！
吕席耳	回来也是白搭。
艾拉斯特	在这种苛待之后，我要是还摇尾乞怜的话，我就亲自动手，一剑扎进自己的胸膛。

吕席耳	好，那就别再说下去啦。
艾拉斯特	对，对，别再说下去。为了把多余的话统统扫除干净，给你一个确实的证明，忘恩负义的女人，我要永远砸碎你的枷锁，我要打心里把你连根拔掉，一样东西也不留下：这是你的画像，看上去，它现出你奇迹般的魅力，不过在魅力底下，也藏着千百种同样大小的短处，总之，我还你的是一个骗子的画像。
胖子·洛内	我呀，学你把纪念品全还了，这儿有你从前强迫我接受的钻石。
马丽内特	很好。
艾拉斯特	这儿还有你的镯子。
吕席耳	这儿还有你送给我的玛瑙，我拿它刻了个图章。
艾拉斯特	（读）"你十分爱我，艾拉斯特，要我掏出心来给你看；我要是不能像艾拉斯特爱我那样爱他，至少我非常爱艾拉斯特这样爱我。吕席耳。"这不是你对我做出的保证，同意我爱你吗？这是假招子，就该受这种惩罚。①
吕席耳	（读）"我不清楚我的热恋的命运，和我受罪到多久；可是我知道，噢！可爱的美人，我永远爱你。艾拉斯特。"这就是你对我做出的保证，永远爱我？两个全都撒了谎，你的手和你的信。②
胖子·洛内	撕吧。
艾拉斯特③	这不是你写的？够啦，同样的命。

---

① 1734年版，补入："（他撕掉信。）"
② 1734年版，补入："（她撕掉信。）"
③ 《法国大作家集》指出：他又拿出一封信来。

马丽内特① 坚定些。

吕席耳 留下一封不撕,我倒难过了。

胖子·洛内② 一封信也别留。

马丽内特③ 坚持到底。

吕席耳 总算完了。

艾拉斯特 谢天谢地,信没了。我要是说话不算话呀,叫我不得善终!

吕席耳 我要是说话不算数呀,叫我见不得人!

艾拉斯特 那么,永别了。

吕席耳 那么,永别了。

马丽内特④ 该这样做。

胖子·洛内⑤ 你赢了。

马丽内特⑥ 好啦,我们走吧。

胖子·洛内⑦ 露过这一手儿,也该走了。

马丽内特⑧ 你还在等什么?

胖子·洛内⑨ 你还要怎么着?

艾拉斯特 啊!吕席耳,吕席耳,像我这样的人会后悔的,我早就清楚啦。

吕席耳 艾拉斯特,艾拉斯特,像你这样的人,很容易受人安

---

① 1734年版,补入:"(向吕席耳。)"
② 1734年版,补入:"(向艾拉斯特。)"
③ 1734年版,补入:"(向吕席耳。)"
④ 1734年版,补入:"(向吕席耳。)"
⑤ 1734年版,补入:"(向艾拉斯特。)"
⑥ 1734年版,补入:"(向吕席耳。)"
⑦ 1734年版,补入:"(向艾拉斯特。)"
⑧ 1734年版,补入:"(向吕席耳。)"
⑨ 1734年版,补入:"(向艾拉斯特。)"

	慰的。
艾拉斯特	不，不，四下里搜寻吧，我敢说，像我这样爱你的人，你就找不出来。我说这话，不是为了打动你；经过这场风波，我还有心爱你，那就不像话了。我的最热烈的尊敬也不抵事，你不会感谢我的；你要跟我断绝关系，我不该再往这上头想了。可是在我以后，不管他们多么在你跟前献殷勤，没有一个人会赶得上我这样对你多情。
吕席耳	一个人爱别人的时候，就不这样想了，对自己的评价也就更高了。
艾拉斯特	一个人爱别人的时候，就会为了许多表面现象，大吃其醋；可是他这时候在爱别人，说实话，就下不了决心来断绝关系，可是你呐，你下了决心。
吕席耳	妒忌，不夹杂别的心思，会礼貌多了。
艾拉斯特	由于爱，有所冒犯，人会宽待的。
吕席耳	不对，艾拉斯特，你就不是真心爱人。
艾拉斯特	是的，吕席耳，你就没有爱过我。
吕席耳	哎！我相信，你不会为这太伤心的。也许我不在人世倒好多了……不过，这些多余的话说它干什么，我说的就不是我想的话。
艾拉斯特	为什么？
吕席耳	因为我们已经断绝关系，我看，也不是时候谈这个。
艾拉斯特	断绝关系？
吕席耳	可不，是的；什么？难道没有断绝？
艾拉斯特	你这回可称心啦。
吕席耳	跟你一样。
艾拉斯特	跟我一样？

吕席耳　　毫无疑问，把心里难过给人看，才是弱点。

艾拉斯特　你真心狠呀，不是你要我这样的嘛。

吕席耳　　我？才不是呐，是你自己愿意做的。

艾拉斯特　我？我相信这让你很高兴。

吕席耳　　我不高兴。是您自己想取乐罢了。

艾拉斯特　可是，要是我还愿意听你支使……虽然他过去生了气，可是万一他请求宽恕……？

吕席耳　　不，不，别请求宽恕：我太脆弱了，我怕我会马上答应的。

艾拉斯特　噢！答应宽恕我，没有什么马上不马上，我也不会怕我请求太快的。小姐，答应我吧。你这样一种热情，太美了，应该永生不朽。我最后再求一次：答应我，宽恕我吧。

吕席耳　　送我回家吧。

第 四 场

［马丽内特，胖子·洛内。］

马丽内特　噢！胆怯的人！

胖子·洛内　啊！脆弱的心！

马丽内特　我脸都气红了。

胖子·洛内　我胀破了肚子。别妄想我也这样认输。

马丽内特　你别心想我会上你的当。

胖子·洛内　来，来，尝尝我生气的味道。

马丽内特　你别错看了人，你打交道的可不是我的胡涂小姐。看这张

185

	狗脸哇，就冲这张皮也想勾引人！我，我会爱上你这张狗脸？我会到处找你？天呀，我这样的姑娘，由着你糟蹋！
胖子·洛内	喝！你倒神气起来啦？得，得，看你那个花边结子，还有你那条细带子，打扮起来够份儿啦，我的耳朵尖儿可体面啦！
马丽内特	你呀！我才看不上眼，这是你昨儿个送我的巴黎的五十根针，别臭美啦。
胖子·洛内	这是你那把刀子：是难得的好刀子，花了你六个小钱，买来送我。
马丽内特	还有你的剪子跟你的铜链子。
胖子·洛内	我忘记前天你给我的那块干酪啦：拿去。你让我喝的汤，我也恨不得吐出来还你，那才叫两清啦。
马丽内特	我现在身边没有带着你给我写的信，我回头拿火烧掉，一封也不留。
胖子·洛内	你晓得我拿你的信怎么着？
马丽内特	当心点儿，以后别再求我。
胖子·洛内	为了我俩不再好起见，得弄折一根麦秆：麦秆断了，生意就算吹啦。①别瞧我：我要发脾气的。②
马丽内特	你呀，别偷着看我：我气透啦。
胖子·洛内	弄断了它，再也不会反悔啦。弄断了它：你笑，怪人？
马丽内特	是呀，你在逗我笑。
胖子·洛内	笑你的鬼！我想生气也生不成了。你说怎么着？断，还是

---

① 胖子·洛内捡起一根麦秆。旧时双方谈生意，每每用麦秆做标记，扔掉或者弄断，表示不成交。

② 据说，两个人背靠背，左看右看，眼睛遇到了，就急忙装出生气的模样，同时胖子·洛内从肩膀上给马丽内特麦秆，她碰也不碰。

186

	不断？
马丽内特	看吧。
胖子·洛内	你说，看。
马丽内特	是你说的，看。
胖子·洛内	难道你答应我永远不爱你？
马丽内特	我？随你的便。
胖子·洛内	你要怎么着，你，说呀。
马丽内特	我什么也不说。
胖子·洛内	我也不说。
马丽内特	我也不说。
胖子·洛内	说真的，还是别装蒜了吧：拉拉手，我宽恕你。
马丽内特	我呀，我赏你脸。
胖子·洛内	我的上天！你真让我着迷！
马丽内特	一牵连到胖子·洛内呀，马丽内特就成了傻瓜！

第 五 幕

第 一 场

〔马斯卡里叶。〕

马斯卡里叶　少爷对我讲:"全城一黑,我就要去吕席耳的房间;快去准备一下灯笼①,和随身带的兵器。"他吩咐我这话,我就像听见:"快去找一根上吊的缰绳。"好啊,我的少爷。(因为在开头你吩咐我这样做的时候,我一吃惊,就没有时间能回答你;可是我现在想回答你了,而且还要弄昏你的头脑:所以保卫自己吧,我们就不出声地理论一通吧。)你说,你想今天晚晌去看吕席耳?"是呀,马斯卡里叶。"你打算干什么?"做一件情人的事,要满足一下自己。"这是一个头脑非常简单的人做的事、冒着皮肉痛苦去做不必要的事。"可是你知道是什么动机让我去做吗?吕席耳在生气。"算啦,那她就受着得啦。"可是爱情要我去缓和一下她的痛苦。"可是爱情是一个傻瓜,就不知道自己在说些什么:难道,请问,这个爱情能防卫得了一位情敌、一位父亲或者一

---

① "灯笼"有一个形容字,关闭灯光的。

位兄弟在怄气？"你不以为他们中间有谁要对我们行凶吗？"是呀，我也这么想来的，尤其是那位情敌。"马斯卡里叶，我们不得不防备防备意外，我考虑，我们得带上兵器去；万一有人见怪下来，我们就要打架了。"是呀，这正是你的听差干不来的事：我，打架，我的上帝！我是罗兰，我的少爷，还是什么费辣居①？那可真不知道我啦，我把问题想过啦，我这人顶爱惜自己，只要有两个手指头宽的一块铁进了身子，就能把一个活人送进棺材，我一想到这上头就浑身发抖。"可是你要从头到脚武装起来。"倒楣，我跑进林子不那么轻快就是了。再说，一把凶险的刀尖，哪怕铠甲扣得再牢实，也挡不住它扎进来。"噢！人家要把你当作一个胆小鬼了。"我不在乎，只要我能吃能喝就得。在饭桌子上，你可以拿我一个当四个看；说到打架嘛，我就不算数了。总之，阴间对你要是可爱的话，对我来说，我觉得阳世还是挺舒服的。我并不急着要死，也不急于受伤，听我说，做傻瓜你就一个人去做吧。

第 二 场

［法赖尔，马斯卡里叶。］

法赖尔　　我过的日子，数今天无聊了：太阳待在天空，好像忘了走

---

① 罗兰 Roland 和费辣居 Ferragu 见于意大利阿利奥斯陶 Ariosto 的《疯狂的罗兰》。罗兰与费辣居之战见于该诗的第十二节。

	一样；在它上床睡觉之前，他还有好大的一段路程要跑，我相信它永远也不会完成得了。它这份慢腾腾劲儿快把我急疯了。
马斯卡里叶	您急着要到黑地里去，很快就会摸到什么可怕的障碍物！您自己看见的，吕席耳就不答应……
法赖尔	别尽对我讲废话了。就算我会在这儿遇见千百致命的陷阱，她待我太残酷，生的气也太大了，我要劝转她，要不我就结果我的性命：我决定好了这么干。
马斯卡里叶	我赞成你这种性急劲儿，不过麻烦的是，少爷，必须偷偷摸进去。
法赖尔	很好。
马斯卡里叶	我怕你受伤。
法赖尔	怎么会的？
马斯卡里叶	我咳嗽得要死，讨厌之至，咳嗽起来，会让人家发觉您的：它就时刻……①您看，有多受罪。
法赖尔	咳嗽会过去的：喝点儿甘草汤就行了。
马斯卡里叶	少爷，我相信它不会过去的。不过，我倒是喜欢跟您在一起；可是我会疚心死的，我要是使我亲爱的少爷受到什么连累的话。

第 三 场

〔法赖尔，拉·辣皮耶尔，马斯卡里叶。〕

拉·辣皮耶尔 先生，我从可靠方面得知艾拉斯特对你还很恼火，还有

---

① 1734年版，补入："（他咳嗽。）"

	阿耳贝尔为他女儿说要弄断你的马斯卡里叶的胳膊和腿。
马斯卡里叶	我嘛,在这场冲突里,什么也顶不上。我干下什么了,要弄断我的胳膊和腿?难道我是城里姑娘们的童贞的守卫者吗?难道我有什么方法对付诱惑吗?难道我这个可怜虫,有什么能力防止心朝哪边跑吗?
法赖尔	噢!希望他们不像他们讲得那样恶毒!尽管艾拉斯特为爱情什么也干得出来,他总不会占我们的上风。
拉·辣皮耶尔	要是你需要的话,我愿意助一臂之力,你一直知道我在哥儿们里头是一个不怕死的家伙。
法赖尔	拉·辣皮耶尔先生,感谢你的帮助。
拉·辣皮耶尔	我还有两位朋友可以给你们,他们对任何来犯者都是拔剑而起的勇士,你完全可以放心使用他们。
马斯卡里叶	先生,把他们接受下来吧。
法赖尔	你太热情啦。
拉·辣皮耶尔	本来吉尔可以帮我们的忙的,都是出了倒楣的怪事,把他的命送了。先生,真正可惜!多有用的人!你晓得司法机关在这中间捣鬼,他死得像恺撒一样,刽子手弄断他的骨头,他吱声都不吱声。
法赖尔	拉·辣皮耶尔先生,这样一个人是值得惋惜的。不过,说到你的护送嘛,我多谢了。
拉·辣皮耶尔	好吧;可是我警告你,他在找你,可能是你的一个凶狠的敌手。
法赖尔	我呀,我还真害怕他,万一他找我的话,他要我怎么着,我就怎么着,我都心甘情愿,而且在全城里走来走

	去,只要他一个人相伴,别人我都不要。①
马斯卡里叶	什么?少爷,你想诱惑上帝?多大的胆!唉呀!你明明看见他们怎么威胁我们,四面八方……
法赖尔	你看见什么?
马斯卡里叶	像是有棍子从这边来。总之,相信我的谨慎吧,别让我们老在街上待着啦:回去把我们关起来吧。
法赖尔	把我们关起来,坏蛋!你怎么敢向我建议一个无赖的行为!来,别再唠叨了,跟我走吧。
马斯卡里叶	哎!少爷,我亲爱的主人,活下去是这么快活!人只有一回死,还遥遥无期!
法赖尔	我再要听见你讲话,我就要狠狠给你几棍子!阿斯卡涅来了,我们走吧。我们得让他打定好了主意。跟我回到家里,把打架的东西搬出来。
马斯卡里叶	我一点都不感兴趣,诅咒爱情,诅咒想尝尝它的味道的女孩子,跟那些诱惑人心的甜模样!

第 四 场

〔阿斯卡涅,福罗席娜。〕

阿斯卡涅	福罗席娜,这话当真,我不是在做梦?
福罗席娜	细节回头你会知道的,耐烦些吧。这类事情平日里不断来来去去地重复。说这些也就够了。遗嘱上写明要一个

---

① 1734年版,另分一场,人物只有法赖尔和马斯卡里叶。

男孩子来承担诺言，阿耳贝尔的女人最后养下来的却是你：她先前就私下里商量好了执行她的计划，拿你和卖花婆子伊涅斯的儿子交换，让我妈拿你当作自己的孩子来喂养。十个月以后，那小男孩子死了，阿耳贝尔不在家，怕丈夫不答应，还有母爱又让她想出了鬼点子来瞒人：这女人就偷偷把她亲生的女儿接了回来，你变成了那个替代你的儿子，于是儿子的死就变成了女儿的死，瞒哄的只是阿耳贝尔一个人。这就是你出生的秘密，你母亲一直瞒着人，现在全明白了，她说了一些理由，也许还有别的，不关系到你的利益。最后是那次拜访，我本来一点儿也不心存指望，却比什么也对你的爱情有利。这位伊涅斯不承认你是她的孩子，弄清楚你的事情成了必要，我们两个人去看你父亲，把话全讲了；他女人有一封信做证明。我们走得还要远，我们的计谋又赶上了好运气，把阿耳贝尔和波里道尔的好处全照顾到了，对波里道尔讲起这事的前前后后，一点一点地透露，怕事情把他吓住了，总之，我们做得很小心，一步一步把他引到答应的道儿上来，跟你父亲一样，表示愿意赞成你俩的亲事。你这回可如了愿！

阿斯卡涅 啊！福罗席娜，我喜欢死了……你对我的照应真算到了家了，全亏了你！

福罗席娜 再说，他老人家兴致可高啦，不许我对他儿子提半个字。

第 五 场

［阿斯卡涅，福罗席娜，波里道尔。］

波里道尔　过来，我的女儿，我现在有权利这么叫你，我也晓得你这身衣服藏着的秘密。你做了一件好事，你的大胆显出了你又聪明又和善，我全谅解；我儿子那方面，他也会快活的，得到了他追求的对象。你比得上全世界的财宝，我对他说的就是这话。可是他来了；让我们快活吧，快把你的家里人全请过来。

阿斯卡涅　照您的吩咐去做，是我的头一件孝心。

第 六 场

［马斯卡里叶，波里道尔，法赖尔。］

马斯卡里叶　失宠的事经常靠上天来揭露：我今天晚晌梦见脱了线的珍珠和打碎了的鸡蛋：少爷，做这种梦我要倒楣的。
法赖尔　胆小的狗东西！
波里道尔　法赖尔，你有一场决斗要进行，你的勇敢对你还是必要的，你的对手很厉害。
马斯卡里叶　老爷，难道就没有人起来阻止人们互相割断咽喉？换了我，我就要阻止的；可是万一碰到意外大祸的话，您就没有儿子了，到了那时候，您可怪罪我不得。

波里道尔	不，不，不怪罪你，是我叫他干的。
马斯卡里叶	违反人性的父亲！
法赖尔	父亲，这种感情说明你是一个有勇气的人，我为这个尊敬你。我把你得罪下来了，不得父亲的允许，我干下这一切事来，我是有罪的；不管我多么惹你生气，自然总表示自己最强有力；为了你的荣誉，你不要看见艾拉斯特气我，你做得对。
波里道尔	前不久，人还在我面前把他说得可怕得不得了；可是从那时以来，事情就变了样；有一个更强大的敌人向你进攻，躲又没有地方好躲。
马斯卡里叶	就没有办法说和吗？
法赖尔	我，逃走？我才不干呐。这人到底是谁？
波里道尔	阿斯卡涅。
法赖尔	阿斯卡涅？
波里道尔	是的，你就要看见他。
法赖尔	他呀，赌了咒要帮我忙的！
波里道尔	可不是，他找你的麻烦，在关系你的名誉的决斗场上，要单对单，解决你们之间的争吵。
马斯卡里叶	这是一个勇敢的人，他知道，他们的事不要连累别人的。
波里道尔	总之，他们说你犯了谎骗罪，在我看来，他们的气忿也有道理；阿耳贝尔和我就同意了你在这个过失上应当对阿斯卡涅做出的补偿。不过，补偿必须公开进行，而且立刻完成，手续也理应具备才是。
法赖尔	可是，父亲，吕席耳心硬着呐……
波里道尔	吕席耳嫁给艾拉斯特，她也谴责你。为了证明你说的是假话，要当着你举行婚礼。

195

法赖尔	啊!气死我了,这女的可真叫厚颜无耻了,难道她丧尽了鉴别力、信仰、良心、荣誉?

第 七 场

〔马斯卡里叶,吕席耳,艾拉斯特,
波里道尔,阿耳贝尔,法赖尔。〕

阿耳贝尔	好啊!战士们,怎么样?我们的人来了,你有勇气比剑吗?
法赖尔	是的,是的,既然有人逼我决斗,我是有准备的。我要是心里有点儿拿不稳自己的话,原因是我还有点儿尊重对方,不是胳膊不听使唤。不过太不给人留余地了,这种尊重也就到此为止,我决计蛮干到底;背信弃义的行为太离奇了,我必须加以狠狠地打击,替我的爱情出这口恶气。这里没有丝毫爱你的意思,我是一腔怒火,概不由己。我把你的坏事讲出来,让人人知道,你这见不得人的婚事也就不关我什么事了。好,吕席耳,你的做法是可憎的,我简直不相信我眼睛里看到的;这说明你是一切廉耻的仇敌,光害臊就该臊死。
吕席耳	我身边有一个人替我报仇,听你讲这种怪话,我是不会难受的。现在阿斯卡涅来了;他可以不费什么力气,很快就让你改变语言的。

第 八 场

〔马斯卡里叶,吕席耳,艾拉斯特,阿耳贝尔,法赖尔,
胖子·洛内,马丽内特,阿斯卡涅,福罗席娜,波里道尔。〕

法赖尔　　他办不到,就让再有二十只胳膊给他帮忙,也办不到。保卫一个有罪的姐姐,我先可怜他。不过,他既然要跟我争吵,我会满足他的,还有你、我的勇士,也会让你称心的。

艾拉斯特　我先前对这一切都关心来的,可是后来阿斯卡涅把事情承担下来,我也就由他承担,不管这事了。

法赖尔　　他做得好,谨慎总是相宜的,不过……

艾拉斯特　他会让你明白过来的。

法赖尔　　他?

波里道尔　别受骗了,你还不知道阿斯卡涅是一个多怪的男孩子。

阿耳贝尔　他现在不知道。可是没有多久,他就会让人知道的。

法赖尔　　来吧!他现在就让我知道。

马丽内特　当着众人?

胖子·洛内　这可不妙啊。

法赖尔　　寻我开心?谁敢取笑我,我就砸碎谁的脑壳。是什么结局,我倒要知道。

阿斯卡涅　不,不,我不像你想的那样坏;在这件事里,我和人人有关系,你看到的尽是我的弱点。要知道上天执掌我们的命运,给我的不是一颗反对你的心,而且,为了你容易取胜起见,让你结束吕席耳的兄弟的命运。是的,阿斯卡涅不

	但不夸耀他的胳膊孔武有力，反而准备好了从你手里接受死亡。他也情愿以死相报，倘使他死了，能叫你现在称心，当着众人，给你一位除去你谁也不嫁的妻子的话。
法赖尔	不行，她忘恩负义、寡廉鲜耻，整个人世都在……
阿斯卡涅	啊！法赖尔，让我告诉你吧，跟你相好的人就不能说是对你犯了罪：她的爱永远纯洁，她的忠心经久不变，我可以请你父亲自己来证明。
波里道尔	是呀，儿子，我们开你玩笑够数了，我看现在是让你明白真相的时候了。你赌咒要娶的那个女子，你亲眼看见，衣服变了，人没有变。打她年幼的时候算起，由于钱财的问题，她就乔装打扮，骗过了许多人眼。前不久，爱情让她骗了你，不但这样，连两家人都给骗了。别瞪着眼睛看大家，我现在是认真跟你讲话。是的，就是她，一句话，晚晌使计谋，借用吕席耳的名义，接受了你的婚约。她就用这个法子，人不知鬼不觉，在你们当中，撒下了不和的种子。可是，现在阿斯卡涅让位给道洛泰，所有欺骗的幌子全摘掉了，就该完成头一次婚礼，举行一次更神圣的婚礼。
阿耳贝尔	那场令人不解的决斗，就是这么回事，你伤害我们的名声，也只有这么做，才能补救。这样一场决斗，敕令也没有禁止过。①
波里道尔	这场意外的喜事让你心乱，不过你犹疑不决，却就枉费心机了。

---

① 黎希留首相坚决禁止决斗，路易十四继承他的敕令，不允许贵人决斗，在他统治期间，难得看到一次决斗。

法赖尔	不,不,我不想在这上头帮我辩解。这件事是我意料不到的,不过意外使我高兴,我觉得心里又是爱来又是喜欢。难道我的眼睛……?
阿耳贝尔	进去吧,亲爱的法赖尔,她这身衣服不允许你同她谈情说爱。让她换了衣服再谈吧;同时你也就知道了这件事的细节了。
法赖尔	你,吕席耳,宽恕我吧,我在受骗之下……
吕席耳	忘掉这场伤害是一件容易的事。
阿耳贝尔	进去吧,道喜的话还是回家说吧,我们大家有的是时间相互道喜的。
艾拉斯特	你说这话,就不想这儿还有引起屠杀的事情吗?不错,我们两个人的问题解决了,可是马丽内特该怎么着?是让她嫁给她的马斯卡里叶,还是嫁给我的胖子·洛内?要解决这事,就非流血不可。
马斯卡里叶	用不着,用不着,我的血在我身子里头待得挺舒服。让他娶她吧,我不在乎这个;我知道亲爱的马丽内特的脾气,结婚并不妨碍求爱。
马丽内特	你以为我会让你当我的情人啊?做丈夫,不勉强,他是什么,女人也就由他去了,不会为这操心的。可是情人呀,就得有本事叫人动心才成。
胖子·洛内	听着:亲事一把我们这两张皮连到一起呀,我就不许你理睬所有的调情好手。
马斯卡里叶	老兄,你真以为你成亲就为你一个人?
胖子·洛内	仔细听着:我要一个规矩女人,不然呀,我就要到处嚷嚷。
马斯卡里叶	哎!我的上帝!你跟别人一样,会变得和和气气的。有些

	人在成亲以前，怪模怪样，挑东拣西的，常常到后来，也就变成了太平无事的丈夫。
马丽内特	好了，好了，宝贝男人，别怕我不定心：马屁精对我完全白搭。我什么事也告诉你。
马斯卡里叶	噢！天呀！可妙啦！拿丈夫当心里人……
马丽内特	住口，蠢东西。
阿耳贝尔	我第三回请大家到我家里去，也好自由自在地说开心的话。

· 可笑的女才子 ·

原作是散文体。1659年11月18日首演。一位贵人才子可能设法禁止它演出。12月2日重演,营业奇佳。

序

不管人家愿意不愿意，就拿人家的东西付印，是一件怪事。我以为天下事数这不公道了，我宁可原谅其他任何暴行，也不原谅这种怪事。

并非我想在这里冒充谦虚的作家，故作大方，小看我的喜剧。假如我指责全巴黎不该对一个胡闹的东西喊好，我就许不巧得罪了全巴黎。因为观众是这一类作品的唯一裁判，我加以反驳，未免不合时宜；在《可笑的女才子》演出以前，即使我对它持有最恶劣的见解，现在我也相信它有相当价值，因为有许多人同声夸它。不过，既然大家看到的优点，有一大部分是靠动作和声调得来的，照我看来，好花还须绿叶扶持，也就不必两相分离；我觉得它演出的成绩相当好，单只演演也就算了。我说，我先前打定了主意，只让烛光照亮它①，免得与人口实，引用谚语②；我不愿它从波旁剧院③跳到法院的走廊④。然而我没有能够幸免，我不幸就看见书商手里拿着我的戏的一份偷去的稿本，并以欺诈手段取得专利权⑤。我白喊了半天："呕，时代！呕，风俗！⑥"有人告诉我，我不付印，就该起诉；后一项比前一项还要糟糕。那么，我必须听命运摆布，同意一件非我同意不可的事了。

---

① 当时舞台照明全部使用蜡烛。
② 谚语是："烛光底下的美人，经不起日光一照。Cette femme est belle à la chandelle, mais le jour gate tout."
③ 莫里哀剧团公演的场所。
④ 法院走廊当时是书店丛聚的地方。
⑤ 指让·芮布 Jean Ribou 书商。他获得专利许可的日期是 1660 年 1 月 12 日，在莫里哀提出抗议之后，许可证被吊销了。但是投机书商并不死心，他在 3 月 3 日又领到一份许可证，印销所谓《诗剧·可笑的女才子》，约人把散文改写成诗体。
⑥ 见于罗马共和国末期政治活动家与演说家西塞罗 Cicéron（公元前 106—公元前 43）的演说《明告喀提里纳》Catilinaires。

我的上帝，印一本书就够窘人的了，何况作者初出茅庐，第一次印书！假如我有时间也就好了，我还可以为自己做出更好的打算，还可以采取种种预防的步骤，就像作家先生们，如今是我的同业，在同一机会经常采取的步骤一样。我很可以不管大贵人愿意不愿意，请一位来做我的作品的保护人，我还很可以写一封献词式的藻丽的书札，试探试探他的雅量①，之外，我还很可以想法子写一篇美丽而又渊博的序；我一点也不短少书，很可以提供我一切学者讲解悲剧、喜剧的言论、这二者的字源、它们的来源、它们的定义以及其他。我也很可以告诉我的朋友们，推荐推荐我的戏，他们不至于就不帮我写一首法文诗，或者拉丁诗的。我甚至于有朋友可以用希腊文誊扬我，大家想必明白，一篇希腊文谀词，放在一本书前头，是有神效的。可是人家印我的东西，就不给我闲暇想想自己的问题；我就连说两句话，表明我对这出喜剧的主题的意图的自由都不能够得到。我倒想让人明白：它处处都在正经、合理的讽刺范围以内；最好的东西容易叫一些笨人学坏了，取笑的该是他们；那些模仿最完美的东西的拙劣行为，永远属于喜剧资料；由于同一理由，真正的学者和真正的勇士还没有想到对喜剧的博士和队长②生气，同样是法官和王公们，看见特里勿兰③或者别人在舞台上调侃法官和王公们，也没有生气。因此，真正的女才子，看见可笑的妇女学她们学坏了，也就不该动怒。总而言之，我前面说过，人家不给我留下喘息的时间，德·吕伊先生④想立刻就把书装订出来：上帝既然有这意思，就随它去吧！

---

① 当时作家大多通过献词，谄谀显贵，换取生活补助，高乃依就是一个显著的例子。
② "喜剧的博士和队长"。是意大利职业喜剧 Commedia dellárte 里面两个定型人物：一个好卖弄，一个好吹牛。
③ 特里勿兰 Trivelin 是意大利职业喜剧在巴黎创造的一个定型人物，饰跟班一类角色。
④ 德·吕伊 De Luyes 先生是出版《可笑的女才子》的书商。他得到剧作者同意，在1660年1月19日，领到专利许可证，在29日出书。

人物

拉·格朗吉① ⎫
杜·克瓦西② ⎬ 被冷落的求婚人。

高尔吉毕斯③　　富裕的资产者。

玛德隆④　　高尔吉毕斯的女儿 ⎫
喀豆⑤　　　高尔吉毕斯的侄女 ⎬ 可笑的女才子。

---

① 拉·格朗吉 La Grange (1639?—1692) 是演员的名字。拉·格朗吉是他的母姓，有贵人身份，他的姓名是查理·法尔莱 Charles Varlet。他经常饰演公子、贵人一类角色。在莫里哀去世前六年，他继莫里哀之后，担任剧团的"说话人"l'orateur 重要职务，向观众介绍下期剧目，感谢他们一向的爱护，并请他们来看新的演出。他给后人留下一本关于剧团的日记或称账簿，从1659年4月28日开始，到1685年8月31日为止。莫里哀死后，路易十四对他的剧团失去兴趣，剧团几乎瓦解，由于拉·格朗吉的坚强信心和组织能力，终于在最后吸收敌对剧团，成为法兰西戏剧事业的中心力量，开始了法兰西喜剧院的光荣的生命。

② 杜·克瓦西 Du Croisy (1603?—1695) 是演员的名字。他有贵人身份，爱好戏剧，他的真名姓是菲力拜尔·贾叟 Philibert Gassot。他经常饰演被讽刺的家长以及其他可笑的人物，他最大的成功是饰演伪君子达尔杜弗这个角色。

③ 高尔吉毕斯 Gorgibus 可能是莫里哀创拟的一个定型人物，担任资产阶级封建家长这个角色，不过也仅在他的初期闹剧里面出现。

④ 玛德隆 Magdelon 是女演员玛德兰·贝雅尔 Madelaine Béjart (1618—1672) 的名字的缩称。这个角色可能由她扮演。莫里哀青年时期的恋爱对象、组织剧团和流浪法兰西各地的忠实戏剧伴侣。她演悲剧和演喜剧同样成功。由于剧团同仁对她的敬重，她有选择角色的特殊权利，但是她选择的往往倒是次要人物，例如《达尔杜弗》里面的女仆道丽娜。她创造出了泼辣然而善良的莫里哀式的女仆典型。

⑤ 喀豆 Cathos 是女演员喀代丽娜·勒克莱尔 Catherine Leclere 的名字的缩称。这个角色可能就由她扮演。她在1650年参加莫里哀剧团，第二年嫁给剧团的演员德·柏立 De Brie。她是莫里哀剧团的一个忠实而又重要的女演员。她最成功的创造是《太太学堂》的年青女主人公，直到年老，观众还要她扮演这个天真少女。

205

玛罗特①	可笑的女才子的使女。
阿耳芒骚尔②	可笑的女才子的跟班。
马斯卡里叶③侯爵	拉·格朗吉的听差。
姚得赖④子爵	杜·克瓦西的听差。
两个轿夫	
女邻居⑤	
提琴手⑥	

---

① 玛罗特 Marotte 是玛丽 Marie 的昵称,鲁昂居民这样称呼他们的小姑娘。根据这样一个线索,有人推测《可笑的女才子》是剧团到巴黎以前在鲁昂写的。其实很可能这只是一个女演员的名称,不是拉·格朗吉的嫂子玛罗特,就是拉·格朗吉后来的太太玛罗特·辣格漏 Marotte Ragueneau。

② 阿耳芒骚尔 Almanzor 是龚伯尔维耳 Gomberville 的小说《波莱克桑德》Polexandre,(1632—1637)里面的人物。他是非洲一个国家的太子。莫里哀借用这个名字,可能是因为它声音好听的缘故。或许他在法兰西南部遇到过叫这样名字的一个非洲人。但是更可能的是:这个传奇名字是女才子为她们的跟班取的。而莫里哀从小说借用过来,和女才子的家常名称玛德隆、喀豆形成幽默的对比。

③ 马斯卡里叶 Mascarille 是莫里哀创拟的一个定型人物,根据意大利职业喜剧传统,戴小面具,担任公子的听差这个角色,在戏里是主要人物,由莫里哀本人扮演。最早在《冒失鬼》里面出现,最后一次使用就是《可笑的女才子》。马斯卡里叶的字义是"小面具",来源不是西班牙的 Mascarilha,就是旧浦罗忘司省的 Mascarilha,当地人用这个字比喻一个人讨厌。

④ 姚得赖 Jodelet (1590?—1660) 是演员的名字。他的姓名是玉连·白斗 Julien Bedeau。他在 1659 年复活节参加莫里哀剧团,第二年三月就去世了。他是法兰西名丑之一,远在参加莫里哀剧团之前,就有很大的名气,剧作家用姚得赖这个定型人物的名称给他写戏。他根据法兰西闹剧传统,往脸上抹粉,不戴面具。

⑤ 根据 1734 年版,"女邻居"改用人名"吕席耳"和"赛莉曼娜"代替,名字底下注明"高尔吉毕斯的女邻居",并放在两个"轿夫"之前。

⑥ 根据 1734 年版,应当在"提琴手"之后,加添一行:"景在巴黎、高尔吉毕斯家里"。马艾劳 Mahelot 的《札记》有这样的记载:"需要一顶轿子、两张椅子、两把木头宝剑"。木头宝剑 batte 原来是意大利职业喜剧的道具,这里可能就是拉·格朗吉和杜·克瓦西拿的棍子(第十三场)。

第 一 场

〔拉·格朗吉，杜·克瓦西。〕

杜·克瓦西 拉·格朗吉先生①……

拉·格朗吉 什么事？

杜·克瓦西 看我一眼，可别笑。

拉·格朗吉 怎么样？

杜·克瓦西 你对我们的拜访有什么意见？你是不是很满意？

拉·格朗吉 难道依你看来，我们两个人有理由满意？

杜·克瓦西 说实话，不怎么满意。

拉·格朗吉 我呀，老实对你说了吧，我认为岂有此理。你倒说呀，谁从来见过两个内地来的蠢丫头比这两个额头骨高的？谁从来见过两个男人还比我们让人看不起的？她们差不多就拿不定主意叫人给我们端座儿坐②。我从来没有见过人像她们那样，老咬耳朵，老打呵欠，老揉眼睛，老问"几点钟"了的。我们好不容易有话和她们说了，可是她们除去是呀、不是以外，还回答别的来的？总之，你承认不承认，就算我们是世上顶下贱的人吧，有谁待我们比她们待我们更不像话的？

---

① "先生"原文是 seigneur，不是 monsieur，朗松 G. Lanson 教授认为：这种称谓表示西班牙与意大利喜剧（特别是意大利）的影响。不过有人也认为：通过这种称谓，可以看出贵人身份。

② 十七世纪法兰西贵族社会非常重视身份、名次，扶手椅或靠背椅、椅或凳、坐或立，由主人按照来客不同的社会地位分配。

杜·克瓦西	我觉得你很介意这件事。
拉·格朗吉	还用说，我介意，而且介意到了这种地步，她们傲慢无礼，我要报复她们一下子。我晓得她们看不起我们什么。风雅空气不但在巴黎散毒，也串到了内地，我们这两位可笑的小姐，就吸了不少进去。一言以蔽之，她们身上掺和着风雅和妖媚的气味。我明白，要她们欢迎，该怎么着才成；你要是由着我来，我们两个人就耍她们一个好看的，也好叫她们看看自己多胡闹、叫她们学着认认清来往的人。
杜·克瓦西	该怎么办呢？
拉·格朗吉	我有一个底下人，叫做马斯卡里叶，照许多人的意见，可以算得上一个才子；因为现在没有比才子再廉价的了。这是一个怪人，心里就想着做贵人。他平时自命风流、能吟善咏，不把别的底下人放在眼里，甚至于把他们叫做俗人。
杜·克瓦西	好，你要他做什么？
拉·格朗吉	我要他做什么？应该……不过，我们先离开这地方。

第 二 场

［高尔吉毕斯，杜·克瓦西，拉·格朗吉。］

高尔吉毕斯	好啦，你们见过我侄女和我女儿啦：事情有进展吗？见面的结果怎么样？
拉·格朗吉	这事你还是问她们吧，比问我们强多了。我们能够对你

	说的，就是，我们谢谢你的好意，告辞了。①
高尔吉毕斯②	哎嗜！他们离开这里，好像并不满意。他们怎么会不满意的？得弄弄清楚。喂！

第 三 场

［玛罗特，高尔吉毕斯。］

玛罗特	老爷有话？
高尔吉毕斯	小姐们呢？
玛罗特	在她们的绣房。
高尔吉毕斯	在干什么？
玛罗特	做嘴唇膏③。
高尔吉毕斯	就膏个没完没了。叫她们下来④。这两个死丫头，膏来膏去，我想，是存心要我破产。我到处看见的只是鸡蛋白、安息香水⑤和成千种我不认识的小零碎。自从我们住到这个地方以来，她们起码用了靠十二条猪的肥膘，她们用过的羊脚⑥，够四个底下人天天吃的。

---

① 根据1682年和1734年版，杜·克瓦西重复："告辞了。"
② 根据1734年版，补加："（一个人。）"
③ 嘴唇膏往常用蜡做底子，配制经过相当烦琐，又容易变坏。
④ 根据1734年版，补加："（一个人。）"
⑤ 安息香水 lait virginal 是醋化铅水和盐水的化合物，色白如奶，抹皮肤用。
⑥ 猪膘、羊脚：做膏用。

第 四 场

〔玛德隆,喀豆,高尔吉毕斯。〕

高尔吉毕斯 真有那种需要,花那么多钱,往你们脸上抹油。说给我听听,我看见那两位先生走出去,模样可冷淡啦,你们是怎么招待的?我不是吩咐你们,当做我给你们看中的女婿招待吗?

玛德隆 父亲,这两个人的做法就不合规矩,您要我们怎么敬重啊?

喀 豆 伯父,一个懂点道理的姑娘家,怎么会同他们那种人合得拢啊?

高尔吉毕斯 你们嫌他们什么?

玛德隆 他们可真叫有风情啦!什么?出口就谈结婚!

高尔吉毕斯 那么,你们要他们先谈什么?先谈做姘头?难道这种做法不该让你们两个人和我认为满意?还有什么比这更有礼貌的?他们想着的神圣结合,不就是他们心地清白的一种表示?

玛德隆 啊!父亲,您说的话呀,完全是资产阶级口吻。听您这样讲话,我先脸红,您就应当学学高雅风度。

高尔吉毕斯 我用不着风度,也用不着风情①。我告诉你,结婚是一件又简单、又神圣的事,先谈这个,才是正人君子的

---

① 原文是双关语,"风度 air"有"曲谱"的意思,"风情"照原文应做"歌 Chanson",意即"我用不着歌谱,也用不着歌词"。

	作风。
玛德隆	我的上帝,人人都像您呀,一部传奇三言两语也就了啦①。要是席吕斯开头就娶芒达娜②、阿龙斯顺顺当当就和克莱利成了亲③,可真叫妙啦。
高尔吉毕斯	这丫头对我讲什么?
玛德隆	父亲,不单我这样讲,妹妹也要对您讲的:除非经过别的风险,否则,结婚就永远不该实现④。一个做爱人的,想讨人喜欢,就该懂得怎么样表达美丽的情愫、怎么样宣扬甜蜜、温柔和热烈⑤。求婚也必须照规矩进行。首先,他应当到庙宇⑥,或者散步的地点,或者举行某种公共仪式的场合去看他们的心上人;再不然就是,姻缘前定,亲戚或者朋友凑巧把他带到她的公馆,离开的时候,他显出一副有心事和忧郁的模样。他有一阵子瞒住他的热情,不叫喜爱的人知道,同时,他拜访她几次,这期间少不了有人提出风情问题,练习练习会

---

① 当时的传奇小说大都很长,往往分成十卷,用好几年来写。
② 席吕斯 Cyrus 和芒达娜 Mandane 是传奇小说《伟大的席吕斯》Le Grand Cyrus(1649—1653)的主要人物。全书十卷。作者是斯居代里 Scudéry(1607—1701)女士、巴黎风雅社会主要支柱之一。
③ 阿龙斯 Aronce 和克莱利 Clélie 是斯居代里女士另一部传奇小说《克莱利》(1654—1660)的主要人物。全书十卷。
④ 传奇小说里面的主要人物,几乎全部是一见钟情,然而结婚却要在千山万水、经过长期考验之后,才能成为事实。风雅社会创始人朗布叶 Rambouillet 夫人的女儿就让她的情人等了十三年才结婚。
⑤ 把形容词当做名词用,是当时风雅社会的一种说话习惯。
⑥ 剧作家表示尊敬,在喜剧里面避免使用"教堂"字样。"庙宇"实际指"教堂"而言。

上人们的才情①。表白的日子到了，平常还该到一所花园的幽径去做才是，同时离别人也要稍微远些；他一表白完，我们就该害羞了，骤然动怒，有一阵子，把爱人从我们面前赶走。随后，他想方法平我们的气，让我们不知不觉就习惯于听他讲解他的热情，引出我们那句难以出口的话来。这之后就起了风险：阻挠百年好合的情敌喽、父亲的迫害喽、由误会而起的妒忌喽、抱怨喽、绝望喽、抢亲喽和种种后话。这就是进行的真正方式，也是按照真正风情而不可少的规律。可是一见面就谈结婚，把谈爱看成签订婚约，简直是拿传奇倒过来写！再说一遍，父亲，没有比这种做法更商人气了；我单往这上头一想就恶心。

高尔吉毕斯
喀　豆

我现在听见的，是什么鬼话？想必就是高贵风格了吧！真的，伯父，姐姐的话是对的。那些完全不懂风情的人，怎么好正经招待啊？我敢打赌，他们就从来没有见过情意图，对于他们，爱笺、殷勤、情札和好词，全是无名地带②。您不见他们一直表现愚昧无知，根本缺乏那种头一面就有好感的风度？说是为了爱情来拜访，可是裤子光溜溜的、帽子不插羽毛、头发零乱、衣服忍受

---

① 风雅社会喜欢讨论这样一些问题：爱与被爱，哪一样更好受？夫妻之间有没有爱情？美人应当不应当妖娆？情人应当不应当服从情妇的不公正的盼咐？真正的爱情会不会妒忌？等等。
② 《情意图》la carte detendre 是斯居代里女士和她的才子朋友想出来的玩意，她把它放在她的传奇小说《克莱利》第一卷末尾。图上面有三条河，它们的名称是感激、尊重和相悦。相悦河在当中，河的末端是新友谊城，沿河而下，就到了相悦情意城；出了河口，往左可以驶入感激河，来到感激情意城，往右可以驶入尊重河，来到尊重情意城。爱笺、殷勤、情札、好词，还有许多村镇，都在相悦河两岸不远的地方。河流进危险海，正对河口是"无名地带"。

	带子的贫困！……我的上帝，他们这叫什么样的情人哟！什么样的装束素淡、什么样的谈吐枯燥哟！人就受不了，人就忍不下去。我还注意到：他们的领花不是上等裁缝出品，裤子不够宽，欠半尺多。
高尔吉毕斯	我想她们两个全疯了，叽里咕噜，我连一句也听不懂。喀豆，还有你，玛德隆……
玛德隆	哎！求您啦，父亲，就给我们取消这些怪名字，另换个称呼吧①。
高尔吉毕斯	怎么，这些怪名字！难道不是你们领洗礼的时候取的名字？
玛德隆	我的上帝！您多俗气哟！就我来说，我的惊奇之一，就是，您怎么会养出我这样一个绝顶聪明的女儿来。谁从来用美丽的风格说起喀豆或者玛德隆来的？难道您不承认，两个名字用上一个，最美丽的传奇也会挨骂？
喀　豆	的确，伯父，听觉但唯有一点点灵敏，听见这些字眼，就要一百二十分②痛苦。姐姐选的波莉克赛纳这个名字，和我给自己取的阿曼特这个名字③，听起来就雅致，您也不见得就不同意。
高尔吉毕斯	听我讲，也就是一句话：你们的名字，除去你们的教父教母为你们取的以外，别的我全不许用。说到那两位先生，我清楚他们的家庭和他们的财产，我决定要你们一

---

① 出入风雅社会的男女，大都从希腊、罗马或者波斯名字里面，找一个给自己做称呼，例如斯居代里女士的称呼就叫萨波 Sappho。朗布叶夫人的名字是喀代丽娜，就改成了阿尔代妮丝 Arthénice。
② 风雅社会喜欢使用夸张的副词，成了一时的风尚。
③ 两个名字都是从当代传奇小说里面借用的。在意大利牧歌剧里面，阿曼特 Aminte 是一个男牧羊人的名称，到了法兰西传奇小说里面，变成一个女人的名称。

	心当丈夫看待。我也懒得再担待你们下去,像我这样年纪的人,管两个女孩子,担子是有一点太重了。
喀豆	谈到我嘛,伯父,我能够对您讲的,就是,我觉得结婚根本是一件可怕的事。一个男人精赤条条的,怎么可以想到在旁边睡觉的?
玛德隆	我们才到巴黎不久,您就答应我们呼吸呼吸上流社会的空气吧。您就由着我们从从容容编出我们的传奇,别一下子就逼我们把结尾做出来吧。
高尔吉毕斯①	她们完全疯了,问也不必问啦②。再说一遍,这些废话我一句也听不懂;我要独断独行;闲话少说,你们两个丫头不在最近结婚,真的!就到修道院做嬷嬷去:我发了狠誓啦。

第 五 场

〔喀豆,玛德隆。〕

喀豆	我的上帝!我的亲爱的③,看你父亲的精神是多深深陷在物质之中哟!看他的悟性多么浅、灵魂里头多么黑哟!
玛德隆	我的亲爱的,你要怎么着?我直替他难为情。我简直就不能够说服自己,我会真是他的女儿;我相信我会有一天

---

① 根据1734年版,补加:"(旁白。)"
② 根据1734年版,补加:"(高声。)"
③ "我的亲爱的 ma chère"是当时风雅社会爱用的一种女性称谓。

	遭逢什么奇遇，发现自己的身世更显赫的①。
喀豆	我相信会的；是的，世上什么可能都有；就我来说，我一看自己，就也……

第 六 场

〔玛德隆，喀豆，玛罗特。〕

玛罗特	那边有一个跟班，问你们在不在家，说他的主人要来看你们。
玛德隆	蠢丫头，学着把话说得少伧俗点儿。应该说："那边有一个少不得②，问你们方便不方便会客。"
玛罗特	得啦！我不懂拉丁，我也不像你们，学过那本《伟大的席尔》的学粪③。
玛德隆	傻东西！谁受得了这个？这跟班的主人是谁？
玛罗特	他告诉我，他叫马斯卡里叶侯爵。
玛德隆	啊！我的亲爱的，一位侯爵！是的，你去说，我们可以见他。没有疑问，他是一位才子，听见谁讲起了我们。
喀豆	一定是喽，我的亲爱的。
玛德隆	我们应该在底下这个大厅接待他，比我们的房间好。少

---

① 传奇小说或者戏剧常用这种伏笔，让主要人物在最后发现身世，回到统治阶级，因而解除结婚的最大障碍。
② "少不得"是"少不得的人"的缩称，即"听差"。
③ "《伟大的席尔》"，即《伟大的席吕斯》。"学粪"filofie，即"学问"。丫环无知，学她听来的话，学走了样子。

	说，我们也该把头发理理齐，不辱没我们的名声。快，现在到里头给我们举着美之顾问①。
玛罗特	真是的，我就不知道这是什么畜牲：你们要是想我听得懂呀，得说人话。
喀 豆	给我们拿镜子，你这敲不开的脑壳，千万当心别让身影子的接触脏了镜子。

第 七 场

〔马斯卡里叶②，两个轿夫③。〕

马斯卡里叶	喂，轿夫，喂！看、看、看、看、看、看。这两个坏蛋，碰了墙又碰地，我想存心要把我碰伤了。
第一个轿夫	妈的！倒不怪门窄：也是你要我们一直抬到里头的。

---

① 风雅社会喜欢杜撰名词，替代日常名称，例如："羞耻的宝座"替代"面颊"；"老人的青春"替代"假发"；"口之家具"替代"牙齿"；"太阳的补遗"替代"蜡烛"；等等。

② 在《闹剧女才子的故事》Récit en prose et en vers de la Farce des Précieuses 里面，代雅尔旦 Desjardins 女士（1640? —1683）叙述《可笑的女才子》的演出，有一段文字描绘莫里哀扮演的马斯卡里叶的装束，写道："夫人，你不妨想象一下：他的假辫那样大，他每一鞠躬，就在地上扫来扫去；他的帽子那样小，人立刻就明白，侯爵拿在手里的时候比戴在头上的时候多多了；他的领花，可以正正经经叫做梳头用的披肩；他的膝襕好像做了来就为藏小孩子，玩捉迷藏用……从他的口袋出来的绦带，就像没有穷尽的样子；他的鞋面盖着那样多的带子，我就不可能告诉你，鞋是俄罗斯皮、英吉利小牛皮还是摩洛哥羊皮做的；不过，至少我清楚，鞋有半尺高，我很难想出那样高和那样小的后跟，怎样撑得起侯爵的身子、他的带子、他的膝襕和他的香粉来。"

③ 巴黎直到十七世纪初叶才有轿子。亨利四世做国王的时候，有了露天轿子；到路易十三时代，不露天的轿子才从英吉利介绍过来。

马斯卡里叶	我想是吧。难道你们,臭东西,要我把我的羽毛之肥美抛向雨季之严酷、把我的鞋印在泥泞之中?好啦,把轿子抬走。
第二个轿夫	那么,开发轿钱,请,老爷。
马斯卡里叶	嗯?
第二个轿夫	我说,老爷,请,给我们钱。
马斯卡里叶	(打他一记耳光。)怎么,混账东西,问我这样一位贵人要钱!
第二个轿夫	就这样开发穷人?你的贵人身份难道有饭给我们吃?
马斯卡里叶	啊!啊!啊!我要叫你们认认自己是个什么东西!这些无赖竟敢当面辱没我!
第一个轿夫	(举起一根轿杠。)好,快开发我们!
马斯卡里叶	什么?
第一个轿夫	我说,我要马上给钱。
马斯卡里叶	这话有道理①。
第一个轿夫	那么,快给。
马斯卡里叶	行啊。你这人,讲话就对碴儿;可是另一个耍无赖,就不知道自己在说些什么。瞧:你满意了吧?
第一个轿夫	不,我不满意;你打过我的伙伴一记耳光,还②……
马斯卡里叶	慢着。瞧,就为那记耳光。一个人讲礼行,问我要什么有什么。去吧,回头来,把我抬到卢佛宫,去参加就寝

---

① 根据1682年和1734年版,这句话是:"他这家伙倒懂道理"。
② 根据1734年版,补加:"(举起杠子。)"

小礼①。

第 八 场

〔玛罗特,马斯卡里叶。〕

玛罗特　　先生,小姐们马上就来。
马斯卡里叶　她们不必急:我待在这里等候,没有什么不方便。
玛罗特　　她们来啦。

第 九 场

〔玛德隆,喀豆,马斯卡里叶,阿耳芒骚尔。〕

马斯卡里叶　(行过了礼。)小姐们,我斗胆拜访,不用说,你们感到惊奇;不过,给你们引起麻烦的,是你们的名誉;声望对我的诱惑是那样大,我到处跟着它跑。
玛德隆　　你要是追寻声望,就不该到我们的地面行猎。
喀　豆　　想在舍下看见声望,就得你把它带来。
马斯卡里叶　啊!我对你们的话提出抗议。名下无虚士,你们要左加

---

① 路易十四就寝,有一套繁文缛礼:起先当着宫廷贵人更衣,叫做"大礼"grand coucher,然后一般人辞出,亲贵留下,服侍路易十四上床,叫做"小礼"hetit coucher。能够参加"就寝小礼",表示自己和国王非常亲近。

	分、右加分，加到后来①，把巴黎的风情全部赢了去。
玛德隆	你太客气，对它的赞扬有一点过于大方；妹妹和我、我们不能够真就拜领你的恭维的甜蜜。
喀 豆	我的亲爱的，应当端座儿来。
玛德隆	喂，阿耳芒骚尔！
阿耳芒骚尔	小姐。
玛德隆	快，把谈话之利器②给我们送来。
马斯卡里叶	不过至少，府上对我安全不安全③？
喀 豆	你害怕什么？
马斯卡里叶	偷盗我的心、杀害我的自由。我看见这里有些眼睛，样子好像亡命之徒，攻打自由，待人就像土耳其人欺负摩尔人一样④。怎么，家伙，我才一靠近，就摆出了杀人的架式？啊！真的，我起了疑心，我要逃之夭夭，不然呀，我就要资产阶级的保条⑤，保证它们决不害我。
玛德隆	我的亲爱的，这就是那欢笑性格⑥。
喀 豆	我看他就是阿米耳喀尔⑦。
玛德隆	你不用害怕：我们的眼睛没有恶意，你可以安心睡在它们

---

① "左加分、右加分，加到后来"原文是 pic, repic et capon，属于赢牌的三种术语。第一种，加三十分；第二种，加六十分；第三种，加四十分：这种扑克牌的玩法叫做"皮盖"。
② 即椅子。
③ 根据1734年版，补加："（阿耳芒骚尔下。）"
④ 摩尔人 maures 是非洲北部一带信奉伊斯兰教的居民，土耳其人侵入非洲，摩尔人极受虐待。
⑤ 向人借钱，请资产阶级人物出保条，担保如期归还，表示可靠。
⑥ 玛德隆说这话的时候，想着《克莱利》里面有代表性的不同性格。
⑦ 阿米耳喀尔 Amilcar 是《克莱利》里面一个人物，迦太基人，有说有笑，是所谓"欢笑性格"。

	的贤明之上。
喀 豆	可是，先生，这张椅子朝你伸胳臂，伸了有一刻钟了，请你不要拒之于千里之外，就满足一下它想吻抱你的愿望吧。
马斯卡里叶	（梳过头①，理过膝襜②。）好，小姐们，你们觉得巴黎怎么样？
玛德隆	唉嗜！我们能够说什么呢？不承认巴黎是大宝库：赏鉴才情和风情的中心，就等于站在理性的对面。
马斯卡里叶	依我看呀，我认为正人君子离开巴黎就没有救。
喀 豆	这是一种无可置疑的真理。
马斯卡里叶	有一点烂泥；不过我们有轿子。
玛德隆	的确，对付泥泞和恶劣天气的侮辱，轿子是绝妙的堡垒。
马斯卡里叶	拜访你们的客人不少：府上才子有谁？
玛德隆	唉嗜！我们还不怎么出名；不过，也就快了，我们有一位要好的女朋友，答应我们把《选集》③的先生们全带到舍下来。
喀 豆	还有别人来，人家告诉我们，也是文艺方面的最高权威。
马斯卡里叶	你们的事交我办，比交谁办都灵；他们全拜访我；我可以说，没有六七位才子在旁边，我就决不起床④。

---

① 依照风雅社会的礼节，客人寒暄过后，从口袋取出一把牛角大梳子，把头发理好。

② "膝襜" Canons 是膝盖底下一种装饰品，很宽很长，镶花边，白颜色，非常妨碍走路。

③ "选集" 在当时相当流行，玛德隆指的可能是一部诗选 Poésies choisies de MM Corneille, Benserade, de Seudéry, Boisrobert ..., et de plusienes antres。在 1662 年前，已经出过五集。

④ 男女贵人们起床以前接见客人，是宫廷社会的习俗。

玛德隆	哎！我的上帝，你提携我们，我们将以最大的感激之情感谢你；因为，说到最后，一个人想进上流社会，就该全都认识这些先生。人在巴黎的名誉，就是他们鼓动出来的；你们知道，他们中间有几位，只要你同他们来往，你就有了行家的声誉，即使你没有别的条件，单这也就行了。不过，就我来说，我特别重视的，就是，通过这些显露才情的拜访，人学到了种种生活上必须知道的东西：这些东西就是一个才子的本质。这样，人就天天听到了风流韵事、散文和诗词的美妙交换①。人就即时知道："某先生用某主题写成最好的文章；某女士照某歌谱填好歌词；这一位得蒙青睐，写了一首小唱；那一位由于女子负心，写了几行短句；某先生昨天黄昏献一首六行诗给某夫人，某夫人今天早晨八点钟有答复给他；某作家拟出某一大纲；这一位把传奇写到第三卷；另一位拿他的作品付印。"这样一来，社会上就敬重你了。人要是不知道这些事情，多有才情，我也看不上眼。
喀 豆	真的，一个人自命有才情，可是，连每天写成的最短的四行诗也不知道，我觉得十分可笑；就我来说，有什么新东西我要是没有看到，偏巧有人问我看到了没有，我会惭愧死的。
马斯卡里叶	不先看到，的确惭愧；不过，你们不必难过，我想在府上成立一个才子学院②；我答应你们，巴黎有人写半行诗，你们不先背下来，别人就不知道。我这方面，你们看得出

---

① 毛尔奈 Mornet 教授解释："才子之间"的诗文交换。
② 1635 年，路易十三批准成立法兰西学院，从此以后，贵夫人们集合友好，纷纷在家里成立才子"学院"。

	来，我一高兴，也写两首玩玩；你们将来会看见我写的二百首歌、同样多的十四行诗、四百首讽刺小诗、一千多首小唱，在巴黎的小巷①，跑出跑进，还不算谜语和像赞。
玛德隆	我对你说，我一百二十分拥护像赞；我看没有比这再有风情的了。
马斯卡里叶	像赞难写，需要才情深刻；你们将来看到我写的像赞，不会不喜欢的。
喀　豆	说到我呀，我一千二百分喜爱谜语。
马斯卡里叶	这练习才情，我今天早晨还做了四个，将来我给你们猜。
玛德隆	小唱做好了，也中人爱。
马斯卡里叶	这是我的特长；我目前的工作就是把全部罗马史放进小唱。
玛德隆	啊！这一定美到无可再美。你付印的话，起码我要保留一本。
马斯卡里叶	我答应你们每人送一本，最考究的装订。这降低我的身份②，不过，书商不放松我，我印书也就是送他们赚两文钱罢了。
玛德隆	看见自己的书印出来，我想乐趣是大的。
马斯卡里叶	毫无疑问。不过，说到这里，我想起昨天我拜访一位公爵夫人，她是我的朋友，我临时来了一首即兴诗，我应当背给你们听听；因为即兴诗，我"他妈的"顶在行。
喀　豆	即兴诗正是才情的试金石。

---

① 十七世纪贵族，在床上半坐半卧，把寝室当做会客的地点，床的一侧留给用人走动，另一侧所谓"小巷"，有种种椅、凳，专备来客使用。

② 贵族以为当作家降低身份，即使出书，也往往不用本人名姓，直到十八世纪还有这种风气。

马斯卡里叶	你们听好了。
玛德隆	我们用心在听。
马斯卡里叶	呕,呕!我没有留意: 当我不怀恶意地望你, 你的眼睛就悄悄偷去我的心。 捉贼,捉贼,捉贼,捉贼!
喀豆	啊!我的上帝!这才叫传情传到无可再传。
马斯卡里叶	我写的东西全有骑士风度,就看不出书呆子气①。
玛德隆	当中隔着两千多哩地呐。
马斯卡里叶	你们注意这种开始"呕,呕!"了没有?真了不起:"呕,呕!"好像一个人忽然想到什么,"呕,呕!"一惊之下:"呕,呕!"
玛德隆	是的,我觉得这"呕,呕!"可爱。
马斯卡里叶	这似乎算不了什么。
喀豆	啊!我的上帝,你说什么?这一类东西,就是有钱也买不到。
玛德隆	毫无疑问;我宁可写这"呕,呕!"也不写一首史诗。
马斯卡里叶	家伙!你们有欣赏力。
玛德隆	哎!我的欣赏力不算顶坏。
马斯卡里叶	可你们不也赞美"我没有留意"?"我没有留意"、我没有注意到这上头;语气自然:"我没有留意"。"当我不怀恶意地"、天真地、心地善良地,就像一只可怜的绵羊;"望你",这就是说,我乐于查看你、我观察你、我打量你;"你的眼睛就悄悄……"你们觉得"悄悄"这两个字怎么

---

① 骑士和书呆子相反,不懂写诗规律,崇尚活泼自由。

	样?选得好不好?
喀 豆	真好。
马斯卡里叶	"悄悄"、偷偷地:好像是才捉住了一只老鼠的猫:"悄悄"。
玛德隆	世上没有比这再好的啦。
马斯卡里叶	"偷去我的心",把它拿走了、把它抢走了。"捉贼,捉贼,捉贼,捉贼!"你们不以为是一个人一面嚷嚷,一面追贼,叫人把他逮住?"捉贼,捉贼,捉贼,捉贼!"
玛德隆	必须承认,这种表现方式显出了才情和风情。
马斯卡里叶	我想给你们唱唱我为这做的歌谱。
喀 豆	你懂音乐?
马斯卡里叶	我?一窍不通。
喀 豆	那你怎么会唱呀?
马斯卡里叶	贵人是永远什么也不必学就会知道。
玛德隆	(向喀豆。)当然喽,我的亲爱的。
马斯卡里叶	你们听听,看歌谱对不对你们的口胃。"哼、哼。啦、啦、啦、啦。"季节的严酷一百二十分伤害我的声音的清越;不过,没有关系,这是骑士风格。 (他唱:"呕,呕!我没有留意……")
喀 豆	啊!这才是充满热情的歌谱!谁听了不死啊?
玛德隆	这里头有半音阶①。
马斯卡里叶	你们不觉得歌表现思想表现得好吗?"捉贼!……"随后,好像大声在喊:"捉、捉、捉、捉、捉、捉贼!"忽然,好像一个人气喘吁吁:"捉贼!"

---

① "半音阶"Chromatique是音乐术语,玛德隆根本不懂它是什么意思。

玛德隆	这就是领会学问、高深的学问、学问的学问。我对你说，整个儿妙不可言；我喜欢歌谱和歌词。
喀 豆	我还没有见过这种气势。
马斯卡里叶	我写的东西，全都得来自然，勿需乎钻研。
玛德隆	自然对待你，就像一位真正的慈母，你是它娇生惯养出来的孩子。
马斯卡里叶	倒说，你们拿什么消磨时间啊？
喀 豆	什么也没有。
玛德隆	截到现在为止，我们在娱乐上是一万二千分饥饿。
马斯卡里叶	你们愿意的话，我情愿在最近一天带你们看戏去；正好有一出新戏要上演，我很高兴我们一道去看。
玛德隆	这不在拒绝之列。
马斯卡里叶	可是到了那边，我要求你们按规矩喝采；因为我答应人家捧场来的，今天早晨剧作者还来求过我。剧作者来对我们贵人们读他们的新戏，希望我们说好话、吹嘘几句，已经成了本地的习惯；我们一发话，池座敢不敢驳我们[①]，我请你们想想也就明白了。就我来说，我在这上头很认真；我答应了诗人，我就不等蜡烛点亮，总喊："真美。"
玛德隆	你不用告诉我：巴黎是一个可爱的地方；每天这里发生许多事，才情再高也没有用，反正人在内地不知道。
喀 豆	这就够啦：我们既然了解情况，我们就要尽我们的责任，

---

① 贵人们大多出较高代价（半个金路易），到舞台后部左右两侧看戏，妨碍演员演戏，而且几乎就面对池座观众。他们对池座的市民观众经常流露蔑视情绪。莫里哀对这些自命不凡的贵族观众，很为反感，参看他的《太太学堂的批评》。这种站在演员旁边看戏的恶风气，直到十八世纪中叶，才开始不存在。

	照你们的话，按规矩喊好。
马斯卡里叶	我不知道我弄错了没有，不过看样子，你们很像写过戏。
玛德隆	哎！可能就是你说起的什么东西吧。
马斯卡里叶	啊！真的，将来该让我们看看。不瞒你们说，我写了一出，我想上演。
喀 豆	那，你给哪些演员演？
马斯卡里叶	这还用问！给大演员①演喽。只有他们能够把戏演好；别的演员没有知识，读词就像说话一样；他们不懂把诗句读响亮、在漂亮地方停顿：演员要是不在这些地方停顿、不这样警告我们应该大声喊好，怎么晓得哪儿是漂亮诗句啊？
喀 豆	真的，这是让观众体味作品妙处的方法；戏好不好，全看演的好不好。
马斯卡里叶	你们觉得我的飘带呀什么的②怎么样？你们看称不称衣服？
喀 豆	完全称。
马斯卡里叶	带子选得好。
玛德隆	一百二十分好。是道地的派尔得里戎③。
马斯卡里叶	你们说我的膝襕怎么样？
玛德隆	完全有格调。

---

① "大演员"指久在巴黎演出的"王室剧团"的演员。他们在布尔高涅府 Hôtel de Bourgongne 演出。莫里哀剧团的名称在当时是"亲王剧团"，而且新来京城，不如对方有历史号召力。他对他们的演技在这里提出了批评，后来在《凡尔赛宫即兴》提出更具体的严厉批评。这种夸张的演技传统，进入十八世纪以后，在莫里哀训练出来的演员的良好影响之下，逐渐得到了改善。
② "飘带呀什么的"petite-oie：指衣服以外各种装饰。
③ 派尔得里戎 Perdrigeon 是巴黎一家有名的时装商店。

马斯卡里叶	至少我可以夸口,比别人做的全宽四分之一欧纳①。
玛德隆	必须承认,我从来没有见过衣着这样考究。
马斯卡里叶	你们的嗅官不妨反应反应这副手套。
玛德隆	一千二百分好闻。
喀 豆	我从来没有闻过配合得更好的香味。
马斯卡里叶	还有这个②?
玛德隆	完全是贵族格调;刺到天庭③,好受。
马斯卡里叶	你们一句话也没有说起我的羽翎:你们觉得怎么样?
喀 豆	一万二千分好看。
马斯卡里叶	一根羽翎花我一块金路易,你们知道吗?说到我呀,我平时就爱搜寻天下最好看的东西,这成了我的癖好。
玛德隆	我对你说,我们、你和我,有同一雅好:我对我的穿着一百二十分讲究;连我的布袜罩也这样,不是上等裁缝做的东西,我就什么也忍受不了。
马斯卡里叶	(忽然叫喊起来。)啊噫,啊噫,啊噫,慢着!不得了,小姐们,这样做很不好;我应该抱怨你们的做法;这不公平。
喀 豆	出了什么事?你怎么啦?
马斯卡里叶	什么?两个人都在进攻我的心,还在同时!右面攻打我,左面又攻打我!啊!这违反公法;力量不相等;我要喊暗杀啦。
喀 豆	必须承认,他说话独具一格。

---

① 欧纳(aune)是旧尺,一欧纳合 1.182 米。
② 根据 1682 年和 1734 年版,补加:"(他让她们闻他扑了粉的假辫。)"
③ "天庭"le sublime,指脑壳。

玛德隆	他有一种令人钦佩的才气。
喀　豆	你的畏惧大于你的痛苦，你的心没有受伤，就喊起来了。
马斯卡里叶	怎么，家伙！从头到脚是伤。

第 十 场

〔玛罗特，马斯卡里叶，喀豆，玛德隆。〕

玛罗特	小姐，有人找您。
玛德隆	谁？
玛罗特	姚得赖子爵。
马斯卡里叶	姚得赖子爵？
玛罗特	是的，先生。
喀　豆	你认识他？
马斯卡里叶	他是我顶好的朋友。
玛德隆	快请进来。
马斯卡里叶	我们好久没有见面，这回不期而遇，我挺开心。
喀　豆	他来啦。

第十一场

［姚得赖，马斯卡里叶，喀豆，玛德隆，玛罗特①。］

马斯卡里叶 啊！子爵！

姚得赖 （互相吻抱。）啊！侯爵！

马斯卡里叶 遇见你，我真高兴！

姚得赖 看见你在这里，我真欢喜！

马斯卡里叶 那么，请你再吻吻我。

玛德隆② 我的亲爱的，我们开始出名啦；上流社会现在迈开了步，看我们来了。

马斯卡里叶 小姐们，允许我给你们介绍这位贵人：相信我，他值得你们认识。

姚得赖 把你们应得的尊敬来还给你们，是天公地道；你们的容色有权使各色人等臣服。

玛德隆 你的礼貌开扩到了恭维的最远的边疆。

喀　豆 今天应当作为幸福的一日，写在我们的历书上。

玛德隆③ 看，孩子，难道有话总得对你重复不成？你就看不出来，该额外加一张椅子？

马斯卡里叶 子爵的模样，你们看了，不必惊奇：他新近害了一场病，

---

① 根据 1734 年版，上场人物有："喀豆，玛德隆，姚得赖，马斯卡里叶，玛罗特，阿耳芒骚尔。"
② 根据 1734 年版，补加："（向喀豆。）"
③ 根据 1734 年版，补加："（向阿耳芒骚尔。）"

	所以，像你们看到的，脸色发白①。
姚得赖	这是宫里守夜和作战疲劳的结果。
马斯卡里叶	你们知道不知道，小姐们，子爵是本世纪最猛人物中间的一个？他是一个超等勇士。
姚得赖	侯爵，你这方面并不输我；我们也知道你的本事。
马斯卡里叶	的确，我们曾经并肩作战过。
姚得赖	在一些非常热的地方②。
马斯卡里叶	（望着她们两个。）是的；不过，没有这地方热。嘻，嘻，嘻！
姚得赖	我们是在军队相识的；我们第一次见面，他在马耳他的军舰统领一队骑兵。
马斯卡里叶	不错；可是你在我从军以前，就已经担任军职了；我记得我还是一名下级军官的时候，你已经统领两千匹马。
姚得赖	战争是好的；不过，真的，宫里今天报酬我们这样有功劳的将官很菲薄。
马斯卡里叶	子爵，你记得攻打阿腊斯③的时候，我们从敌人那边夺过来的月牙儿④吗？
姚得赖	你说月牙儿，什么意思？是一个大圆月亮呀。
马斯卡里叶	我想，你说对了。
姚得赖	真的，我应该记得：我的腿中了一颗手榴弹，现在还有痕迹。请你们摸摸看；你们会觉得出来的，在这地方。

---

① "脸色发白"：实际由于演员脸上抹粉的缘故。
② 代·格朗吉 Des Granges 教授解释：姚得赖暗示"厨房"。
③ 阿腊斯 Arras 在巴黎正北，邻近海峡。"敌人"应当指西班牙军队。1640 年，法兰西军队占领阿腊斯，西班牙守军曾经在城外据壕抵抗九天。
④ "月牙儿"，指防守某一地点的半圆形战壕。

喀　豆①	的确,瘢疤挺大。
马斯卡里叶	把你的手给我,摸摸这个,就在这里,正在脑袋后头:摸着了没有?
玛德隆	是的:我觉得出来点儿东西。
马斯卡里叶	这是我最后一次作战,让铳子打的。
姚得赖②	这是攻打格拉勿林③的时候我受的伤,前后穿透了。
马斯卡里叶	(手放在他的袴钮上。)让我给你们看一个厉害的伤口。
玛德隆	不用啦:我们不看就相信。
马斯卡里叶	它们是光荣的痕迹,说明身份。
喀　豆	我们决不疑心你们的身份。
马斯卡里叶	子爵,你的马车在吗?
姚得赖	做什么?
马斯卡里叶	我们带两位小姐到郊外散散步,用用野餐。
玛德隆	我们今天不能够出门。
马斯卡里叶	那么,找提琴手来,我们跳舞吧。
姚得赖	真的,这是好主意。
玛德隆	这个嘛,我们同意;那就得额外加人才成。
马斯卡里叶	喂!香槟人、皮喀尔狄人、布尔高涅人、乌头、巴司克人、青草、劳栾人、浦罗忘司人、二月兰④!这些跟班全见鬼去啦!我想法兰西贵人没有比我更伺候不周的啦。

---

① 根据 1734 年版,补加:"(摸过那个地方以后。)"
② 根据 1734 年版,补加:"(敞开他的胸脯。)"
③ 格拉勿林 Gravelines 在敦刻尔克与加来之间,面对海峡。1644 年,法兰西军队攻破西班牙守军,加以占领。
④ 全是他假定的听差的称呼,一种是用生长的地名;一种是用绰号,这里全是花草:乌头 Casquaret、青草 La Verdure 和二月兰 La Violette。当时的听差取名有这种习俗。

	这些混账东西总是把我一个人丢下来。
玛德隆	阿耳芒骚尔，告诉先生的跟随去找提琴手，再把附近的先生、小姐们约来，充实一下我们舞会的寂寞。①
马斯卡里叶	子爵，你觉得这些眼睛怎么样？
姚得赖	可是你自己，侯爵，你觉得怎么样？
马斯卡里叶	我呀，我说，我们的自由就难干干净净离开这里。至少，就我来说，我受到奇异的震动，我的心悬在一根线上。
玛德隆	他说起话来多自然呀！经他一说，话动听到了极点。
喀 豆	的确，他用才情用到了一百二十分。
马斯卡里叶	为了向你们表示我说的是真话，我愿意用它做题目，来一首即兴诗②。
喀 豆	哎！我以我的心的全部虔诚求你：让我们得到为我们做的东西。
姚得赖	我也很想来一首；不过，前些日子我放了大量的血，我发现我的诗意有一点稀薄。
马斯卡里叶	鬼东西，怎么搞的？头一行诗我总做得好；可是别的几行就把我难住了。真的，这有一点太急促：我要在得闲的时候给你们做一首即兴诗，你们将发现是世上最美的诗。
姚得赖	他的才情忒高。
玛德隆	而且有风情，而且有表现。
马斯卡里叶	子爵，告诉我，你好久没有看见伯爵夫人了吗？
姚得赖	我有三个多星期没有拜访她了。
马斯卡里叶	公爵今天早晨来看我，想带我下乡猎公鹿，你知道吗？

---

① 根据 1734 年版，补加："（阿耳芒骚尔下。）"
② 根据 1682 年和 1734 年版，补加："（他在想诗。）"

玛德隆　　　我们的女朋友们来啦。

第十二场

〔姚得赖，马斯卡里叶，喀豆，玛德隆，玛罗特，吕席耳①。〕

玛德隆　　　我的上帝，我的亲爱的，吵扰你们啦。这两位先生兴致高，给我们找来足之灵魂②；我们打发人找你们来，充满我们集会的空虚。
吕席耳　　　我们真得承情啊。
马斯卡里叶　这不过是一个临时舞会；不过，最近有一天，我们要给你们举行一次正式舞会的。提琴手来了吗？
阿耳芒骚尔　是，先生；他们在这里。
喀　豆　　　来吧，我的亲爱的，全站好。
马斯卡里叶　（作为引子，他一个人跳。）啦、啦、啦、啦、啦、啦、啦、啦。
玛德隆　　　他的身段十分美妙。
喀　豆　　　而且一看就知道，舞姿优雅。
马斯卡里叶　（挽住玛德隆。）我的自由像我的脚一样，要跳古琅舞③。拍子，提琴手，拍子。呕！真笨！就没有法子同他

---

① 根据1734年版，上场人物有：吕席耳，赛莉曼娜，喀豆，玛德隆，马斯卡里叶，姚得赖，玛罗特，阿耳芒骚尔，提琴手。
② 即提琴。
③ 古琅舞 (la courante) 是当时流行的一种双人舞，三拍子，原来是两拍子，从意大利传到法兰西。这句话的意思是："我要丧失自由了。"

	们一起跳。见鬼去！你们就不会照拍子拉吗！啦、啦、啦、啦、啦、啦、啦。加油，呕，乡下提琴手。
姚得赖	（也在跳舞。）喂！别把拍子拉得那么急：我才病好。

第十三场

［杜·克瓦西，拉·格朗吉，马斯卡里叶①。］

拉·格朗吉②	啊！啊！坏蛋，你们在这里干什么？我们找你们找了三小时。
马斯卡里叶	（挨打。）啊噫！啊噫！啊噫！你先头就没有对我讲，还有棍子要挨。
姚得赖	啊噫！啊噫！啊噫！
拉·格朗吉	下流东西，想做上等人，你们试试看。
杜·克瓦西	这叫你们学着认认自己。
	（他们下。）

---

① 根据 1734 年版，上场人物有：杜·克瓦西，拉·格朗吉，喀豆，玛德隆，吕席耳，赛莉曼娜，姚得赖，马斯卡里叶，玛罗特，提琴手。
② 根据 1682 年和 1734 年版，补加："（拿着一根棍子。）"

第十四场

［马斯卡里叶,姚得赖,喀豆,玛德隆①。］

玛德隆　　这到底是怎么回事?
姚得赖　　这是打的一个赌②。
喀　豆　　什么！叫人那样毒打一顿！
马斯卡里叶　我的上帝,我方才是有意做出不理会的样子；因为我性子暴,我会管不住自己的。
玛德隆　　忍受这样的羞辱,当着我们的面！
马斯卡里叶　这没有什么：我们来跳我们的。我们早就极熟了；朋友之间,不为这点小事翻脸的。

第十五场

［杜·克瓦西,拉·格朗吉,马斯卡里叶,
姚得赖,玛德隆,喀豆③。］

拉·格朗吉　真的,混账东西,我明讲了吧,你们耍笑不了我们。进

---

① 根据 1734 年版,上场人物有：喀豆,玛德隆,吕席耳,赛莉曼娜,马斯卡里叶,姚得赖,玛罗特,提琴手。
② 代·格朗吉教授指出:"演时,演员添一句:'我们赢啦。'"
③ 根据 1734 年版,上场人物有："杜·克瓦西,拉·格朗吉,玛德隆,喀豆,吕席耳,赛莉曼娜,马斯卡里叶,姚得赖,玛罗特,提琴手"。

	来，你们几个人①。
玛德隆	你们到底凭什么，竟敢这样到我们家里捣乱？
杜·克瓦西	怎么，小姐们，我们忍受我们的跟班比我们受欢迎？忍受他们揩我们的油，同你们谈恋爱，给你们开舞会？
玛德隆	你们的跟班？
拉·格朗吉	是的，我们的跟班：你们这样给我们败坏他们，不但不漂亮，也不忠厚。
玛德隆	哦，天呀！真正岂有此理！
拉·格朗吉	可是他们以后别想占便宜，穿我们的衣服，到你们面前卖弄；你们要是爱他们呀，真的，以后就为他们的漂亮脸子。快，马上剥掉他们的衣服。
姚得赖	永别了，我们的盛装。
马斯卡里叶	这就是侯爵和子爵的下场。
杜·克瓦西	啊！啊！坏蛋，你们竟敢享受我们的现成！我叫你们知道，以后要让你们的美人看上眼呀，到别的地方找衣服去。
拉·格朗吉	顶替我们、拿我们自己的衣服顶替我们，太过分啦。
马斯卡里叶	呕，命运女神，你真水性杨花哟！
杜·克瓦西	快，把他们的衣服剥光了②。
拉·格朗吉	把这些衣服全带走，赶快。现在，小姐们，他们还了原，你们喜欢，你们可以继续同他们谈恋爱了；我们给你们留下这样做的各色自由，我们、先生和我，向你们发誓，我

---

① 根据1682年和1734年版，补加："（进来三四个打手。）"
② 根据前人记载：姚得赖本人很瘦，演时，里头穿着大批背心，一件一件剥下来以后，露出厨师的打扮，又从腰带抽出一顶白帽子，戴在头上。他恭恭敬敬跪在喀豆前面，她又急又气，把他推开了。据说，他直打冷颤，还到脚灯前头取暖。

	们决不妒忌①。
喀　豆	啊！真难为情！
玛德隆	我难过死了。
提琴手	（向侯爵。）这到底是怎么回事？我们怎么着，谁开发我们？
马斯卡里叶	问子爵。
提琴手	（向子爵。）谁给我们钱？
姚得赖	问侯爵。

第十六场

［高尔吉毕斯，马斯卡里叶，玛德隆。②］

高尔吉毕斯	啊！你们这两个贱货，我看，你们是给我惹出乱子来啦！方才出去的先生们，可不，把好事说给我听啦！
玛德隆	啊！父亲，他们把我们耍狠啦！
高尔吉毕斯	是的，耍狠啦，不过，那是你们不识好歹的结果，不要脸的东西！他们气你们冷淡他们；可是，我就这么倒楣，我得把耻辱咽下去。
玛德隆	啊！我赌咒，我们要报仇，不然的话，我死也不甘心。你们，混账东西，捣完了乱，竟敢待在这里不走？

---

① 根据1734年版，这里分出一场，成为第十六场，人物是："玛德隆，喀豆，姚得赖，马斯卡里叶，提琴手"。
② 根据1734年版，上场人物有："高尔吉毕斯，玛德隆，喀豆，姚得赖，马斯卡里叶，提琴手。"

马斯卡里叶　就这样对待一位侯爵！这就叫世道！原来爱我们的人，一见我们有一点点小不幸，就看不起我们。走吧，伙伴，到别的地方碰运气去：我看得出来，此地爱的只是虚荣浮华，决不看重赤裸裸的品德。

第十七场

〔高尔吉毕斯，玛德隆，喀豆，提琴手。〕

提琴手　　先生，我们在府上拉了半天琴，他们不付钱，我们希望你付。

高尔吉毕斯　（打他们。）是的，是的，我要付，这就是我要付给你们的钱。还有你们，死丫头，我不知道什么拦着我，不也照样臭打你们一顿。我们眼看就要变成人人的话柄、笑柄，这就是你们胡作非为的好处。贱人，去把你们藏起来吧；去把你们永远藏起来吧①。还有你们、她们胡闹的原因、无聊透顶的东西、闲人的有害的娱乐：传奇、诗词、歌曲、十四行和十三行诗，全见鬼去！

---

①　根据 1734 年版，补加："（一个人。）"

· 斯嘎纳耐勒或名疑心自己当了乌龟的人 ·

原作是诗体。1660 年 5 月 28 日第一次演出。

人物

高尔吉毕斯　　巴黎市民。
赛　丽　　　　他的女儿。
莱　利　　　　赛丽的情人。
胖子·洛奈　　莱利的跟随。
斯嘎纳耐勒　　巴黎市民，疑心自己是乌龟的人。
他的女人
维耳柏洛干　　法赖尔的父亲。
赛丽的女仆
斯嘎纳耐勒的亲戚

景在巴黎①

---

① 布景是一个十字街口。马艾劳的《札记》有这样的记载："疑心自己做了乌龟的人。需要两所窗户敞开的房屋，一个有画像的盒子，一把木剑，一副盔甲，一个盾牌。"

第 一 场

〔高尔吉毕斯,赛丽,她的女仆。〕

赛　丽　（哭哭啼啼出来,父亲跟在后面。）
啊！再辈子也甭想我会同意。
高尔吉毕斯　你那儿嘟囔什么,不孝的东西?
父亲决定了的事,你妄想反对?
难道对你,我没有绝对的权威?
你这毛孩子,自己就头脑不清,
倒想拿父亲的见识不当正经?
我们两个人,谁有权利做主张?
一家人里头,蠢东西,叫你来讲,
能够为你打算的,是你还是我?
家伙！小心兜起了父亲的肝火：
用不了多久,我就会叫你尝尝
我这胳臂还有没有力量。
干脆接受人家给你挑的丈夫,
造反的小姐,你就有了活路。
你说,我不清楚他这人的脾气,
事前应当问问你中不中意：
听说他分到了一大笔遗产,
还用我多加小心,问长问短?

	这位丈夫有两万通用的都喀①，
	还有什么让你不好爱他？
	得啦，这样有钱，管他老几，
	我担保他是文质彬彬的君子。
赛　丽	唉嗐！
高尔吉毕斯	听听她这声"唉嗐"，什么毛病？
	哼！我要真是生起气来，
	我会叫你没完没了地"唉嗐"！
	白天黑夜你忙着看你的小说，
	瞧，瞧，就把你忙成这种结果：
	脑子里头塞满了言情小诗，
	一嘴的克莱利②，就没有上帝的事。
	这种坏书统统给我烧掉，
	省得天天祸害青年的头脑。
	要念就给我念念皮柏辣的《四行》③，
	还有马修顾问渊博的《真相》④，
	谚语连篇，是一部有价值的作品，
	值得背熟。还有《罪人的指引》⑤

---

① 都喀 ducat：威尼斯的旧通币，有金币、银币等种，过去在南欧一带通用。此地应指金币而言。
② 克莱利 Clélie 是斯居代里女士的同名长篇小说的女主人公。
③ 皮柏辣 Guy du Faur, seigneur de Pybrac (1528—1584) 是法国一个政治人物，写过两本四行诗 Quatrains 集子（上集，1575 年；下集，1576 年），曾经风行一时，但是实际和女教并无关系。
④ 马修顾问 Pierre Matthieu (1563—1621) 是法国一个史官，他的四行诗体的《生死真相》Tablettes de vie et la mort (1616 年) 在当时很享盛名。
⑤ 《罪人的指引》La Guide des pécheurs (1555 年)：西班牙修士路易·德·格洛纳德，Louis de Grenade (1504—1588) 所作，两度译成法文。(1651 年与 1658 年)

　　　　　　也是一本好书；转眼之间，
　　　　　　你就学会了怎么样同人周旋；
　　　　　　你先前念过这些修身的理论，
　　　　　　也就会格外懂得对我孝顺。
赛　丽　　什么？莱利对我的长远情义，
　　　　　　父亲居然会要我半路忘记？
　　　　　　我要自做主张，算我胡闹；
　　　　　　不过，是您要我和莱利相好。
高尔吉毕斯　就算你和他婚约一订再订，
　　　　　　来了财主，还不成了画饼。
　　　　　　莱利很好看，不过你要记住，
　　　　　　有财可发，什么事都得让步；
　　　　　　丑八怪有了金子也会顺眼，
　　　　　　没有金子，一切都是枉然。
　　　　　　你不喜欢法赖尔，做情人不行，
　　　　　　可是做你的男人，我看还成。
　　　　　　丈夫这个名字是一种诱力，
　　　　　　爱情往往是婚姻的一种果实。
　　　　　　不过，我有权力支配一切，
　　　　　　何必傻瓜一样多费口舌？
　　　　　　所以，顶撞我的话，请你免掉，
　　　　　　瞎抱怨的话也别让我再听到。
　　　　　　今天黄昏，姑爷一定来看你：
　　　　　　你不妨试试，试试待他欠礼！
　　　　　　我要是看见你没有好脸子待他，
　　　　　　我就……我就怎么，你去猜吧。

第 二 场

［赛丽，她的女仆。］

女 仆　　什么？多少女的要眼红心热，
　　　　小姐，您就居然一口回绝！
　　　　人家提亲，你倒流泪，说句
　　　　情意绵绵的"嗯"也有顾虑！
　　　　唉嗐！怎么我就没有这个命？
　　　　不用人求，我会满口答应，
　　　　我要一口气说它十来句"嗯"，
　　　　单只这么一句又要什么紧。
　　　　给你兄弟温课的那位老师，
　　　　讲起世上的事来很有见识，
　　　　他说女人好比一棵常春藤，
　　　　要长得美，贴紧树身子才成，
　　　　可是如果分在两下里的话，
　　　　它就甭想能够利用人家。
　　　　我的好小姐，这话再真不过，
　　　　我就觉得挺对，苦命的我。
　　　　愿我可怜的马丁早日升天！
　　　　他在的日子，我就像一位神仙，
　　　　心满意足，眼睛亮，人也发胖，
　　　　现在我成了我这副可怜模样。
　　　　欢乐的年月就像一道电光，

　　　　　　我在寒九，不生火也照样上床；
　　　　　　晾晾床单子我也觉得好笑：
　　　　　　如今三伏天我就抖个不了。
　　　　　　小姐，夜晚身边来上个丈夫，
　　　　　　听我的话，这才叫做幸福；
　　　　　　你打喷嚏，单是为了听人
　　　　　　讲一句"上帝保佑"，你也开心。

赛　丽　　你真就能够劝我不守信义，
　　　　　　丢了莱利，嫁给那个丑东西？

女　仆　　真的，您那莱利才是蠢才，
　　　　　　出门担搁，只是不见转来；
　　　　　　不是我这里有意要疑心人家，
　　　　　　日子一久，难保他不变卦。

赛　丽　　（给她看莱利的画像。）
　　　　　　这些怕人的话，你就少讲，
　　　　　　先来仔细看看这副脸相：
　　　　　　只要一看，就相信他决不变心。
　　　　　　单凭这副脸相，就不会骗人，
　　　　　　总之，他对我的爱情终始如一，
　　　　　　就像画儿和本人不差分厘。

女　仆　　这副脸相的确是令人生爱，
　　　　　　小姐一往情深，倒也难怪。

赛　丽　　可是你倒……扶我一把。

女　仆　　小姐，您说什么……？晕了过去。老天爷！
　　　　　　快呀，来人！

第 三 场

［赛丽，女仆，斯嘎纳耐勒。］

斯嘎纳耐勒　出了什么事？有我。

女　仆　小姐死啦。

斯嘎纳耐勒　怎么？不过这个？

喊成这样子，我以为天崩地裂。

让我看看。您真死啦，小姐？

怪事！她不作声。

女　仆　我找人把她

抬进去，过来扶着，劳驾。①

第 四 场

［赛丽，斯嘎纳耐勒，他的女人。］

斯嘎纳耐勒　　　　（用手摸她的胸脯。）

浑身冰冷，简直是莫明所以。

让我看看她嘴里还出不出气。

真的，说不上来，可是，不错，觉

得像是有救。

---

① 根据1682年版，女仆的话是："她得闻闻醋，我跑到里头拿去，请您先扶扶。"

斯嘎纳耐勒的女人　（由窗外向里张望。）

我看见什么？

我男人搂着……下去看个明白：

他呀准有相好的，我要走快。

斯嘎纳耐勒　应当尽早救她活命才是。

真的，她不应该说死就死：

人生在世，能够俯仰自如，

再要寻死，就是绝顶胡涂。

（女仆喊来一个听差，和他把她抬了进去。）①

第 五 场

［斯嘎纳耐勒的女人（一个人）。］

斯嘎纳耐勒的女人　转眼他就离开了这个地方，

他这一溜，我倒白来了一趟；

不过，眼见为真，由小知大，

他那里一定瞒着我，另外成家。

怪不得他这一向那么冷淡，

拿我的恩情就不当正经来看；

忘恩负义的东西，寻欢作乐，

一心向外，单单我忍饥挨饿。

我们的丈夫都有这种脾胃：

---

① 根据 1734 年版，补加："（他把她抱进她的家去。）"

到口的东西,总嫌它不是滋味。

开头几天,就像他到了仙境,

向你显出十二万分的热情,

可是不久就对你的情分起了腻,

心上早已换了别人来顶替。

啊!不许女人换衬衫一样,

换掉丈夫,法律也太不应当!

这才方便;眼下我就知道,

有人像我一样,愿意换掉。

(捡起赛丽方才失落的画像。)

说来也巧,这是什么宝贝?

不但是人像中看,珐琅也挺美。

打开看看。

第 六 场

［斯嘎纳耐勒和他的女人。］

斯嘎纳耐勒[1]　我当她死啦,没事。

不好也不差什么,她还有治。

我女人来啦。

---

[1]　根据1734年版,补加:"(以为就是一个人。)"

他的女人①	天啊！是一幅小像。
	好个美男子，就像活的一样！
斯嘎纳耐勒	（旁白，由他的女人肩上望过去。）
	她看什么看得这么出神？
	这张人像不像是好事上门。
	我是七上八下，心里直犯疑。
他的女人	（没有看见他，继续下去。）
	我从来没有见过比这美的东西。
	金子值钱，手艺更值得人夸。
	闻闻，真香！
斯嘎纳耐勒	（旁白。）
	什么？浑账！香它！
	背地里偷人！
他的女人	（继续下去。）
	实说了吧，能够
	有这种美男子伺候，人一定好受，
	他要是谈情说爱再一认真，
	女人十有八九就会私奔。
	像我那个丈夫，秃头又寒碜，
	就没有人家好看……！
斯嘎纳耐勒	（从她手里抢过画像。）
	啊！狗贱人！
	当场叫我捉住了把柄！句句
	毁谤你那心肝丈夫的名誉。

---

① 根据1734年版，补加："（以为就是自己一个人。）"

	那么，太贤的贤妻，依你看来，
	事无大小，老爷全跟不上太太？
	妈的！白耳塞毕①把你抓走！
	你要配个什么宝贝对手？
	难道我还有什么可挑剔之处？
	身材，走式，人人看了羡慕，
	还有脸子，成千的美人欢喜，
	白天黑夜都要为它叹气；
	总之，我这身子，里外可爱，
	试问，你还有什么嫌弃不才？
	难道为了你那虎狼胃口，
	吃完了丈夫，还得情人下酒？
他的女人	讥笑的用意我也听出了一半，
	你想拿话……
斯嘎纳耐勒	要骗别人呀，请便，
	可是我这方面，你没有指望，
	通奸的真凭实据到了我手上。
他的女人	本来我就火儿直往上冒，
	你不用火上加油，无理取闹。
	听我说吧，拿我的宝贝盒子
	还我，你想……
斯嘎纳耐勒	我想掐你的脖子。
	要是我能逮住画儿上的坏蛋，
	那就好了！

---

① 白耳塞毕 Belzebut 是魔鬼的名称。

他的女人	什么?
斯嘎纳耐勒	没事,心肝:
	我就不该大吵大闹,好人,
	我应该谢谢你送我的这条绿头巾。
	〔打量莱利的画像。
	看呀,床头的相公,俊俏的后生,
	帮你不守妇道的该死的畜牲,
	那混账东西,你同他……
他的女人	我同他……讲你的。
斯嘎纳耐勒	你同他,我说……会把我活活儿气死的。
他的女人	醉鬼讲什么,我听不出个头绪来。
斯嘎纳耐勒	你太懂我的意思了,婊子太太。
	从今没有人称我斯嘎纳耐勒,
	以后要叫就叫我王八了吆。
	我把脸丢了;可是你也别美,
	起码我也要叫你丢一条胳臂。
他的女人	你真就敢对我来讲这样的怪话?
斯嘎纳耐勒	你真就敢冲我来玩这套鬼戏法?
他的女人	什么鬼戏法?要说就说个痛快。
斯嘎纳耐勒	嗐!犯不上抱怨,还不够明白!
	当头给我戴上一顶绿帽子,
	哎呀!打扮得可也真够花哨的!
他的女人	好啊!你平白无故把我欺负,
	单凭这个,女人就该报复,
	你倒满不介意,假装生气,
	免得我再发作,对你不利?

	这种混账做法也真新鲜,
	欺侮了人,还要吵翻了天。
斯嘎纳耐勒	没脸的货,单看这份架势,
	谁不相信她是高贵的女士?
他的女人	去哄你的情妇,陪她去幽会,
	可是我这方面,少拿我开胃。
	再就是,拿我的人像还我拉倒。
	〔她抢过像盒,逃开了。〕
斯嘎纳耐勒	(追她。)
	照样抢回来,你呀甭想跑得了。

第 七 场

〔莱利,胖子·洛奈。〕

胖子·洛奈	总算到啦。不过,就算我胆大,
	少爷,让我来问您一句闲话。
莱　利	好吧,你讲。
胖子·洛奈	您身子里头有鬼,
	经过这样辛苦,还不嫌累?
	一星期以来,整天路上奔波,
	打着跛马,由着它们颠簸,
	四肢就像让轮子碾了一样,
	还不提那回碰伤的一个地方,
	什么地方,我也不必讲起。

	可是，您一到家，也不歇息，
	也不吃一口东西，就又出了门，
	亏你哪儿来的这种精神。
莱　利	你也不必怪我过于心急，
	我爱赛丽，这你也知道，所以
	听说婚事不幸起了变化，
	我心里急于先要问明真假。
胖子·洛奈	可是，少爷，想要问明事情，
	吃上一顿好饭，也是正经：
	肚皮一饱，您什么也不害怕，
	就有勇气抵抗命运的攻打。
	拿我来说，赶上我没有吃饭，
	人家拿脸一板，我就完蛋。
	饭一吃饱，我就精神十足，
	天坍了下来，心里也不在乎。
	是啊，对付命运的意外攻击，
	听我的话，就是大吃而特吃。
	要是您想堵住痛苦的进攻，
	就得来二十杯酒把心围拢。
莱　利	我吃不下。
胖子·洛奈	（首行独白。）
	我要是不吃，完蛋！
	可是眼看着就要给您开饭。
莱　利	给我住口。
胖子·洛奈	吩咐也忒专制！
莱　利	我不是饿，我是心中有事。

胖子·洛奈	我呀，是又饿，又心中有事，
	就担心您拿恋爱当了饭用。
莱　利	我要打听的事情，由我打听；
	你要吃饭，别吵我啦，你请。
胖子·洛奈	主人的吩咐我是向不回驳。

第 八 场

［莱利（一个人）。］

莱　利	她父亲已经答应了，女儿对我
	也有心心相印的真凭实据，
	是啊，我心里未免过于畏惧。

第 九 场

［斯嘎纳耐勒，莱利。］

斯嘎纳耐勒①	抢来啦。该死的畜牲，现我的眼，
	让我欣赏他这副狗脸。
	我就不认识。
莱　利	（旁白。）

---

① 根据1734年版，补加："（没有看见莱利，手里拿着画像。）"

	我看到什么?
	万一是我的小像,有什么信不过?
斯嘎纳耐勒	(继续下去。)
	可怜的斯嘎纳耐勒!名誉扫地!
	命运待你怎么会这样严厉?
	〔发现莱利望他,转往另一方向。〕
	难道……
莱 利	(旁白。)
	我送给人家的信物转了手,
	我不心惊肉颤也不能够。
斯嘎纳耐勒	难道因为女人没有了家教,
	我就应该当面受人耻笑,
	从今以后叫人编成歌曲,
	伸出五指,将我比来比去?
莱 利	(旁白。)
	我没有弄错?
斯嘎纳耐勒	我还年轻有为,
	贱人怎么敢叫我就当乌龟?
	嫁的丈夫人人都说漂亮,
	难道一个丑八怪、一个小荒唐……
莱 利	(旁白,再望一眼他的画像。)
	明明是我的小像,不是瞎猜。
斯嘎纳耐勒	(背转了他。)
	这人一直在张望。
莱 利	(旁白。)
	好不奇怪!

斯嘎纳耐勒　他在怄谁的气？

莱　利　　（旁白。）

问问他看。

（高声。）

请教……喂！劳驾。

斯嘎纳耐勒　（依然避他。）

有什么贵干？

莱　利　　请教，可否见告，这张人像

怎么就会落到先生手上？

斯嘎纳耐勒　（旁白，比较莱利和他拿着的人像。）

何以他问这个？我看一定……

哎嗜！有啦！我看出他犯的毛病！

现在我不再为他的惊奇纳闷：

他是我的人，不如说，我太太的人。

莱　利　　说说明白，你从哪儿弄来……

斯嘎纳耐勒　感谢上帝，我懂阁下的关怀。

你就是这张惹我生气的人像，

从前是在你那相好的手上；

女的同你私下发生了关系，

对我来说，也不是什么秘密。

我不晓得她和阁下要好，

有没有拿我讲给阁下知道。

不过，今后给我断了来往，

因为丈夫觉得这太不像样；

试想婚姻大事，既圣且神……

莱　利　　什么？你说，给您信物的女人……

斯嘎纳耐勒	是我太太,我是丈夫。
莱　　利	丈夫?
斯嘎纳耐勒	是呀,丈夫,丈夫成了气臌;
	原因你全清楚;眼下小可
	就往岳家送信。

第 十 场

［莱利（一个人）。］

莱　　利	我听见什么!
	人家讲得不错,她嫁的无赖!
	男人当中,就数他长得古怪。
	你赌的咒就算全不可靠,
	许我的那些话也都只是胡闹,
	单看你选的这个下流东西,
	也该无地自容,回心转意。
	没心肝的东西,就算他有钱……羞辱,
	又赶上旅途相当长,一路辛苦,
	我就像当头挨了一棒,
	心里发冷,身子东摇西晃。

第十一场

［莱利，斯嘎纳耐勒的女人。］

斯嘎纳耐勒的女人　（转向莱利。）①
　　　　　　　　坏东西还是抢了去……②哎呀！先生，看样子您要晕过
　　　　　　　　去，您有什么病？
莱　利　　　忽然之间就病了，真没想到。
斯嘎纳耐勒的女人　我怕你支不住，马上就会晕倒；
　　　　　　　　等好了再走，到我家安歇安歇。
莱　利　　　我就暂领你这份好意。

第十二场

［斯嘎纳耐勒和他太太家的亲戚。］

亲　戚　　　丈夫应当关怀这种事体；
　　　　　　　　不过，凡事也不可操之过急；
　　　　　　　　姑爷说她的话，我全听到，
　　　　　　　　可也不就证明她有违妇道。
　　　　　　　　此事非同小可，无凭无据，

---

① 根据1734年版，补加："（以为就是自己一个人。）"
② 根据1734年版，补加："（望见莱利。）"

	加人以罪，自来就不允许。
斯嘎纳耐勒	这就是说，还得当场抓住。
亲　戚	我们不可过急，急中有误。
	人像怎么就会到了她手上，
	有谁知道？而且，她也不像
	认识本人，万一她不认识。
	如何是好？所以，打听确实，
	当务之急，倘若所言不谬，
	女家处分从严，决不落后。

第十三场

〔斯嘎纳耐勒（一个人）。〕

斯嘎纳耐勒	言之有理。的确，应当从缓。
	大概是我自己心里在捣乱，
	这才看见王八的影子直跑，
	额头冒汗因而也冒得太早。
	这张人像不见得证明她错，
	我也未免有些张皇失措。
	以后还是当心……

第十四场

　　　　　　〔斯嘎纳耐勒,他的女人,莱利(在斯嘎纳
　　　　　　耐勒的门口,同他太太讲话)。〕

斯嘎纳耐勒　　(继续下去。)①
　　　　　　什么!完蛋,
　　　　　　如今看也不用再看,
　　　　　　眼前是,真的,本人自己应差!
斯嘎纳耐勒的女人　　(向莱利。)
　　　　　　先生的病也许还会再来,
　　　　　　您走得怕是太快?不必客气。
莱　利　　不,多谢,多谢你这番盛意。
　　　　　　亏了你叫我歇歇,这才转好。
斯嘎纳耐勒　　(旁白。)
　　　　　　婊子对他的礼数就没个终了!②

第十五场

　　　　　　〔斯嘎纳耐勒,莱利。〕

斯嘎纳耐勒　　(旁白。)

---

① 根据1734年版,补加:"(旁白,看见他们。)"
② 根据1734年版,补加:"(斯嘎纳耐勒的女人回转自己家里。)"

　　　　　　　他望见我啦。看他有什么话讲。
莱　利　　（旁白。）
　　　　　　　看见这人我就要冒火，直想……
　　　　　　　不过，动怒我也大可不必，
　　　　　　　要怨只好怨自己命里不济。
　　　　　　　人家走运，我也只有吃醋。
　　　　　　　　〔从他身旁走过，看着他。〕
　　　　　　　娶到那样一位美人：幸福！

第十六场

〔斯嘎纳耐勒，赛丽（望着莱利走开）。〕①

斯嘎纳耐勒　（没有看见赛丽。）
　　　　　　　一清二楚，人家讲话有种。
　　　　　　　这句怪话好不让我发窘，
　　　　　　　就像我背上长了一个硬盖。
　　　　　　　　〔他转向莱利走出的方向。
　　　　　　　可不，这种作为根本是无赖。
赛　丽　　（旁白。）②
　　　　　　　什么？方才明明就是莱利。
　　　　　　　他做什么回来见了我躲避？

---

① 根据1734年版，补加："（在她的窗口，看见莱利走开。）"
② 根据1734年版，补加："（上场，独白。）"

斯嘎纳耐勒 （继续下去。）①

　　　　　　"娶到那样一位美人，幸福！"
　　　　　　简直倒霉，娶了这个淫妇，
　　　　　　背地里偷人，查也不必再查，
　　　　　　明目张胆，就叫你做了王八！
　　　　　　　　〔赛丽渐渐走近，等他紧张过了，
　　　　　　要同他说话。
　　　　　　事已至此，我还放他走开，
　　　　　　两只胳臂一搭，像个蠢才。
　　　　　　起码丢他的帽子我也应当，
　　　　　　拿石头砍他，把他的大衣弄脏，
　　　　　　为了出气，就该大声喊叫，
　　　　　　也好让四邻认认奸夫的面貌。

赛　丽② 方才有一位先生来到你这里，
　　　　　　还同你谈话来的，你和他认识？

斯嘎纳耐勒 唉呀！不是我认识他这个人，是我太太。

赛　丽 你怎么这样气闷？

斯嘎纳耐勒 您就让我叹气叹它一个够，
　　　　　　千万别怪我难过的不是时候。

赛　丽 先生怎么会这样痛苦不堪？

斯嘎纳耐勒 我痛苦并非为了小事一端，
　　　　　　我倒希望别人也尝它一尝，
　　　　　　看看会不会像我这样悲伤。

---

① 根据1734年版，补加："（没有看见赛丽。）"
② 根据1734年版，补加："（向斯嘎纳耐勒。）"

　　　　　　　倒霉的丈夫里头就数我现眼：
　　　　　　　可怜的斯嘎纳耐勒丢了大脸，
　　　　　　　是光丢了大脸就已经不妙，
　　　　　　　人家还会拿我的名声偷掉。
赛　　丽　　怎么？
斯嘎纳耐勒　这位少爷胡作非为
　　　　　　　叫我——请你原谅——做了乌龟；
　　　　　　　今天我就亲眼证实这厮
　　　　　　　和我的女人两下暗地里有私。
赛　　丽　　方才是他……
斯嘎纳耐勒　对啦，把我糟踏；
　　　　　　　他爱我太太，同时，我太太爱他。
赛　　丽　　让我猜着啦，他回来这样秘密，
　　　　　　　心里头一定打了什么坏主意；
　　　　　　　他一出现，我就立刻打颤，
　　　　　　　好像预先觉得事情要变。
斯嘎纳耐勒　你能够为我说话，实在善良。
　　　　　　　别人就没有这种慈悲心肠；
　　　　　　　事情伤心，可是别人听到，
　　　　　　　非但不表同情，反而大笑。
赛　　丽　　谁干的坏事比你①更不像话？
　　　　　　　有谁能够想出法子来罚他？
　　　　　　　你不守信义，做事这样混账，
　　　　　　　还以为自己也配活在人世上？

---

① "你"：从现在起，本场赛丽的"你"，全指莱利而言。

	天啊！谁想得到？
斯嘎纳耐勒	真有这事。
赛　丽	啊！骗子！流氓！黑心，背誓！
斯嘎纳耐勒	心肠真好！
赛　丽	是啊，地狱的刑罚，
	对你犯的罪来说，都嫌不大。
斯嘎纳耐勒	多会讲话！
赛　丽	亏你狠得下心，
	才会这样欺负无辜好人！
斯嘎纳耐勒	（他大声叹息。）
	嗐！
赛　丽	人家没有一点点差错，
	你就叫人家在世上没有脸活！
斯嘎纳耐勒	对啊。
赛　丽	人家非但……想起这种事，
	心里头那份难过，就只有死。
斯嘎纳耐勒	别这样生气，我最亲爱的小姐：
	你太为我难过了，我的心要裂。
赛　丽	可是你别以为我除去了抱怨，
	就什么也不作，尽着你这样欺骗：
	我晓得应当怎么样拿你报复；
	说去就去；谁也拦我不住。

第十七场

〔斯嘎纳耐勒（一个人）。〕

斯嘎纳耐勒 但愿她永远平安，有上天保佑！
多好的心，愿意为我报仇！
其实，人家为我的丑事发怒，
我该怎么做，不用说也就清楚。
受到这样的羞辱，不说一句话，
除非这人是一个道地的傻瓜。
所以，赶快寻找这该死的东西，
报仇雪耻，显显自己的勇气。
浑蛋，看你还敢拿人开心，
肆无忌惮，给人戴一顶绿头巾！
　　〔他走了三四步，折回身来。
慢着，您啦！这人有一副恶相，
也许脾气暴躁，就会反抗，
硬盖之外，打我几记棍子，
丢脸不说，背上还添印子。
我从心里头就恨和人拚命，
要爱也就只爱心平气静；
我不打人，因为我怕人打；
过分善良：我的美德就是它。
不过，荣誉所在，岂可撒手，
事已至此，绝对必须报仇。

真的！随你荣誉一旁卖嘴，
谁要照办，那才叫作见鬼！
我一逞强，对方力之所及，
就许一剑戳穿了我这肚皮：
我死的消息传遍大街小巷，
亲爱的荣誉，请问，你会发胖？
害怕肚子疼的人们也嫌棺材
过于阴沉，过于卫生有碍。
就我来说，全盘考虑之后，
我看，当王八比死还要好受。
这有什么不好？弯了的腿
还会再弯，身材还会欠美？
叫人净为这种形象苦恼，
还有，女人轻狂，男人再好，
也有丧失荣誉的危险，我说，
谁先发明这个，谁才缺德！
既然法律罪到本人为止，
牵连我们的荣誉，又何所指？
别人出了岔子，我们坐监。
要是太太背地里和人通奸，
一切过错应由我们担负，
她们胡闹，我们就该胡涂！
这种恶习，未免太不公道，
警察应当为我另起炉灶；
我们精疲力竭，受尽折磨，
难道这种意外还不算多？

吵闹、官司、饥饿，还有疾病，
扰乱生活，已经甭想平静，
还拿没影的事往头上一套，
岂非自讨苦吃，无理取闹？
别拿这放在心上，也不必警惕，
应当揩掉眼泪，取消叹气。
错在太太，请她哭个十足；
错不在我，我为什么要哭？
总之，男子当中，像我这样人，
不止一个，我可以不必气忿。
不少君子，由着人调戏太太，
毫无表示，像煞今天应该。
所以，为了一件丢脸的小事，
我是决不大兴问罪之师。
我不报复，人家叫我傻瓜，
跑去找死，成了傻瓜大家。

〔拿手放在肚子上。

不过，我觉得我这里肝火上升，
要我拿出男儿本色一拚；
是啊，我动了怒；这太懦怯；
我决计报仇，看我是不是好惹。
赶着冲劲儿正足，我要大闹，
逢人就讲：他和我太太睡觉。

第十八场

〔高尔吉毕斯,赛丽,女仆。〕

赛　丽　是的,我愿意接受严正的指示:
父亲,随您安排女儿的亲事。
您说什么时候订婚就订婚;
反正我是打定了主意孝顺;
女儿的感情女儿想法子对付,
不管什么事,都听父亲吩咐。

高尔吉毕斯　照这样回话,父亲方才爱听。
可不,现在我真是满心高兴,
不是害怕有人看见了发笑,
我就会马上连腿带脚蹦跳。
来,到我跟前来,让我亲亲;
这样做,我并不显得怎么过分:
父亲可以随时看他的姑娘,
别人不会背地里说短道长。
行啦,看见你有这样孝顺,
我一开心,就像小了十岁。

第十九场

〔赛丽,女仆。〕

女　仆　　想不到小姐变卦。

赛　丽　　可是你明白
　　　　　事情的底细,也会说我应该。

女　仆　　也许会吧。

赛　丽　　说给你听也行:
　　　　　莱利骗我,伤了我的感情;
　　　　　他来这儿就不……

女　仆　　人家来啦。

第二十场

〔赛丽,莱利,女仆。〕

莱　利　　同你永别以前,就算出气吧,我在这地方也要数说你一场……

赛　丽　　什么?还同我讲话?好大的胆量!

莱　利　　的确胆量大;你挑了那么一门亲,我再数说你,简直成了罪人。如意郎君既然是让你体面,你就忘了我,活吧,活个舒坦!

赛　丽　　是呀!坏蛋!我偏这样去活;看着你怄气,我打心里快乐。

莱　利　　你到底为了什么事生我的大气？

赛　丽　　什么？你倒大惊小怪，刨根问底？

第二十一场

〔赛丽，莱利，斯嘎纳耐勒，女仆。〕

斯嘎纳耐勒　（武装上场。）

　　　　　杀死，杀死专偷荣誉的扒手，他一点也不怜惜，出我的丑！

赛　丽　　（向莱利。）①

　　　　　不用我回答，你转开，转开眼睛。

莱　利　　啊！我看见……

赛　丽　　这人足够叫你发窘。

莱　利　　叫你抬不起头来，倒不如说。

斯嘎纳耐勒②现在怒火眼看就要发作；勇气好比骑着战马的豪杰；我要是遇到了他呀，遍地流血。是的，我要他死；谁也挡不住：随时遇见，我随时送他上路。③我应当一剑穿透他的正中心……

莱　利④　　同谁过意不去？

斯嘎纳耐勒　没有一个人。

---

① 根据1734年版，补加："（向莱利，指斯嘎纳耐勒给他看。）"
② 根据1734年版，补加："（旁白。）"
③ 根据1734年版，补加："（他抽出一半佩剑来，走到莱利跟前。）"
④ 根据1734年版，补加："（扭转身子。）"

莱　利　　　　为什么武装？

斯嘎纳耐勒　　我穿这身衣裳，为了防雨。（旁白。）啊！死在我手上，我才满意！拿出勇气来干。

莱　利①　　　怎么？

斯嘎纳耐勒　　（为了刺激自己，捶自己的胸脯，打自己耳光。）我没说话。（旁白。）简直丢脸！懦夫！饭桶！

赛　丽②　　　当面叫人说破，看你的眼睛就知道你恨他不过。

莱　利　　　　是啊，他正显出了小姐的罪状：背信弃义，没有人能够原谅，爱情头一回受人这样蹂躏。

斯嘎纳耐勒　　（旁白。）来点儿勇气多好！

赛　丽　　　　住口，坏人！这种无礼的气话少对我唠叨。

斯嘎纳耐勒③　老弟，你看，人家在帮你争吵：放大胆子吧，拿出点儿气力；趁他背转身子，来罢！这里，想法子使劲来一下，他就完蛋。

莱　利　　　　（漫不经心走了两三步，斯嘎纳耐勒本来走到跟前杀他，反而被吓得退回去了。）

　　　　　　　这样的话既然气得你发颤，我就不妨装做口悦心服，现在来夸赞一声你看中的人物。

赛　丽　　　　是啊，是啊，好到无可挑剔。

莱　利　　　　好嘛，还想卫护他，难得之至。

斯嘎纳耐勒　　卫护在下的权利，的确难得。这种行为，先生，就不合法则：我有理由申诉，幸而是我仔细，不然呀，看吧，就许流血遍地。

---

① 根据1734年版，补加："（又扭转身子。）"
② 根据1734年版，补加："（向莱利。）"
③ 根据1734年版，补加："（旁白。）"

莱　利　　你申诉什么？有什么了不起的苦恼……？

斯嘎纳耐勒　够啦。你明白我背上那儿发毛。良心和自爱也该让你看出太太是我的太太，当着她的丈夫，你满不在乎，就想占为己有，做事一点也不像善良的教友。

莱　利　　你这种疑心，是下流而又可笑。得啦，放心回去睡你的好觉：我晓得她是你的，我是非但……

赛　丽　　啊！坏人，你现在倒会装蒜！

莱　利　　什么？这厮一脑门子的官司，你也疑心我有那种心思？难道你也想拿这种坏话毁谤我？

赛　丽　　讲吧，讲吧，他会帮你解说。

斯嘎纳耐勒[1]　说到卫护我，你比我还在行，这事一定要你从旁帮忙。

第二十二场

〔赛丽，莱利，斯嘎纳耐勒，他的女人，女仆。〕

斯嘎纳耐勒的女人　　（向赛丽。）小姐，我这种人不是那种脾气，有心要对你显显我太妒忌：不过，我长着眼睛，也决不受骗。有人作爱，就很令人不堪；你应当拿心用到更好的地方，勾引人也别勾引到我这门上。

赛　丽　　这话讲得真够清楚明白。

斯嘎纳耐勒　你这贱人，我没有叫你出来：你害怕人家把你的情人抢掉，赶着人家卫护我，前来吵闹。

---

[1] 根据1734年版，补加："（向莱利。）"

赛 丽	得啦,你可别以为我会要他。〔转向莱利。〕我很开心,你看看是真是假。
莱 利	我听了些什么?
女 仆	真的,我就不知道,你们乱扯到何年何月为了。我这半天直想听懂,没有,我是越往下听,越听不懂;我看,事到如今,只好打岔。

〔走到莱利和她的小姐中间。你们挨个儿回答我问的话。〕

〔向莱利。〕您说,您做什么怪罪小姐? |
莱 利	负心的,把我丢了,和别人拉扯。她结婚这个坏消息我一听到,充满了无比的爱情,我就往回跑,她会忘了我,说什么也不相信,可是,赶到一看,她已经嫁了人。
女 仆	嫁了人?嫁了谁?
莱 利	(指着斯嘎纳耐勒。)嫁给他。
女 仆	怎么,是他?
莱 利	对。
女 仆	谁说的?
莱 利	今天,他自己说的话。
女 仆	(向斯嘎纳耐勒。)当真?
斯嘎纳耐勒	问我?我说我娶的女人是我的太太。
莱 利	方才你很伤心,看着我那小像直在生气。
斯嘎纳耐勒	是啊;这就是。
莱 利	你还对我说起,那个让你抢过信物的女人,从前早就已经和你成了亲。
斯嘎纳耐勒	(指着他的女人。)当然,我是从她手里抢过来。不是这东西,我还不知道她坏。

斯嘎纳耐勒的女人　你抱怨什么？没事瞎找岔子。我是脚底下凑巧碰到它的。先是你在乱发脾气，过后，

〔指着莱利。

先生病了，我扶到房子里头，我就没有认出画儿上是谁。

赛　丽　是我不好，惹下了人像的是非；方才我晕了过去，拿它丢掉，

〔向斯嘎纳耐勒。

回去的时候，还多亏先生照料。

女　仆　你们看，不是我，你们还在胡涂，你们用得着我这点儿藜芦①。

斯嘎纳耐勒②　我真就相信这个？可是，好险！盖子也几乎把我压了个扁。

斯嘎纳耐勒的女人　我还有点儿害怕，不管怎么样；多小的当，我也是害怕上当。

斯嘎纳耐勒③算啦！全是好人，谁也相信谁：出了毛病，我比你还要吃亏；好歹你就接受了解决的方式。

斯嘎纳耐勒的女人　好吧。当心别叫我抓住你的坏事！

赛　丽　（先和莱利低声说话，然后。）天啊！你看我闯下多大的祸？我就应当想想生气的后果：是啊，我恨你负心，想着报仇，不幸就把孝顺看成了帮手；方才我就不该答应父亲，接受一向我讨厌的婚姻；话已经说出了；让我难受的还有……我看见他来啦。

莱　利　他不会对我改口。

---

① 藜芦 ellébore 即嚏根草，往日法国民间以为可以医治疯狂。
② 根据 1734 年版，补加："（旁白。）"
③ 根据 1734 年版，补加："（向他的女人。）"

第二十三场

［赛丽，莱利，高尔吉毕斯，斯嘎纳耐勒，他的女人，女仆。］

莱　利　　先生，您看，我已经回到家乡，还是那样热切，一心就望先生的期许能够早日实现，完成赛丽的亲事和我的心愿。

高尔吉毕斯　先生，我又看见您回到家乡，还是那样热切，一心就望敝人的期许能够早日兑现，完成赛丽的亲事和您的心愿，惜乎事与愿违，不胜遗憾①。

莱　利　　先生，您就这样对我失信？

高尔吉毕斯　是啊，先生，我这是尽我的责任；小女也是。

赛　丽　　女儿的责任不过是，父亲，帮您对他保持信义。

高尔吉毕斯　这就算女儿听从父亲的吩咐？你一转眼就把孝心结束！方才你对法赖尔……我望见他父亲；他来一定是为了布置婚姻。

最后一场

［赛丽，莱利，高尔吉毕斯，斯嘎纳耐勒，
他的女人，维耳柏洛干，女仆。］

高尔吉毕斯　维耳柏洛干先生有事见教？

---

①　原文是三行一韵。

维耳柏洛干 一件重要的秘密,早晨才听到,让我不得不取消先前的婚约。令爱虽然接受了我儿子的喜帖,可是他和丽丝结成了夫妇,四个月以来,明里把人瞒住;因为女家有钱又有身份,我就无法拆散他们的婚姻,所以,我来……

高尔吉毕斯 拉倒。法赖尔既然不经您同意,和人另结姻缘,我也不必相瞒,小女赛丽早就由我亲口许给了莱利:少年老成,今天回到家乡,我要是另找女婿,也不妥当。

维耳柏洛干 您很有眼力。

莱 利 这种公正的决定让我一辈子的幸福有了保证。

高尔吉毕斯 我们现在就去选一个吉日。

斯嘎纳耐勒[①] 当乌龟,这半天谁比我自信更是?你们明白,事情表面一相像,人就有可能错想到旁的地方。记住这个例子:千万要当心,即使是一目了然,也别就相信。

---

① 根据1665年版,补加:"(一个人。)"

・ 丈夫学堂 ・

原作是诗体。1661 年 6 月 24 日首次演出。

人物

斯嘎纳赖勒① ⎫
阿利斯特　　⎭ 兄弟。

伊萨白耳 ⎫
莱奥诺尔 ⎭ 姊妹。

莉赛特　　　莱奥诺尔的女仆。

法莱尔　　　伊萨白耳的情人。

艾尔嘎斯特　法莱尔的听差。

警　官

公证人②

景在巴黎③

---

① 莫里哀本人扮演这个角色。根据他死后的财产目录,斯嘎纳赖勒的服装是:"一身关于'丈夫学堂'的衣服,有:灯笼裤、小领紧身短袄、斗篷、领、钱袋与腰带。全部是麝色缎。"——见于苏里叶 Soulié的"莫里哀资料"。
② 根据1734年版,人物最后是:"两个跟班"。
③ 根据1734年版,应作:"景在巴黎一个广场"。
马艾劳的《札记》关于"丈夫学堂"有这样的记载:"台上是房屋与窗户。需要一个火把、一件长袍、一个文具几与纸张。"

281

第 一 幕

第 一 场

〔斯嘎纳赖勒，阿利斯特。〕

斯嘎纳赖勒 兄长，我们生活各从所好，请你不必多讲。你虽然比我大几岁，老马识途，可是我要你明白，我的意思就是决不领教。兴趣是我唯一的导师，我认为我的生活方式很好。

阿利斯特 可是人人反对。

斯嘎纳赖勒 对，兄长，也就像你这样的胡涂虫。

阿利斯特 承奖，多谢。

斯嘎纳赖勒 既然必须领教，我就希望知道，这些高贵的章句家，挑剔我什么呢？

阿利斯特 你那种乖僻的性情，羞与世俗为伍，所作所为，处处显出怪样来，就连衣服在内，你也落落寡合。

斯嘎纳赖勒 不错，我必须符合时尚，不该为自己穿衣着裤！你是不是希望，用你那些漂亮的废话，我的兄长先生（因为感谢上帝，你比我大二十岁，我用不着为你隐瞒，这也用不着劳神一说），你是不是希望，我说，劝我在这方面学学你那些铃兰少年的风度①？你是不是要我戴他们那种小帽，把他们的脆弱的脑壳露在外头走气？披他们那种金黄假头发，氄氄氄氄，把人脸遮个实在？穿他们那种袖管不知去向的小紧身短袄②？系他们那种搭拉到脐窝上的大领巾？穿他们那种袖管在盐水斗里蹭来蹭去的衬衫？穿他们那种所谓灯笼裤的裙子③？穿他们那种缀满了带子的小鞋，活脱脱就像两只鸽子脚？膝头系他们那种大膝襜；像戴脚镣一样，两条腿每天早晨绑在上头，就见这些风流人物走起路来，一扭一拐，好似两个毽子，我这样一装束，毫无疑问，你就喜欢了，我看你就是他们那么一身胡闹的时髦东西。

|阿利斯特|我们应该和大多数人穿得一致，千万不要自树一帜。每一个人明白事理，就该穿衣和说话一样，一方面决不过分造作，一方面不急不忙，随着习俗改变：任何方面一走极端，就要落人话柄。我的见解是：我们不要学那些一味追求时尚的人的做法，他们爱走极端，看见别人走在自己前头，就会忿忿不平。但是我认为一个人固执己见，一意羞与众人为伍，同样错误。活在一群疯子里头，我认为比起单枪匹马，独守贤明，反对全体要好多了。|

斯嘎纳赖勒　老头子戴上黑颜色的假头发，藏起他的真头发，要人相信他不老，你这篇话就有这种味道。

---

① 铃兰 muguet 少年是当时的花花公子，喜欢洒铃兰香水。铃兰是百合科，花白色，铃形、下垂，亦名君影草。
② 这种紧身短袄 peurpoint 袖管很短，衬衫袖管又大又长，相形之下，它的袖管就不知去向了。后来演变成为今天的背心。
③ 一件时髦灯笼裤当时需要近九米料子。

阿利斯特　说来也怪，你一来就当面讲起我老。还有就是我时时刻刻看见你嫌我装饰，嫌我快活，好像老年人就该郁郁不欢，只许想到咽气，老丑不算数，还得肮脏、阴沉。

斯嘎纳赖勒　不管怎么样，我是坚决不改服装。我愿意戴一顶软布帽，不合时尚，可是我的脑壳全部受到好处；我愿意穿一件又长又合体的紧身短袄，保持肠胃暖和，便利消化；我愿意穿一条合腿的灯笼裤；我愿意穿一双鞋，脚不在里头受罪，像我们的贤明的祖先那样穿鞋。谁嫌不好，谁闭眼睛得了。

第 二 场

［莱奥诺尔，伊萨白耳，莉赛特，阿利斯特，斯嘎纳赖勒。①］

莱奥诺尔　（向伊萨白耳。）万一他责备你的话，有我承当。

莉赛特　（向伊萨白耳。）老关在屋子里头不见人？

伊萨白耳　他生成那种脾气。

莱奥诺尔　妹妹，我可怜你。

莉赛特②　小姐，幸而他的哥哥不是那种性情。你落在一个通情达理的人的手上，算你造化。

伊萨白耳　他今天没有把我锁起来，或者带在身边，已经是梦想不到的事了。

---

① 根据1734年版，补加："阿利斯特与斯嘎纳赖勒（一道在舞台前部，低声说话，没有让人看见。）"

② 根据1734年版，补加："（向莱奥诺尔。）"

莉赛特　　　说老实话，我巴不得他和他的皱领①见鬼去。另外……②

斯嘎纳赖勒③　不敢请问，你们到什么地方去?

莱奥诺尔　　我们还不知道；天气晴和，我邀妹妹出来吸吸新鲜空气。可是……

斯嘎纳赖勒④　对于你，你爱到什么地方，就去什么地方。⑤你们是两个人在一起，你可以放心蹓跶。⑥不过你，小姐，我不许你到外头来。

阿利斯特　　哎！兄弟，让她们去散散心罢。

斯嘎纳赖勒　兄长，承教。

阿利斯特　　青年需要……

斯嘎纳赖勒　青年是蠢，有时候老年也是。

阿利斯特　　你认为她和莱奥诺尔在一起有害处?

斯嘎纳赖勒　不是；不过和我在一起，我认为更有好处。

阿利斯特　　可是……

斯嘎纳赖勒　可是她的行动由我负责，所以我知道我应当对她的行动关心。

阿利斯特　　难道我对她的姐姐的行动就不如你关心?

斯嘎纳赖勒　我的上帝，天下事各有各的理，各照各的喜好行事。她们没有亲戚，她们的父亲是我们的朋友，临死托我们料理她们的教育，还要我们两个人娶她们为妻，万一我们不肯的

---

① "皱领"（fraise）有两三层，蜂窝或者"肠间膜"（字义）一般，摊在颈项四周，盛行于十七世纪初叶，在莫里哀时期已经不时兴。
② 根据 1682 年版，补加："（撞斯嘎纳赖勒。）"
③ 根据 1734 年版，补加："（莉赛特撞了他。）"
④ 根据 1734 年版，补加："（向莱奥诺尔。）"
⑤ 根据 1734 年版，补加："（指着莉赛特。）"
⑥ 根据 1734 年版，补加："（向伊萨白耳。）"

话，就把她们嫁给别人。所以从她们小时候起，我们根据遗嘱对她们就有父亲和丈夫的充分权威。你负起教育姐姐的责任，我呀，我就负起教育妹妹的责任。你照你的意思管教姐姐，请你就随我的喜爱约束我那一位吧。

阿利斯特　我觉得……

斯嘎纳赖勒　我觉得，我不妨大声讲，关于这件事，我的话恰如其分。你答应你那一位出门，又轻狂，又花哨，我完全同意。你让她又有跟班，又有女仆，我也赞成。你要她游东走西，好闲贪懒，招蜂引蝶，我也十分满意，不过我要我那一位照我的心思过活，不照她的心思过活。我要她穿一身规规矩矩的十字呢①，只有节日才许穿黑料子②。我要她关在家里，本本分分，一心料理家务，闲来无事，补补我的衬衫，或者织织我的袜子解闷。我要她不听铃兰少年的说话，没有人监视，也决不抛头露面。总而言之，软弱的是肉，我听到各样的故事。我能不戴绿头巾，我就不希望戴绿头巾。她既然注定要嫁我，我就要她守身如玉，像是我的身体一样。

伊萨白耳　我想，你没有理由……

斯嘎纳赖勒　住口。我要你知道，没有我在一起，你绝不该出门。

莱奥诺尔　什么，先生……？

斯嘎纳赖勒　我的上帝，小姐，我不必解释，我不是对你讲话，因为你太明白事理。

莱奥诺尔　你不待见伊萨白耳和我们在一起？

---

① 当时衣料以绸缎为最名贵，丝、毛合成品次之，呢、毛最次，普通人家穿用。

② 当时把黑色衣料看成奢侈品。

斯嘎纳赖勒　　是的，既然非说不可，我干脆就说给你听：你把她给我惯坏了。我不喜欢你来看她，你以后不来，感激之至。

莱奥诺尔　　你要我也干脆对你说吗？我不晓得她对这一切的看法，可是我知道疑心在我心里所起的作用。我们虽然是同胞姊妹，可是你的做法要是能使她天天相爱，我们也就不像姊妹了。

莉赛特　　说实话，左提防，右提防，就不像话。难道我们是在土耳其，要把女人关在家里？据说，女人在那地方当奴才用，也正由于这缘故，上帝诅咒他们。我们要是非有人时刻看管才能守贞节的话，先生，贞节也就大有问题了。再说，你以为有了提防我们就不起歪心思了吗？我们存了什么心，最精明的男人不也成了笨蛋？监视是痴人的妄想。说实话，最稳当的方法就是信任我们。谁拘禁我们，谁就危险百出。因为贞节不贞节，我们愿意自己负责。千方百计阻挠我们做坏事，几乎等于勾起我们做坏事的心思。我要是发现丈夫管束我，他耽心的事，我还真巴不得做给他看。

斯嘎纳赖勒①　　我的好教师，这就是你的家教。你听这话，居然无动于衷。

阿利斯特　　兄弟，她这些话，虽然只逗人笑，却也有几分道理。女性喜欢享受一点点自由，严加管束，反而很难收效。疑心重重，防了又防，可惜是门闩和栅栏促成不了太太和姑娘们的贞节。要她们本分，不看我们严峻不严峻，全看她们有没有荣誉观点。实对你说了吧，一个女人由于管束，才能

---

① 根据1734年版，补加："（向阿利斯特。）"

明白事理,就是怪事。我们企图控制她的步伐,无济于事;我认为必须赢得她的心。一个女人很可能伤情思春,机缘凑巧,就会失足。把我的名誉交给这样一个女人,说实话,再小心,我也不觉得可靠。

斯嘎纳赖勒　全是瞎胡扯。

阿利斯特　就算是吧。不过我一向认为,我们教育青年,应当和颜悦色,责备也要十分委婉。说起道德来也不要让青年望而生畏。我管教莱奥诺尔,就照这些格言。那些小小过分的地方,我并不看成罪恶。她那些年轻人的念头,我永远同意,感谢上天,我也绝不后悔。我答应她出门做客。随心娱乐,参加舞会,到剧场看戏。在我看来,我一直认为这对青年心灵的形成很有好处。依我看来,社会学校比什么书也增长怎样生活的知识。她喜欢在衣服上、衬衫上、首饰上花钱,你要我怎么着?我设法满足她的愿望就是。这是我们有钱人家可以允许女孩子们的快乐。她父亲遗命要她嫁我,可是我没有意思做她的专制魔王。我明白我们彼此年龄不当,我给她全部自主的自由。如果每年四十艾居①的稳定收入,真挚的情意,还有诚恳的关怀,在她看来,可以弥补我们之间的年龄悬殊,她就不妨嫁我;不然,她就另嫁别人好了。她不嫁我,更有前程,我同意这种看法。我宁可看她另行婚配,也不要她勉勉强强嫁我。

斯嘎纳赖勒　哎!他可真甜呀!全是糖,全是蜜。

阿利斯特　总之,这是我的性情,我就谢谢上天罢。反正,我决不照那些严厉的格言做。正是由于这些格言,子女才咒父亲

---

①　艾居(écu)分大小两种,小为银币,大为金币,分别值三法郎与六法郎。

早死。

斯嘎纳赖勒 可是青年时代逾闲荡检,大了就不容易纠正。将来到了必须改变整个生活方式的时候,你觉得她的种种看法不对头也就迟了。

阿利斯特 为什么改变?

斯嘎纳赖勒 为什么?

阿利斯特 对。

斯嘎纳赖勒 我不知道。

阿利斯特 你觉得有什么地方损害名誉吗?

斯嘎纳赖勒 什么?她做姑娘的时候,逾闲荡检,难道嫁你以后,能照样逾闲荡检?

阿利斯特 为什么不?

斯嘎纳赖勒 将来你真就迎合她,连面绒和带子也许她用?

阿利斯特 当然。

斯嘎纳赖勒 让她像一个疯子参加所有的舞会和集会?

阿利斯特 对,让她参加。

斯嘎纳赖勒 答应花花公子到府上来?

阿利斯特 干什么?

斯嘎纳赖勒 做游戏,请野餐?

阿利斯特 同意。

斯嘎纳赖勒 你的太太听他们的绵绵情话?

阿利斯特 很好。

斯嘎纳赖勒 你就眼睁睁看着这些花花公子来,一点不表示厌弃?

阿利斯特 这还用说。

斯嘎纳赖勒 得啦,你是一个老胡涂。(向伊萨白耳。)进去。不许听这种败坏德行的话。

阿利斯特　我愿意信任我的太太,而且希望自己照老样活下去。

斯嘎纳赖勒　他当了王八,我多开心。

阿利斯特　我不知道我来到人世,命该如何,可是我晓得,对你说来,万一你当不成的话,不该归罪于你,因为你一直在为当王八努力。

斯嘎纳赖勒　你爱笑,笑吧。哦!近六十了,还耍贫嘴,真也好笑啦。

莱奥诺尔　他尽可放心,我保证他不是你说的那种命,万一他娶我的话。不过你要知道,万一我成了你的太太的话,我就决不保险了。

莉赛特　人家相信我们,我们负心、就叫没有良心。可是对于你这种人,说实话,也就很配了。

斯嘎纳赖勒　走开,该死的舌头,没有家教的东西。

阿利斯特　兄弟,你自己招来那些不中听的话。再见。改改性情罢,你要知道,禁闭太太是要不得的处置。我是你的仆人。

斯嘎纳赖勒　我不是你的仆人①,哦!他们两个倒是天造地设的一对!多美满的家庭!一个不懂事的老头子,不嫌腰酸背折,还装风月子弟。一个姑娘家,不但老气横秋,而且绝顶风骚。还有用人,不识体统。是呀,希望改造这样的家庭,就连智慧女神也要晕头转向,完成不了任务。他们常来常往,影响所及,伊萨白耳就可能丧失我教给她的名誉观点。所以为了防止起见,我决定就在最近,再打发她回到乡下去。

---

① 根据1734年版,补加:"(一个人。)"

第 三 场

〔艾尔嘎斯特,法莱尔,斯嘎纳赖勒。〕

法莱尔① 艾尔嘎斯特,他就是我讨厌的那个阿尔古斯②,我的意中人的严厉的保护人。

斯嘎纳赖勒③ 总之,时下风俗败坏,到了惊人的地步!

法莱尔 有办法,我倒希望过去,设法和他接近接近,做做朋友。

斯嘎纳赖勒 古时候,道德最注重严正,而今,但见本地青年,放荡不羁,独断独行,决不……④

法莱尔 他没有看见我对他行礼。

艾尔嘎斯特 说不定他那只坏眼睛就在这边⑤。我们到右面来。

斯嘎纳赖勒 就该离开这地方。住在城里,我只能……

法莱尔⑥ 我必须设法混进他的家去。

斯嘎纳赖勒⑦ 哦!……我相信有人说话。⑧感谢上天,住到乡间,我就

---

① 根据1734年版,补加:"(在舞台深处。)"
② 阿尔古斯 Argus,是古希腊神话人物,有一百只眼睛,其中五十只永远睁开,所以成了精明可畏的监视人的代称。
③ 根据1734年版,补加:"(以为只有自己一个人。)"
④ 根据1734年版,补加:"(法莱尔远远向斯嘎纳赖勒行礼。)"
⑤ 某些注释者认为斯嘎纳赖勒真有一只坏眼睛。代普瓦 Eugére Despois 指出,艾尔嘎斯特根本不认识他,无从晓得他有一只坏眼睛。这只是听差的一句俏皮话罢了。
⑥ 根据1734年版,补加:"(逐渐走近。)"
⑦ 根据1734年版,补加:"(听见响声。)"
⑧ 根据1734年版,补加:"(以为只有自己一个人。)"

看不见时下那些伤风败俗的行径了。

艾尔嘎斯特① 到他跟前去。

斯嘎纳赖勒② 什么响？③是我自己的耳朵响。④女孩子在乡下，娱乐只有……⑤是对我行礼？

艾尔嘎斯特⑥ 过去。

斯嘎纳赖勒⑦ 住在乡下，傻薄子弟不来……⑧活见鬼！……⑨又来了？帽子就摘个不停？

法莱尔 先生，我也许吵扰你了吧？

斯嘎纳赖勒 大概是吧。

法莱尔 那又为什么？幸得拜识阁下，在我是一种无比的幸福、无上的喜悦，我热望对你表示我的敬意。

斯嘎纳赖勒 好。

法莱尔 我来告诉你，我没有别的用意，只是完全愿意为阁下效劳。

斯嘎纳赖勒 这话我信。

法莱尔 我有幸是阁下的邻居，应当感谢我有造化。

斯嘎纳赖勒 很好。

法莱尔 倒说，先生，你知道宫里说起的消息吗？据说消息可靠。

---

① 根据1734年版，补加："（向法莱尔。）"
② 根据1734年版，补加："（又听见响声。）"
③ 根据1734年版，补加："（什么也没有听见。）"
④ 根据1734年版，补加："（以为只有自己一个人。）"
⑤ 根据1734年版，补加："（他发现法莱尔向他行礼。）"
⑥ 根据1734年版，补加："（向法莱尔。）"
⑦ 根据1734年版，补加："（不注意法莱尔。）"
⑧ 根据1734年版，补加："（法莱尔向他行礼。）"
⑨ 根据1734年版，补加："（他转开身子，看见艾尔嘎斯特从另一面向他行礼。）"

斯嘎纳赖勒　关我什么事?

法莱尔　不错,不过人对新发生的事也会好奇的。先生,要看筹备太子诞生的庆典吗?

斯嘎纳赖勒　看我高兴。

法莱尔　我们必须承认,巴黎有无数赏心乐事,我们在别处,就看不到。相形之下,内地就成了僻静地方了。阁下怎样消磨时光?

斯嘎纳赖勒　干我自己的事。

法莱尔　精神需要休息。从事于严肃的工作过久,有时就要感到疲劳。阁下夜晚就寝之前做些什么?

斯嘎纳赖勒　我喜欢的事。

法莱尔　话说得确实再高明不过,言之有理。根据常识,人似乎也只要做自己喜欢做的事。如果我不是想到阁下工作繁重,我倒愿意在晚饭后,偶尔到府上坐坐。

斯嘎纳赖勒　失陪。

第 四 场

〔法莱尔,艾尔嘎斯特。〕

法莱尔　你看这怪疯子怎么样?

艾尔嘎斯特　他是对答粗暴,接待冰冷。

法莱尔　啊!气死我了。

艾尔嘎斯特　气什么?

法莱尔　气什么!我气的是,看见我的心上人由一个野人管制,一

|||条毒龙监视①,决不通融,她就得不到丝毫自由。

艾尔嘎斯特　这反而对你有利。他这样一来,你的恋爱就该大有希望。你要知道,——我说这话,要你精神振作,——一个女人受到监视,就起了一半外心,丈夫或者父亲爱发脾气,永远成全情人的好事。我很少和妇女打过交道,这是我的缺点,我也不是风月场中的能手;不过,我伺候过许多风流人物,他们一来就说,他们的最大的喜悦就是遇到性情乖张的丈夫。他们回到家来,只有叱责。还有就是那些脾气暴躁的浑人,无缘无故就无大无小挑剔太太的行为,旁若无人,卖弄丈夫的名义,当着爱慕她的那些人骂她一顿。他们说:"这中间,就有机可乘,一方面太太遭受这类羞辱,恼恨在心,一方面在场的男子怀玉惜香,加意温存,事情便大有可为。"一句话,伊萨白耳的保护人的严厉,在你倒是一个绝妙的机会。

法莱尔　可是我爱她爱了有四个月了,就连和她说话的机会也没有找到。

艾尔嘎斯特　人有爱情就有心计。可是你就完全不同,假如我是……

法莱尔　可是你能怎么样?她不出来便罢,出来就有这浑人跟着。何况里头又没有女用人、听差,我可以送一点人情,买动他们给我作内应?

艾尔嘎斯特　难道她还不晓得你爱她?

法莱尔　我一时还摸不清底细。那野蛮家伙带她出来走动,她总看见我像一个影子盯在她后头,我的眼睛每天试着向她的眼睛解说我的爱慕的热诚。我的眼睛说了不少情话,可是话

---

① 欧洲常有神龙保护珠宝的传说。

	说回来,谁能让我知道,她能听懂眼睛的语言呀?
艾尔嘎斯特	没有文字或声音当翻译,这种语言有时候的确不能达意。
法莱尔	我怎么做,才能不苦恼万分,才能知道知道美人晓得我爱她?教我一个法子。
艾尔嘎斯特	一定要想一个法子出来。我们回到家里,仔细想想罢。

第 二 幕

第 一 场

〔伊萨白耳，斯嘎纳赖勒。〕

斯嘎纳赖勒　好，我知道房子，单靠你告诉我的标记，我也认得出本人。

伊萨白耳　（旁白。）哦！天保佑我，帮助天真无邪的爱情的妙计在今天成功吧。

斯嘎纳赖勒　你不是说有人告诉你，他的名字叫法莱尔？

伊萨白耳　是的。

斯嘎纳赖勒　好，放心吧，你回家去，由我做去就是。我马上就去对这年轻的冒失鬼说明白。

伊萨白耳[①]　我一个女孩子，使这种计，未免胆大。不过，心地纯正的人，见他不拿我当人看待，会原谅我的。

---

① 根据1734年版，补加："（边走边讲。）"

第 二 场

〔斯嘎纳赖勒,艾尔嘎斯特,法莱尔。〕

斯嘎纳赖勒① 趁热打铁。就是这家:是谁敲门?②得,我在做梦。喂!我说,喂,来人!喂!现在我知道了底细,也就不奇怪他方才为什么那样低声下气了。不过我要迅雷不及掩耳,让他的胡闹的希望……③瘟死这蠢猪,在我前头一站,像一根大竿子,险些跌我一跤!

法莱尔 先生,对不住……

斯嘎纳赖勒 啊!我正找你。

法莱尔 找我,先生?

斯嘎纳赖勒 找你。你的名字不叫法莱尔?

法莱尔 是呀。

斯嘎纳赖勒 我找你有话讲,假如你方便的话。

法莱尔 我有造化为阁下效劳吗?

斯嘎纳赖勒 我用不着,不过我想,倒是我有效力的地方。我到府上来也就是为了这个。

法莱尔 先生,到舍下来?

斯嘎纳赖勒 到府上来:这也用得着大惊小怪?

法莱尔 我有理由,我感到荣幸……

---

① 根据1734年版,补加:"(一个人。)"
② 斯嘎纳赖勒敲别人门,听见门响,根据防人的习惯,以为有人在敲自己的门,所以下文醒悟过来,又说"我在做梦"。
③ 根据1682年版,补加:"(艾尔嘎斯特冲出来。)"

斯嘎纳赖勒	丢开荣幸别谈了吧，我求你了。
法莱尔	请进，好吧？
斯嘎纳赖勒	不必。
法莱尔	先生，请吧。
斯嘎纳赖勒	不，我一步也不多走。
法莱尔	阁下站在这里，我于心不安。
斯嘎纳赖勒	我呀，偏不进去。
法莱尔	好吧！我不坚持。先生既然决定这样做，快端一张座椅来。
斯嘎纳赖勒	我愿意站着说话。
法莱尔	真就这样委屈阁下……？
斯嘎纳赖勒	啊！要不得的拘束！
法莱尔	未免太失礼了。
斯嘎纳赖勒	别人有话和我们讲，我们不听，没有比这再失礼的了。
法莱尔	那么，遵命就是。
斯嘎纳赖勒	这样才对。①不需要繁文缛礼。你怎么不愿意听我讲？
法莱尔	当然愿意，十分愿意。
斯嘎纳赖勒	我是一位相当年轻而又相当美貌的姑娘的保护人，她住在本区，名字叫作伊萨白耳，你说，你知道吗？
法莱尔	知道。
斯嘎纳赖勒	你知道，我就不告诉你了。可是，我不但作为保护人，觉得她美貌，而且她将要做我的夫人，你也知道吗？
法莱尔	不知道。
斯嘎纳赖勒	那么，我叫你知道知道。请你死了你爱她的心思吧。你不

---

① 根据1682年版，补加："（他们为了戴帽子，拼命礼让。）"

	追她，才是正经。
法莱尔	什么？我，先生？
斯嘎纳赖勒	对，你。别装蒜了吧。
法莱尔	谁告诉你，我对她有情意的？
斯嘎纳赖勒	可以相信的人。
法莱尔	到底是谁？
斯嘎纳赖勒	她自己。
法莱尔	她？
斯嘎纳赖勒	她。话够明白了吧？她是一个正经姑娘，自幼爱我，方才把话对我全讲了，而且她还要我告诉你：她十分厌恶你的追求，从你盯梢以来，她就看出你眉目传情，就连你的心事，她也相当明白，因为她对我有好感，所以不喜欢你的热情，你想解说清楚，也是白费心思。
法莱尔	你说，是她亲自叫你……？
斯嘎纳赖勒	对，叫我把话老老实实、明明白白告诉你知道。她见你如醉如痴，倒想尽早叫你知道她的心思，不过她心绪不宁，一时想不出传话的人来。最后，限制重重，无路可走，她痛苦不堪，只好叫我本人传话，像我方才告诉你的，要你知道：她一心爱我，此外任凭是谁，不在她的意中。你的眉目已经传情传够了，只要你还有那么一点点头脑的话，就该另作打算才是。这就是我要告诉你的话。再见。
法莱尔[①]	艾尔嘎斯特，你觉得这事怎么样？

[①] 根据1734年版，补加："（低声。）"

斯嘎纳赖勒① 看他那副可怜的模样!

艾尔嘎斯特 （旁白。）②照我想来，没有什么对你不好的地方，里头还有文章。总之，不像是一位不要你相爱的人说的话。

斯嘎纳赖勒 （旁白。）他该当受到打击。

法莱尔③ 你觉得还有文章……

艾尔嘎斯特④ 是的……不过他在看我们，我们还是走开吧。

斯嘎纳赖勒⑤ 他一脸的窘相! 毫无疑问，他想不到我带来这番话。让我把伊萨白耳叫出来，显示教育对她的效果。她重视道德，一心不二，就连一个男人望望她，她也有气。

第 三 场

［伊萨白耳，斯嘎纳赖勒。］

伊萨白耳⑥ 我害怕我那位情人，情迷心窍，反而不懂我的话的用意。我虽然行动失去自由，愿意再冒一回险，把我的心事交代清楚。

斯嘎纳赖勒 我回来了。

伊萨白耳 怎么样?

---

① 根据1734年版，补加："（低声，旁白。）"
② 根据1734年版，改为："（低声，向法莱尔。）"
③ 根据1734年版，补加："（低声，向艾尔嘎斯特。）"
④ 根据1734年版，补加："（低声。）"
⑤ 根据1734年版，补加："（一个人。）"
⑥ 根据1682年版，补加："（旁白。）"

斯嘎纳赖勒	你的话很见效,追你的家伙大吃其瘪。他想否认他害相思来的,可是一听说是你叫我来的,他马上就哑口无言,不知如何是好,我想他不会再讨厌了。
伊萨白耳	啊!你说什么?我怕的是正相反,他还会跟我们捣乱呐。
斯嘎纳赖勒	你说怕,你有什么理由?
伊萨白耳	方才你前脚离家,我站在窗口吸新鲜空气,就见一个年轻人在拐角的地方露面了。他一看见我,就出我不意,替那混账人向我致意,对准我的房间扔进一只小匣子,里头搁着一封封好了的情书。我想立刻扔还给他,可是他已经跑到街那头了,把我气得什么也似的。
斯嘎纳赖勒	看他多狡猾、多奸诈!
伊萨白耳	照我的本分说来,就该连匣子连信,马上还给那混账东西,我要一个人帮我做,因为我不敢麻烦你……
斯嘎纳赖勒	好孩子,不是麻烦,你这是对我表示真情实意,我欢欢喜喜接受这份差事。你这样差遣我,我说不出该怎么感谢你。
伊萨白耳	那你就拿去吧。
斯嘎纳赖勒	好。看看他有什么好给你写的。
伊萨白耳	嗐!天呀!千万别拆信看。
斯嘎纳赖勒	为什么?
伊萨白耳	你要他相信是我拆信看的吗?一位正经姑娘就该永远不看男子给她写的书信。你一好奇不要紧,可就显出了喜欢听他甜言蜜语的私心。我觉得这封信就该原封不动,立时还他,也好叫他今天知道,我心上根本没有他这个人,从今以后,他没有了指望,也就不至于再这样胡闹了。

斯嘎纳赖勒　她这话说得的确有道理。①可不,你的道德,还有你的谨慎,使我感动。我看我的教训,在你心里生根发芽,一言以蔽之,你显然配做我的太太。

伊萨白耳　不过我不愿意拂你的意,信在你手上,你要看就拆开看好了。

斯嘎纳赖勒　不,我不要看。哎呀!你的理由太正确了,我现在就把话给你传到,好在相去不远,我说上三两句话,就会回来的,你安心好了。

第 四 场

〔斯嘎纳赖勒,艾尔嘎斯特。〕

斯嘎纳赖勒　看见她是这样一位贤德姑娘,我简直喜欢极了!家门有幸,出了一个守身如玉的闺秀。把眉目传情看成大逆不道!收到一封情书就像受到奇耻大辱,要我亲自送还浮浪子弟!说到这里,我倒愿意知道,我的哥哥抚养的姑娘会不会照办。可不!你教女孩子什么,女孩子就是什么。喂!②

艾尔嘎斯特　什么事?

斯嘎纳赖勒　拿去;告诉你的主人:别再胆大妄为,写什么信,封在金匣子里头给人;伊萨白耳收到以后,非常有气。你看,她

---

① 前一句话是旁白。下面他又回到对话,转向伊萨白耳。
② 根据 1734 年版,补加:"(他叩法莱尔的大门。)"

连打开看也没有打开看。人家看不看重他的相爱,他有没有指望,他也就明白了。

第 五 场

〔法莱尔,艾尔嘎斯特。〕

法莱尔 那怪家伙,方才给你什么东西?
艾尔嘎斯特 先生,这封信,还有这个匣子,说是你给伊萨白耳的。他说伊萨白耳收到以后,很是生气,看也不肯看,就还给你。快看罢,看我有没有弄错。
信① "你读这封信,一定感到惊奇,可能还会觉得我给你写信的心思和我送信给你的方式都很冒昧。问题就在我的处境不许可我再安分下去了。人家要我在六天以内结婚,嫁给我所痛恨的男子,我不得不出此下策。不管用什么方法,我也决计逃婚,所以我相信我宁可选择你,也不选择绝望。不过你也不要以为是我的恶运作成对你的选择;我对你有好感,和我的处境不自由没有关系,不过正是由于处境不自由,加快我对你表白我的心情,让我忽视女子应守的礼貌或者礼防。我会不会很快就成为你的妻室,也就只看你了。我现在等待的也就只是你向我表示相爱的意图,你一有表示,我就让你知道我的主意。不过你千万要想到时间紧,其实两个人相爱,只要一言半语,

---

① 根据1734年版,"信"字改为"法莱尔(读)"。

也就意会了。"

艾尔嘎斯特　妙啊！先生，你说，计策出奇不出奇？别看她是一个年轻姑娘，她还真有两下子！谁料得到她想得出这些恋爱的诡计？

法莱尔　啊！我觉得她十分可爱。她的才情和她的友谊让我越发爱她。先不说我对她的美貌醉心……

艾尔嘎斯特　冤大头来了；想想你应该说的话吧。

第 六 场

〔斯嘎纳赖勒，法莱尔，艾尔嘎斯特。〕

斯嘎纳赖勒　圣诏禁止服装奢华，确实令人满意！①作丈夫的不会再那样苦恼了，为妻的有什么要求，也有了约束。哦！我多感谢国王出这些布告！为了丈夫们高枕无忧起见，我真希望圣上禁绝风骚，像禁绝丝线花边和绣货一样！我特意买了一份圣诏，好叫伊萨白耳大声念给我听；用过晚饭，她不做活了，正好作成我们的消遣。②金黄头发先生，你还送金匣子和情书吗？你以为你遇到的是一位风骚姑娘，喜欢偷情，爱听情话吗？不过你看见人家怎样拜领你的礼物了吧。听我的话，你这叫白费气力。她明理，她爱我，她把你的相爱看成侮辱：开步走，另找对象去吧。

---

① 1660 年 11 月 27 日，幼主路易十四有旨，禁止服装奢华，不得衣金着银，跟班不许着绸缎衣服，商店不得出售花边、绣货等名贵装饰品。
② 根据 1734 年版，补加："（望见法莱尔。）"

法莱尔	对,对,人人承认先生德高望重,对于我的愿望,这就是一种太大的障碍。我虽然真心相爱,可是和你竞争伊萨白耳的爱情,根本就是胡闹。
斯嘎纳赖勒	不错,是胡闹。
法莱尔	我要是早知道我这可怜的心会遇到你这样一位劲敌的话,我早就中止爱她,不再迷恋她的美色了。
斯嘎纳赖勒	我相信这话。
法莱尔	现在我没有丝毫希望,先生,我心甘情愿,闪在一旁。
斯嘎纳赖勒	你做得对。
法莱尔	理智要我这样做。先生盛德在身,伊萨白耳对你有好感,理所当然,我决不该怒目而视。
斯嘎纳赖勒	这是可以了解的。
法莱尔	对,对,我让路给你。不过我求你,(先生,这是一个可怜的求爱的人的唯一请求,他现在的痛苦是你一个人给的,)所以我恳求你告诉伊萨白耳:我爱她有三个月了,一心相爱,决无恶意,从来没有起过丝毫念头,有碍她的名声。
斯嘎纳赖勒	行。
法莱尔	还有就是:如果不是命运反对这种正当爱情,你服了她的心的话,我看中她,原打算娶她作太太的。
斯嘎纳赖勒	很好。
法莱尔	还有就是:人事变化虽多,可是她不要以为我永远忘记得了她的美丽;我虽然服从上天的决定,可是我爱她注定爱她到死;如果我不继续追求,原因就是我对先生的人品,有正当的尊敬。
斯嘎纳赖勒	话说得好;我现在就去把话讲给她听,她听了不会有气

的。不过,听我劝你,还是想法子把这种热情从你的脑子里头赶开了吧。再见。

艾尔嘎斯特① 骗得妙。

斯嘎纳赖勒② 这背运的人一心相爱,我看在眼里,很是可怜。不过我征服的堡垒,他妄想夺取,也实在是不自量力。③

第 七 场

〔斯嘎纳赖勒,伊萨白耳。〕

斯嘎纳赖勒 他看见情书原封不动,就送回来,非常难过,看样子,世上求爱的人就数他难过了。总之,他丧失一切希望,只有走掉。不过他委婉求我告诉你,他爱你,可是他从来没有想到祸害你的名声;如果不是命运反对这种正当爱情,我服了你的心的话,他看中你,一心就想娶你作太太;人事变化虽多,你不要以为他永远忘记得了你的美丽;他虽然服从上天的决定,可是他爱你注定爱你到死,如果他不继续追求,原因就是他对我的人品,有正当的尊敬。

这是他自己的话;我不但不怪罪他,反而觉得他是一位君子人,可怜他爱你。

伊萨白耳 (低声。)我心里想他爱我,果然对了,他的眼色就一向显得他是真心相爱。

---

① 根据 1734 年版,补加:"(向法莱尔。)"
② 根据 1734 年版,另分一场,并补加:"(一个人。)"
③ 根据 1682 年版,补加:"(斯嘎纳赖勒敲自己的大门。)"

斯嘎纳赖勒 你说什么?

伊萨白耳 我恨到要死的一个男子,你居然可怜过来可怜过去,我听了实在难受:你爱我要是像你说的那样爱我的话,你就体会到我受到的羞辱了。

斯嘎纳赖勒 不过他不知道你心里的想法。再说他爱你,存心规矩,就不该……

伊萨白耳 你倒说说看,打算拐人走,也是存心好?把我从你手里抢走,计划逼我成亲,也好说是正人君子?我做姑娘的,受人这样糟蹋,倒像有脸活着!

斯嘎纳赖勒 怎么?

伊萨白耳 是呀,是呀,我听说这下流东西,说起要把我抢走。你打算至迟在一星期以内和我结婚,我不知道,他有什么秘密法子,很快就打听到了,因为你是那天才告诉我的。不过据说,他打算在你我行礼的那天以前动手。

斯嘎纳赖勒 这家伙简直不是人。

伊萨白耳 哦!饶了我吧!他是一位大君子人,对我只有……

斯嘎纳赖勒 他不对,这不是开玩笑的事。

伊萨白耳 得啦,你性子好,他才敢胡闹。你方才同他讲话,只要厉害些,他也就怕你发脾气,怕我憎恨他了。因为他就是在退回他的信以后,才说起这可恨的计划来的。依我看来,他还以为我对他有好感,不管表面怎么样,我总会逃婚,总会欢欢喜喜看自己逃出你的手掌的。

斯嘎纳赖勒 他疯了。

伊萨白耳 他在你前头假痴假呆,存心拿你取笑。其实这下流东西,把话说得漂漂亮亮的,也就是为了糊弄你。说实话,我真不幸啊,我费尽心血,维护我的名声,根绝一个混账小人

307

	的勾引，可是临了还得受气，看人家胆大妄为，不怕笑骂，把我拐走！
斯嘎纳赖勒	好了，什么也别怕。
伊萨白耳	实对你说，他这样胡作非为，你还不动肝火；像他那样目中无人，羞辱于我，你再不赶快设法禁止，我呀，我就不干啦，他糟蹋我，我也别自讨苦吃啦，干脆依着他就得了。
斯嘎纳赖勒	别这么难过；好啦，我的小太太，我去找他，狠狠数说他一顿。
伊萨白耳	千万要对他讲清楚：他不承认也无济于事，因为我是从可靠方面听到他的计划的。这话说过以后，我敢说，他就是有天大的本领，也别想能抢了我走。总而言之，他应该知道，追也没有用，那是浪费时间，我的心跟你走，他不想引起祸害便罢，否则就该识相，一样的话，别叫人说两次。
斯嘎纳赖勒	该怎么说，我会说的。
伊萨白耳	可是你说话的调子，要表示出我这是真心话。
斯嘎纳赖勒	好，你放心好了，我什么也忘不掉的。
伊萨白耳	请你就你的力量放快吧，我等你回来，等得心焦死了。我一时看不见你，就挨不下去。
斯嘎纳赖勒	去吧，小宝宝，我的心肝，我去去马上就来。①世上还有比她更乖、更好的姑娘吗？啊！我多有福气！讨到一个合我心思的老婆，我多快活！是的，女人全该这样才是，不是像我知道的那些老婆、那些卖俏的女人，尽人调情，叫

---

① 根据1734年版，另分一场，增加："（一个人。）"

全巴黎人讥笑自己的老实丈夫。①喂！我们不干好事的风流相公！

第 八 场

〔法莱尔，斯嘎纳赖勒，艾尔嘎斯特。〕

法莱尔　　　　先生，你有什么事，又到舍下来？
斯嘎纳赖勒　　因为你瞎胡闹。
法莱尔　　　　怎么？
斯嘎纳赖勒　　你明白我要说什么。不瞒你说，我先前还以为你很懂事来的。原来你一面甜言蜜语骗我，一面私下还有坏打算。你看，我一直拿你当好人看待，其实你不是那么一回事，我不生气就不行。像你这样一个人，居然图谋不轨，妄想拐诱一位良家少女，扰乱她终身依靠的婚事，你倒是羞也不羞？
法莱尔　　　　先生，谁告诉你这怪消息的？
斯嘎纳赖勒　　别装假啦：我是听伊萨白耳讲的。她让我告诉你，也是末一回告诉你：她的意中人是谁，她已经给你交代得相当明白了，她的心完全向我，所以她听到这种计划，非常生气，她宁可死，也不接受这种无耻行径，你不悬崖勒马，会惹出大乱子来的。
法莱尔　　　　我方才听到的话，万一真是她讲的，我承认我就该死心才

---

① 根据1734年版，补加："（他敲法莱尔的大门。）"

	是。她这些话说得够明白的了,我看我是没有指望了,她做出来的判决,我只有服从。
斯嘎纳赖勒	万一?那么,我把她埋怨你的话说给你听,你还不相信,以为是我骗你?你要不要她亲口表白一下?为了免除误会起见,我愿意她当面把话交代清楚。你跟我来,看我有没有多添半句话,看她到底属意我们两个人中间哪一个人。①

第 九 场

〔伊萨白耳,斯嘎纳赖勒,法莱尔。〕

伊萨白耳	什么?你带他过来见我?你是什么心思?你帮他跟我作对?你看中他的人品,打算逼我爱她,许他来往吗?
斯嘎纳赖勒	不是的,好人,我那样宝贝你,做不出这种事。原因是他不拿我的话当真,以为话是我讲的,故意把你说成了恨他,说成了爱我,所以我才要你亲口说破,让他明白自己错,永远断了爱你的心思。
伊萨白耳	什么?难道我的心还没有让你看够,你还对我的爱情有什么疑心不成?
法莱尔	是的,小姐,先生替你说的那些话,实在令人意想不到。我承认我不相信。我的最高判决是我今后能不能爱你的关键,正因为对我关系太大,所以我才愿意听你再说一遍。

---

① 根据1734年版,补加:"(他过去敲自己的大门。)"

我相信你也决不会因此生我的气。

伊萨白耳 不，不，我说那话，你不必看成意外。他告诉你的话，就是我心里要说的话。我那些话句句合情合理，所以也就句句实在。是的，我要你知道：眼前我有两位对象，我对他们有不同的看法，他们在我心里也激起种种反应，这你就该相信才是。一位得到我的全部敬重和我的全部爱情，因为那选择适当，关系我的声名。另一位，他爱他的，我对他可只有忿怒、厌恶。其中一位，我看见了，又觉得开心，又觉得亲，心里头没有一个地方不觉畅快，可是看见另一位，我私下不由就起了又是憎恨又是恐怖的心思。我一心一意希望嫁给前一位，可是嫁给后一位，我宁可寻死。我的真正的想法，我想我说的已经够一清二楚的了，再这样熬煎下去，我简直受不了。所以我钟情的那一位，就该及早想法子，让我憎恨的那一位不存半点希望，也让我早脱苦海，因为对我说来，不幸的婚姻比死还要痛苦。

斯嘎纳赖勒 对，小宝贝，我一定满足你的希望。

伊萨白耳 这是唯一使我满意的方法。

斯嘎纳赖勒 你很快就会称心的。

伊萨白耳 我知道女孩子这样说出自己的心事来就不合适。

斯嘎纳赖勒 合适，合适。

伊萨白耳 不过像我这样苦命的人，最好不避嫌疑把话全说出来，何况对面是我已经心许的男子，我把心事说给他听，也没有什么好害羞的。

斯嘎纳赖勒 对，我的好乖乖、我的小心肝。

伊萨白耳 所以请他想着向我证明他的爱情吧。

斯嘎纳赖勒 对，好，吻我的手。

311

伊萨白耳	他就别再唉声叹气了,我一心盼望的亲事,快给办好了吧。我决不接受另一个人的爱,我这番明心的话,他现在就该相信才是。①
斯嘎纳赖勒	哈!哈!我的小东西、我的小可怜,我担保你不会熬煎久的。去吧,别再说啦!②你看见的,不是我要她说,她才说的,她心里头只有我一个人。
法莱尔	好!小姐,好!你的心迹已经表明了。听了你这番话,我知道你催我干什么事了:把你害苦了的那个人,我不久就有法子帮你甩掉了的。
伊萨白耳	你这样做,我再称心不过,因为我一见他就难过,就觉得讨厌,反感到了极点……
斯嘎纳赖勒	哎!哎!
伊萨白耳	我这话你不爱听?我说……
斯嘎纳赖勒	我的上帝,才不,我不是这个意思;不过,说实话,你恨他恨得也未免太厉害了,想想他现在的情形,我倒可怜起他来了。
伊萨白耳	我倒嫌我现在不太厉害呐。
法莱尔	对,你会满意的。三天以内,你就再也看不见你讨厌的人了。
伊萨白耳	好吧。永别了。
斯嘎纳赖勒③	我可怜你,不过……
法莱尔	不,你不会听到我有半句怨言。小姐明明是把两个人的

---

① 根据1682年版,补加:"(她装作吻抱斯嘎纳赖勒,却拿手给了法莱尔。)"根据1734年版,改成:"(她装作吻抱斯嘎纳赖勒,却拿手给法莱尔吻。)"
② 根据1734年版,补加:"(向法莱尔。)"
③ 根据1734年版,补加;"(向法莱尔。)"

　　　　　　底全给抖出来了。我这就想法子去满足她的愿望。永
　　　　　　别了。

斯嘎纳赖勒　可怜的孩子！他难过极了。来搂搂我，把我当作她
　　　　　　好了。①

第 十 场

〔伊萨白耳，斯嘎纳赖勒。〕

斯嘎纳赖勒　我觉得他很可怜。

伊萨白耳　　得啦，一点也不可怜。

斯嘎纳赖勒　还有，乖孩子，你的爱情感动我感动到了极点，我愿意好
　　　　　　好谢你一番。看你这副情急的样子，一星期是太长了，我
　　　　　　明天就娶你，我不想请……

伊萨白耳　　明天？

斯嘎纳赖勒　你是害羞，才做出不愿意的模样；不过我清楚你听了我这
　　　　　　话，心花怒放，恨不得已经成了亲才好。

伊萨白耳　　可是……

斯嘎纳赖勒　我们看喜事有什么要筹备的，去筹备好了。

伊萨白耳②　天呀，帮我想一个逃婚的办法吧！

---

① 根据1734年版，补加："（他吻抱法莱尔。）"卡雅法（Cailhava）在他的《莫里哀研究》一书中说，有一位饰法莱尔的演员，吻过斯嘎纳赖勒，把他甩给他的听差，听差吻抱斯嘎纳赖勒，半晌不放手，由着他的主人再度吻伊萨白耳的手。

② 根据1734年版，补加："（旁白。）"

第 三 幕

第 一 场

〔伊萨白耳。〕

伊萨白耳　这害人一辈子的亲事，强迫我嫁，比起死来，我觉得还要可怕一百倍。为了逃出牢笼，我就是做过了分，责难我的人，也一定会宽恕我。时候不多了，天也黑了。好吧，我就大起胆子，把我的终身交给爱我的人吧。

第 二 场

〔斯嘎纳赖勒，伊萨白耳。〕

斯嘎纳赖勒　我回来了，明天你们给我……
伊萨白耳　天呀！
斯嘎纳赖勒　是你，小乖乖？天都黑了，你到哪儿去？我方才离开你的时候，你说，你有点累了，要一个人在房间里头歇歇。你还求我回来不要吵你，让你一直睡到明天天亮。

伊萨白耳　　话是这么说的，不过……

斯嘎纳赖勒　　什么？

伊萨白耳　　你单看我这副窘模样，就明白我不知道怎么样请你原谅了。

斯嘎纳赖勒　　到底怎么啦？出了什么事？

伊萨白耳　　一桩惊人的秘密：我现在到外头来，全是为了姐姐的缘故。她借我的房间用，我就把她关在里头了。原来是她有一个主意。为这，我狠狠数说了她一顿。

斯嘎纳赖勒　　怎么？

伊萨白耳　　谁想得到啊？她爱上了我们赶走的那个情人。

斯嘎纳赖勒　　法莱尔？

伊萨白耳　　简直入迷了。她那种一往情深的样子，世上就没有第二份。深到什么地步，你只要想想她独自一个人，在这时候，赶到这儿来，把她的相思病一五一十告诉我，也不管我数说她，就讲：她要是不能如愿以偿的话，就只有死了。他们一年以来，私下里就在相爱，而且打得相当火热，一开头就彼此许下你婚我嫁的誓言……

斯嘎纳赖勒　　贱货！

伊萨白耳　　她听说她喜欢相见的男子，由于我的缘故，心灰意懒，想到别的地方去，她就求我答应她，看她的爱情能不能打消他的远行。因为他真走了的话，她就要心碎了。我的房间对着一条小巷，她要我答应她，用我的名义，今天夜晚学我的声音，和他在窗口谈情说爱，试着留他，最后把他对我的爱慕，想办法移转到她自己身上。

斯嘎纳赖勒　　你觉得这……

伊萨白耳　　我？我直生气。"什么？"我说，"姊姊，你疯了还是怎么

315

着？这类人喜新厌旧，一天一个花样，你居然迷上了他，忘记作女儿的体面，欺骗上天给你安排的男子，你倒是羞也不羞？"

斯嘎纳赖勒　我那位兄长该受这个，我听了只有高兴。

伊萨白耳　总之，我一生气，唧唧呱呱，举了无数理由，一面责备她不该这样下贱，一面拒绝她今晚的要求。可是我看她那副情急的模样，直淌眼泪，直叹气，直说什么我不成全她的恋爱，就会把她逼到绝路上去，说到后来，我再不愿意，也由不得自己就依顺了她。我顾全亲姐妹的关系，应是应了她，可是为了证明今晚的幽会和我不相干，我去找吕克莱丝陪我睡，你不是每天都在夸她人品好吗？可是不料你回来这么早，碰上你了。

斯嘎纳赖勒　不，不，我可不愿意家里出这种怪事。出兄长的丑，我未尝不乐意，可是就许外头有人看见，那就坏事了。一个女孩子有幸嫁我，不但应该贞静、有教育，而且就该不起别人的疑心。我们去把不要脸的丫头赶出来，让她的私情……

伊萨白耳　啊！你这么一来，她要难为情死了，而且也要振振有词，抱怨我太不会替她保守秘密了。我既然不赞成她那种做法，你还是等我劝她走好了。

斯嘎纳赖勒　好！劝她去罢。

伊萨白耳　可是我求你千万闪在一旁，一句话也不要同她讲，单看着她出来就是了。

斯嘎纳赖勒　好吧，看在你的分上，我不发脾气就是。不过她一出来，我立刻就去找我的兄长：跑去一五一十告诉他，我别提要多开心啦。

伊萨白耳　　我求你千万不要说起我的名字。晚安。因为我马上就要关房门，睡觉去了。

斯嘎纳赖勒　小心肝，明天见。①我看见我的兄长，把他的造化说给他听啊！老头子爱耍聪明，这回可挨上了。他要是不丢人呀，我输二十真艾居。

伊萨白耳　　（在室内。）是的，看见你这样痛苦，我也难过。不过你要我办的事，姐姐，我办不到。我爱惜我的名声，所以我不乐意冒太大的险。再见。走吧，等来不及，可就晚啦。

斯嘎纳赖勒　她出来了，看她那副样子，就要不得。我把大门锁好，免得她再来。

伊萨白耳②　　天呀，保佑我的主意成功！

斯嘎纳赖勒③　她到什么地方去？跟她看看。

伊萨白耳④　　好在是夜晚，不会出事。

斯嘎纳赖勒　　到情人家里去。她有什么好干的？

第 三 场

［法莱尔，斯嘎纳赖勒，伊萨白耳。］

法莱尔⑤　　对，对，我今天晚响，就要想一个法子，和她谈一下……

---

① 根据1734年版，补加："（一个人。）"
② 根据1734年版，补加："（进来。）"
③ 根据1734年版，补加："（旁白。）"
④ 根据1734年版，补加："（旁白。）"
⑤ 根据1682年版，补加："（骤然走出。）"

317

来的是谁?

伊萨白耳[①]　别作声。法莱尔，我来在你前头了，我是伊萨白耳。

斯嘎纳赖勒[②]　臭丫头，你说谁，你就不是她：她严守妇道，你可声名扫地。你冒用她的名字和她的声音。

伊萨白耳[③]　可是除非你肯正式结婚……

法莱尔　我盼的就是和你厮守一辈子。我现在不妨对你起誓，明天你愿意在什么地方行礼，我就到什么地方行礼。

斯嘎纳赖勒[④]　上当的小傻瓜！

法莱尔　你放心进去吧。有我对付你的受骗的阿尔斯。不等他从我怀里把你抢走，我先把他的心扎一个稀烂。

斯嘎纳赖勒[⑤]　啊！我告诉你，我没有意思把偷汉子的不要脸的丫头从你手里抢过来。你起誓好了，我决不吃醋，而且相信我的话，你会作她的丈夫的。对，趁他和不知羞耻的丫头在一起，正好下手。念起她的父亲，一生为人敬重，加以我对她的妹妹十分关切，少说我也应该想法子保全她的名声才是。喂！[⑥]

---

① 根据1734年版，补加："（向法莱尔。）"
② 应当增加："（旁白。）"
③ 根据1734年版，补加："（向法莱尔。）"
④ 根据1734年版，补加："（旁白。）"
⑤ 根据1734年版，补加："（一个人。）"
⑥ 根据1734年版，补加："（他叩一位警官的大门。）"

第 四 场

［斯嘎纳赖勒，警官，公证人，随从①。］

警　　官　　什么事？

斯嘎纳赖勒　警官先生，你好。我们有事借重你公家。请你打起火把跟我走。

警　　官　　我们出来……

斯嘎纳赖勒　有一桩急事。

警　　官　　什么？

斯嘎纳赖勒　到这人家去，里头有一对野男女，就该把他们揪到一起，结婚才是。女孩子和我们有关系，有一个叫法莱尔的，许她成亲，把她骗到他的家里。女孩子生在一个高贵有德的家庭，不过……

警　　官　　这么说来，倒是你的造化，因为我们里头就有一位公证人。

斯嘎纳赖勒　是先生？

公 证 人　　对，一位有公家身份的公证人。

警　　官　　还是一位君子人。

斯嘎纳赖勒　那还用说。你们进这家大门，不要出声，小心有人出来。你们会得到很好的酬谢的，可是你们千万不要受贿赂。

警　　官　　怎么？你相信一位司法官员……

斯嘎纳赖勒　我说这话，不是挖苦你们公家人。我马上就去找家兄来。

---

① 根据1734年版，补加："（拿着一个火把。）"

只要有火把给我照亮就行。①我要娱乐娱乐这位自得其乐的先生。喂！②

第 五 场

［阿利斯特，斯嘎纳赖勒。］

阿利斯特　　谁敲门？啊！啊！兄弟，你有什么事？

斯嘎纳赖勒　来吧，能言善语的导师、过时的风流人物，我有漂亮事带你看。

阿利斯特　　怎么？

斯嘎纳赖勒　我给你带来了一桩好消息。

阿利斯特　　什么？

斯嘎纳赖勒　你的莱奥诺尔，请问，在什么地方？

阿利斯特　　问这干什么？我想，她是到女朋友家开舞会去了。

斯嘎纳赖勒　哎！对，对；跟我来，你就知道小姐开的是什么舞会了。

阿利斯特　　你这话是什么意思？

斯嘎纳赖勒　你管教她管教得好："经常吹毛求疵，并不妥当；只有和易近人，才能感化人心。疑心重重，防了又防，可惜是门闩和栅栏促成不了太太和姑娘们的贞节。严加管束，反而容易让她们学坏，女性需要一点点自由。"说实话，鬼丫头已经自由透顶，贞节在她已经是人人可得而有的了。

---

① 根据1734年版，补加："（旁白。）"
② 根据1734年版，补加："（他敲阿利斯特的大门。）"

阿利斯特	你这番话的用意到底是什么？
斯嘎纳赖勒	得啦，我的兄长，你这叫报应。我宁可不要二十皮司陶耳，也不要你那些胡闹格言的后果。我们对两个姐妹的教育，产生了什么作用，一看就明白：一个回避这位多情男子，另一个追逐这位多情男子。
阿利斯特	你要是不说破这个哑谜……
斯嘎纳赖勒	哑谜就是：她的舞会是在法莱尔先生家里。我夜晚看见她去的，如今他还搂着她呐。
阿利斯特	谁？
斯嘎纳赖勒	莱奥诺尔。
阿利斯特	请你别开玩笑啦。
斯嘎纳赖勒	我开玩笑？……他说我开玩笑，真有他的！可怜的人，我告诉你，我再度告诉你，法莱尔把你的莱奥诺尔留在家里。在他想到追伊萨白耳以前，他们就有了婚约。
阿利斯特	你像在说梦话……
斯嘎纳赖勒	他亲眼看见，也会不相信的。气死我了。说实话，背上不长盖子，再老也没有用。
阿利斯特	什么？兄弟，你是说……？
斯嘎纳赖勒	我的上帝，我不说了。你就跟我来吧。马上你就心满意足了，你就明白我是不是糊弄你，他们私下相爱有没有一年多了。
阿利斯特	也许她会瞒着，答应和别人结婚。可是我从她作小孩子时候起，就一向样样事都对她表示绝对随和，而且保证决不干扰她的主张，这话说了足有一百回了，她怎么还会这样？
斯嘎纳赖勒	事情是真是假，你自己看过再说。我已经把警官和公证人请来了。在我看来，他们希望结婚，也只有结婚才能立时

挽回她失去的名声。因为我想，你不会那样没有志气，要娶一个不清不白的姑娘，如果你的头脑还相当清醒，不要自己为人耻笑的话。

阿利斯特　我决不至于软弱到了这步田地，不管对方愿不愿意，要把人家娶到手来。可是，话说回来，我不能相信。

斯嘎纳赖勒　你可真能唠叨！算啦，这种官司是打不完的。

第 六 场

〔警官，公证人，斯嘎纳赖勒，阿利斯特。〕

警　官　两位先生，原来根本用不着强制。你们要是仅仅希望他们结婚的话，大可不必动气了。他们两个人也一样愿意成亲。法莱尔已经接受你们的要求，签过字，娶留在身边的女孩子作妻房。

阿利斯特　女孩子……

警　官　又把自己锁在屋里了，你们不赞成他们结婚，她就不肯出来。

第 七 场

〔警官，法莱尔，公证人，斯嘎纳赖勒，阿利斯特。〕

法莱尔　（在窗口。）对，先生们，除非你们表示同意，否则别想有

	人进来。你们知道我是谁,你们要我签婚约,我也照办了,你们不妨看着。你们本心既然是赞成结婚,就该也签字给我作保证。不然的话,你们就是要了我的命去,也别想从我这儿抢走我的意中人。
斯嘎纳赖勒	不,我们没有意思拆散你们两个人。①他还一点不知道不是伊萨白耳。我要利用误会才好。
阿利斯特②	不过真是莱奥诺尔……?
斯嘎纳赖勒③	住口。
阿利斯特	不过……
斯嘎纳赖勒	别说话。
阿利斯特	我想知道……
斯嘎纳赖勒	还问?我说,你住不住口?
法莱尔	总之,不管怎么样,伊萨白耳和我是誓不相离。而且各方面考虑下来,你们也不见得有理由反对我作她的丈夫。
阿利斯特④	他说的话不……
斯嘎纳赖勒	你就住口罢,我有我的理由,回头你就知道了。⑤对,闲话少说,我们两个人统统赞成你作如今在你家里的女孩子的丈夫。
警 官	婚约用的就是这种词句。女方没有签字,因为我们还没有见到她。签字吧。女孩子最后一签字,大家也就和好了。
法莱尔	我同意这个办法。

---

① 根据1734年版,补加:"(低声,旁白。)"
② 根据1734年版,补加:"(向法莱尔。)"
③ 根据1734年版,补加:"(向阿利斯特。)"
④ 根据1734年版,补加:"(向斯嘎纳赖勒。)"
⑤ 根据1734年版,补加:"(向法莱尔。)"

斯嘎纳赖勒	我呀,我也完全同意。我们马上就要大笑的。哥哥,这边,签字吧。该你先签。
阿利斯特	什么?这种秘密劲儿……
斯嘎纳赖勒	家伙!真烦!签吧,可怜的笨牛。
阿利斯特	他说的是伊萨白耳,你说的是莱奥诺尔。
斯嘎纳赖勒	就算是她,哥哥,你不也赞成他们两个人实现嫁娶的婚约吗?
阿利斯特	当然。
斯嘎纳赖勒	那你就签字吧。我也照样签字。
阿利斯特	好吧。反正我是什么也不明白。
斯嘎纳赖勒	你回头会明白的。
警 官	我们去去就来。
斯嘎纳赖勒	好,让我来把这桩私情秘密说给你听吧。①

第 八 场

〔莱奥诺尔,莉赛特,斯嘎纳赖勒,阿利斯特。〕

莱奥诺尔	活遭殃!那些年轻的傻瓜,我觉得个个讨厌!我只有从舞会溜出来。
莉赛特	他们人人希望讨你喜欢。
莱奥诺尔	可是我受不了,我没有见过比他们再要命的人了。我宁可听听最简单的谈话,也不要听那些莫明其妙的连篇废话。

---

① 根据1734年版,补加:"(他们退到舞台深处。)"

他们以为自己戴的是金黄假头发，别人就该事事让着他们。他们用要不得的揶揄口吻，作出一副蠢样来，对你嘲笑老年人的爱情，还自以为说的是世上顶漂亮的语言。他们想不到我重视老年人的感情，远在少不更事的脑壳的一切兴奋之上。可是我看见的不是……？

斯嘎纳赖勒① 是的，事情就是这样。②啊！我看见她出来了，还有女用人。

阿利斯特 莱奥诺尔，我不生气，不过我有理由抱怨你：你知道我从来没有意思拘束你，而且我保证你有充分恋爱自由。这话我说过有一百多次了，可是你不拿它搁在心上，瞒着不叫我知道，把心和爱情许给了别人。我过去待你宽厚，我现在并不后悔，可是你的做法伤我的心，也是必然的。这种行为是配不上我一向对你的情谊的。

莱奥诺尔 我不懂你说这话的根据，可是我和从前一模一样，你是可以相信的。什么也不能改变我对你的敬重。和别人相好，我就看成一种罪恶。假如你肯满足我的心愿的话，明天我们就好行婚礼的。

阿利斯特 那么，兄弟，你有什么根据来……？

斯嘎纳赖勒 什么？你不是从法莱尔家里出来的？难道你今天没有讲起你的恋爱故事？难道你一年以来不就在爱他？

莱奥诺尔 是谁在你跟前说我这种坏话，存心造我这种谣言的？

---

① 根据1734年版，补加："（向阿利斯特。）"
② 根据1734年版，补加："（望见莱奥诺尔。）"

第 九 场

〔伊萨白耳，法莱尔，警官，公证人，艾尔嘎斯特，莉赛特，莱奥诺尔，斯嘎纳赖勒，阿利斯特。〕

伊萨白耳　姐姐，我行为失检，玷污了你的名字，求你就慷慨大度饶恕了我吧。我因为事出意外，情形紧急，无路可走，这才出此下策。以你的为人来说，你一定怪罪这种偏激行为，可是命运待我们两个人不一样，我也就顾不得了。①至于你这方面，先生，我不想对你道歉，因为我给你的好处比我给你的坏处多多了。上天没有安排我们两个人厮守到老，我也知道自己不配你来相爱。我宁可嫁给别人，也不要愧对你这样的好心。

法莱尔②　先生，从你手里接她过来，就我来说，我又是体面，又感到莫大的幸福。

阿利斯特　兄弟，你这是自作自受，就认了晦气吧。人家知道你上了当，可是并不可怜你，我看你不走运到了极点。

莉赛特　说实话，他受报应，我挺开心，正好给世人作作榜样。

莱奥诺尔　我不知道这事该不该得到好评，可是我知道至少我是不能责备的。

艾尔嘎斯特　他命里本该当乌龟的，没有当上，总算便宜了他。

斯嘎纳赖勒③　是啊，这太意外，我一时还转不过来。我理会不到这种薄

---

① 根据 1734 年版，补加："（向斯嘎纳赖勒。）"
② 根据 1734 年版，补加："（向斯嘎纳赖勒。）"
③ 根据 1734 年版，补加："（摆脱沉重的心情。）"

幸行为。就连撒旦①本人，我想也不至于像狗贱人这样坏。我为了她，连这只手也会放到火里头。今后谁相信女人，谁是自寻苦吃！最好的女人也永远诡计百出。女人天生就是男人的祸水。我永生永世不和这种奸诈的东西来往，而且心甘情愿，把她们统统送给魔鬼。

艾尔嘎斯特 好。

阿利斯特 都到舍下来。请，法莱尔先生。我们明天想法子让他息怒就是了。

莉赛特② 各位，你们知道的怪僻丈夫，务必送到我们的学堂来。

---

① 撒旦是魔鬼头子。
② 根据1734年版，补加："（向观众。）"

·讨厌鬼·

原作是诗体。1661 年 8 月写出,同年 11 月 4 日首演。

与国王书

陛下：

  我给喜剧添了一场戏：一个人给别人献一本书，就是一种相当难以忍受的讨厌事。圣上晓得这个，比王国哪一个人也晓得更清楚，因为圣上成为献书狂的目标，也不是从今天起始的。不过，我虽然是学别人的榜样，把自己放在我演的那些角色的行列，可是我斗胆奉告圣上，我写这封献书，不光是为了呈上一本书，也是为了这出喜剧成功向圣上致谢。陛下，成功超过我的期望，而我之所以能成功，不仅是由于圣上在献演的时候，驾临看戏，盛加称许，引起广大的赞赏，也更由于圣谕，要我在戏里增加一个讨厌鬼人物。这是全戏最美的所在，而且是圣上亲自启发我写的。① 陛下，我应当指出，我写东西从来没有像写圣上要我从事的这场戏那样又顺又快的。服从圣上，在我只有快活，这比服从阿波罗和全体缪斯好多了。这让我想到，如果我有同样旨意做灵感的话，我能写成一出完整的喜剧来的。身世高贵的人们，可以在建立功勋方面为圣上效命；但是像我这样的人，我能盼到的荣誉，也只有娱乐圣上。我的野心不过尔尔，可是我相信，我能尽一分力，致悦法兰西国王，对法兰西来说，也不就一点没有用处。万一我做不到的话，永远不是由于缺乏热心或者努力，而仅仅是由于恶运为难罢了。恶运常常跟在最大的善意后面，毫无疑问，十分使我伤心。

陛下，你的最谦卑、最服从

和最忠心的臣子

J. B. P. 莫里哀

---

① 指第二幕第七场。 相传《讨厌鬼》首次演出，国王指着专爱打猎的斯瓦古尔 Soyecourt 侯爵，对莫里哀说"这是一个怪人，你还没有写过"，建议把他也写进去。 莫里哀很快就应命写出了猎公鹿这场好戏。

前　言

　　从来上戏没有像上这一出戏这样急的了，一出戏连想带写、连背带演，只用十五天，我想，这还是创举。我说这话，并没有因为神速就自命不凡，觉得了不起的意思，不过只是预防有些人挑剔，说我没有把形形色色的讨厌鬼全写进去。我知道，宫里宫外，有大批讨厌鬼在，我用不着节外生枝，就可以拿他们写成一出结结实实的五幕喜剧，还有富余。但是给我的时间那样短促，我不可能做出大计划，仔细考虑一下人物的选择和主题的安排。所以我被迫只能碰到有限几个不识相的人，谁先在我的心头涌现，我就写谁。戏演给大人物看，我相信，我挑选的这几个不识相的人正好作成他们的娱乐。我随便编了一个情节，把这几个不识相的人贯串在一起。我没有意思在如今检查一下这一切是否尽善尽美，看戏的人是否全按照法则笑过[①]。将来也许有一天，我刊印我对自己的戏的意见，像大作家一样，引证一下亚里士多德或者贺拉斯，我也不觉得就办不到。我这篇"审查"也许流产[②]，所以我一面等它出世，一面先拿它交给群众判断，我认为打倒一部公众赞美的作品相当困难，同时辩护一部公众谴责的作品也同样困难。

　　没有一个人不知道，戏是为了联欢写的；庆典盛大，也勿需乎我再说起；但是谈两句喜剧的装潢，不见其就不合适。

　　原来计划还有一个芭蕾舞剧。不过挑选出来的舞蹈好手很少，舞剧各场就不得不隔得远远的，有人主张分配在喜剧的幕间，舞蹈家利用中间的空当，换好了衣服再出来：这样一来，避免这些类似插曲的东

[①]　"按照法则"来笑，显然是在讽刺学究。参看《太太学堂的批评》的第六场。
[②]　"大作家"意指高乃依。他在1660年印行戏剧集三册。每册之前，有一篇"讲话"Discours，同时每一出戏有一篇"审查"Examen。

西打断剧情，我想尽我所能，把它们结到主题上头，让舞剧和喜剧成为一个东西。但是由于时间局促，不是全部交给一个人统一策划的缘故，舞剧有许多地方或许不像另一些地方，和喜剧紧紧扣在一起。不管怎么样，这对我们的舞台来说，总是一种新的混合，虽然我们可能在古代找到若干先例①；观众人人觉得有趣，将来写别的东西，有更多的时间从容考虑，就很可以作为借镜了。

幕一升起，就有一个演员，你们不妨说是我吧，穿着平常衣服，在台上出现，一脸惊惶，向国王献词。为台上只我一个人，为缺乏时间和演员，不能满足圣上的期待，而乱七八糟道歉。同时就在二十道自然喷泉之中，展开那只人人看见的贝壳，里面露出可爱的水仙②走到台口，以一种高贵的姿态，朗诵玻立松写的序诗③。

---

① 意指古希腊喜剧，特别是阿里斯托芬的作品。
② 水仙 Naiade，由玛德兰·贝雅尔饰演。
③ 玻立松 Pellisson (1624—1693)，法国文学家。上演《讨厌鬼》的时候，他是财政总监福该 Fouquet 的第一助理。路易十四在福开举行联欢，招待王室之后，立即下令逮捕福该，玻立松也被关在监狱。路易十四在 1666 年，又邀他做他的史官。这首歌颂路易十四的序诗，我们没有译出。

在水仙朗诵中间，从树木和半身石像里面，出来一群男女小仙。她读完序诗，带走一部分小仙，留下一部分随着提琴和牧笛的节奏跳舞。

序　幕①

瞻仰最伟大的国王，在这美丽的地点，

和世人待在一起，我走出幽深的穴坎。

为了欢迎他，难道波涛与大地

不该在你们面前搬演一出新戏？

他说什么，他做什么，说到做到，

他本人不正是一个神奇的异兆？

在他的治下出现了各种业迹，

难道整个宇宙不该为他提供奇迹？

年轻，果断，勇敢，庄严，明智，

公正而有效，和悦而严厉，

治理国家就像约束他本人的欲望，

把最高贵的欢乐结合在高贵的工作之上，

从来不会弄错他的正确的方案，

日理万机，亲自去听，亲自去看，

只要他大着胆子来做，就无事不成，

他要什么，上天也不会不答应。

倘使路易下令，这些界石②也将起步，

这些树木也将说话，胜过多多纳③的树木。

---

① "序幕"后，根据1734年版，补加："舞台表现一个界石和好几座泉水的花园。一个水仙（走出水来，在一个贝壳里）。"下面的话由她独白。
② 界石 Terme 是罗马神话中一个小神，管理田界，石柱顶端有一个半身像。
③ 多多纳 Dodone 是古希腊埃皮鲁斯 Apire 的一个城市，有宙斯庙，附近橡树林的声响被作为预言来解释。埃皮鲁斯在马其顿之南。

低级的神祇,以树身为家,

路易要你们出来,泉林各仙,就出来吧。

〔好几位林仙,和长着母山羊腿的小妖与长着公山羊腿的小妖,一道走出树木和界石。

我帮你们出个主意,问题在于讨他欢喜,暂时扔掉你们通常的形体。

对臣民的关怀,英雄的兴趣,

最动人的研读,帝王的忧虑:

你们让他休息一下,让这伟大人物

暂时忘怀于娱乐的乡土,

你们明天将看见他,如获新生,

专心致志于为民请命的勤劳工程,

恩泽得以平分,法律得以遵守,

我们的愿望将得到公平的庇佑。

维持宇宙于永久的和平之中,

自己不休息,将休息送给公众。

但愿今天一切能使他欢喜,

同意为娱乐做出的唯一的设施。

讨厌鬼,走开,否则,他看你们来,

只是为了激起他的衷心喜爱。

〔水仙为了喜剧演出,把一部分她使之出现的人带走,留下的人开始跳舞,有双簧管和小提琴伴奏。

人物①

艾辣斯特

大　山②

阿耳席道

---

① 根据1734年版，人物分列如下：
喜剧演员
大密斯　　　　　奥尔菲丝的保护人。
奥尔菲丝
艾辣斯特　　　　奥尔菲丝的情人。
阿耳席道 ⎫
李桑德 ⎪
阿耳冈德 ⎪
阿耳席波 ⎪
奥朗特 ⎬ 讨厌鬼
克丽麦娜 ⎪
道琅特 ⎪
卡利提代斯 ⎪
奥尔曼 ⎪
费兰特 ⎭
大　山　　　　　艾辣斯特的听差。
酸　枣　　　　　大密斯的听差。
河流和艾辣斯特另外两个听差。
舞剧演员
第一幕 ⎰ 玩槌球的人们
　　　 ⎱ 好奇的人们
第二幕 ⎧ 滚地球的人们
　　　 ⎪ 投石的人们
　　　 ⎨ 修理旧鞋的男鞋匠与女鞋匠
　　　 ⎩ 一个花匠
第三幕 ⎧ 门警们
　　　 ⎨ 四个男牧羊人
　　　 ⎩ 一个女牧羊人
② 听差取大山、酸枣、河流这种名字，是当时的习俗。

奥尔菲丝

李桑德

阿耳冈德

阿耳席波①

奥朗特

克丽麦娜

道琅特

卡利提代斯

奥尔曼

费兰特

大密斯

酸　枣

河流和两个伙伴②

---

① 根据莫里哀的财产目录（他死后，别人编制的），他在《讨厌鬼》里面扮演了至少有三个角色：一个是学究卡利提代斯，一个是爱打猎的道琅特，一个是侯爵。问题是他演哪一个侯爵，阿耳席波？还是李桑德？还是两个都演？然而就侯爵衣着而论，目录上却只有一套。他们的衣着是："《讨厌鬼》的侯爵的服装，内有一条宽绰如裙的短裤 Rhingrave，有道道蓝色与曙色的缎料，缀着许多肉色、黄色饰物和柯尔伯花边；柯尔伯花边料紧上身，缀着红罂粟色带子；丝袜和袜带。同戏卡利提代斯的服装，有贴花的斗篷和呢裤，一件有花洞眼的紧上身。道琅特的服装是，打猎用的兜腰短大衣，腰刀和腰带，短大衣缀着银绿袖章，一双鹿皮手套，一双花边口普通质料的袜筒。共值五十法郎……"
② 根据 1734 年版，加添："景在巴黎"。马艾劳的《札记》有这样的记载："需要一副扑克牌、一枝烛台、假刀。背景是树木。"

第 一 幕

第 一 场

［艾辣斯特，大山。］

艾辣斯特 老天爷，我生下来的时候，冲撞了什么星辰，怎么老有讨厌鬼跟我捣乱！随便走到什么地方，命运也像不饶我，天天遇到新型的讨厌鬼，可是和今天的讨厌鬼一比，就全不算数了。我用午饭的时候，平白无故，起了看戏的念头，自以为有乐可寻，不料受到严厉的处罚。我诅咒我这一念之差，诅咒了有一百回。我非原原本本给你讲讲不可，因为直到如今，我一想起来，还觉得有气。我听见有些人夸戏好，所以到了台子上①，全神贯注听戏。演员开始了，谁也不留神，就见忽然进来了一个人，大膝襜，神气十足，也不怕吵别人，喊着："喂嘻！快端座儿来！"他扯嗓子叫唤，惊动了全场观众，戏正演到顶好的地方，也让搅了一个稀糟。我想："哎！我的上帝！我们法兰西人，一

---

① 贵人喜欢出较高代价（半个金路易，也就是五法郎），坐在舞台两侧看戏。莫里哀非常厌恨这种制度，参看《太太学堂的批评》第五场。直到1759年，剧场才取消这种制度。

来就挨人批评，怎么就永远做不出通情达理的人样儿来？邻国人一来就笑话我们轻举妄动，怎么我们自己不争气，倒在公众戏台子上，搬演我们这些要不得的缺点？"我想到这儿，耸了耸肩膀，演员也打算把戏演下去，可是这家伙又出了响声：两边有的是空地方，他很可以舒舒服服坐下来的，他偏要大踏步跨过戏台子，在台口正中放下他的椅子，高仰着脸，大背对着观众，池座有四分之三别想看得见演员。换了旁人，听见观众咕哝，早就臊死了，可是他呀，刚强不屈，一点不放在心上，如果不是我倒楣，他一眼望见了我的话，就会这样一直坐到戏散。他坐到我旁边，招呼我道："哈！侯爵，你好吗？答应我搂搂你。"我一想到人家见我认识这样一位没有头脑的人，先涨红了脸。其实彼此就说不上相熟，可是单看外表，便不同了。有一种人，一点原因也没有，死乞白赖要和你好，见了面，你得受他吻抱，好像老朋友一样，称呼也亲昵得不得了。他就是这种人。所以他马上就来了一大串无聊的话问我，调门提得比演员还高。人人咒他，我要他住口，就说："我想看戏。"他就说："侯爵，你先生没有看过呀？啊！家伙！我觉得简直要不得；我在这上头也不就是一窍不通，我知道一部作品靠什么法则才会完美，高乃依写的戏，就出书念给我听。"说着说着，他就把戏的故事给我说了一个大概，下一场戏是什么，他也先讲给我知道，甚至于有些诗句，他也背得下来，不等演员出口，他先背了出来。我不要他说也办不到，他利用机会，一直利用到底。可是不等戏完，他老早就站起来了，因为时髦君子，凡事风雅，一向特别当心，不听结局。我感谢上帝，以为这下子好了，戏完了，我的活罪也受完了，可是好像这太便宜了我，我这位冤家对头又盯住了我，同我讲起他的丰功伟绩、他的超凡入圣的高山景行，还讲起他的马、他的恋爱、君主对他的宠幸，又说他诚心诚意，情愿为我效劳。我轻轻点头谢过了他，一直在寻思一个抽身的好机会，可是他一见我要离开他，就对我讲："走吧，人都走光了。"出了剧场，他盯我盯得更紧了："侯爵，上林荫道看看我的嘎乃赦①去，做得才考究，不少公爵大法官②叫承造的匠人，照样子也造一辆。"我谢过了他，编了一个借口，说我请人吃晚饭。"啊！妙啊！我是你的朋友，我也来，我本来答应了元帅的，失约就失约了。"我就说："酒席太寻常，不敢劳动你这样有身份的人的大驾。"他回答我道："没有关系，我这人很随便，我去也只为了和你聊聊天儿，对你实说了吧，我已经吃腻了山珍海味。"我就说："可是有人等你，你不去，会得罪人的……"——"侯爵，别开玩笑啦，我们全都熟识，和你在一起，我觉得愉快多了。"想不到我的推托之词，倒给自己惹出了麻烦，我一边生自己的暗气，一边正愁无计脱身，就见过来了一辆金碧辉煌的马车，前前后后，全是跟班，响声如雷，在我们面前停住，从里跳下来一位衣饰华丽的年轻人。纠缠我的讨厌鬼，和他抱在一道吻抱，过往行人瞪圆了眼睛，看他们大发神经。就是他们两位一涌向前，不住行礼的时候，我不声不响，悄悄溜掉。这半天的活罪可够我受了，

---

① "嘎乃赦"galèche 是一种敞篷轻便四轮马车，上演《讨厌鬼》的时候，兴起不久。一般乘坐的是"喀乃赦"Calèche。

② "公爵大法官"un duc et pair 是参加巴黎最高法院工作的大贵族。

	我咒这讨厌鬼咒得什么也似的，他拚命要好不要紧，我这儿的约会可就给我耽搁了。
大　山	老爷，乐中有苦，就是生活，天下不会样样事如意的。上天要世上人都有讨厌鬼，因为不然的话，人就太快活了。
艾辣斯特	可是在我的全部讨厌鬼里面，顶讨厌的就是大密斯，我心爱的姑娘的保护人。他毁坏女孩子给我的希望，她在保护人面前见也不敢见我。约好的时间我怕已经过了，奥尔菲丝说好了在这两旁有树的小路的。
大　山	情人相会，平常总是往长里拉，时间就限制不住。
艾辣斯特	话是对的，不过我还是害怕，因为我爱她爱到极点，一点点小错，我也看成对她犯了大罪。
大　山	您一百二十分爱她，您也证明您是一百二十分爱她，所以您才把一点点小错看成对她犯了大罪，可是她如果对您也同样相爱的话，您犯的种种大罪，她也应该看成小错。
艾辣斯特	不过，说真的，你相信她爱我？
大　山	什么？证明了的爱，您还不相信……？
艾辣斯特	啊！一个人真爱上了别人，碰着这种事，就不会完全心安的。明明顺当，他怕不顺当。他的情人献殷勤，他最希望到手的东西也最不相信。不过我们还是想法子找寻找寻这位绝世美人吧。
大　山	老爷，您前头的拉巴①分开啦。
艾辣斯特	没有关系。
大　山	请您让我把它理齐了。

---

① "拉巴" Rabat 是前胸领口底下一种装饰：一小幅黑布分成两块相等的长方形，四周滚一道小白边。

艾辣斯特　哎呀！蠢东西，你缢死我啦，尽它去好了。

大　山　让我帮您理好头发……

艾辣斯特　没有人再比你笨的啦！你简直要拿梳子把我的耳朵梳掉啦①。

大　山　你的膝襜……

艾辣斯特　由它们去好了，你也忒仔细啦。

大　山　全皱啦。

艾辣斯特　我要这样。

大　山　少说您也应该让我掸掸这顶帽子，上面全是土：赏我这个脸吧。

艾辣斯特　非掸不可，你就掸罢。

大　山　您愿意戴这样的帽子？

艾辣斯特　我的上帝，快些。

大　山　说什么我也得把它弄干净。

艾辣斯特　（等了一会儿。）成啦。

大　山　您耐心等一会儿。

艾辣斯特　把我急死。

大　山　您去哪儿来的，帽子弄得这么脏？

艾辣斯特　你真一生一世不给我帽子？

大　山　好啦。

艾辣斯特　那你给我呀。

大　山　（帽子落在地上。）嘻！

艾辣斯特　掉到地上啦：这下子帽子可干净啦。瘟死你！

大　山　让我掸干净它，两下儿就成……

---

① 贵人随身都带一把牛角梳子。听差同样也带一把伺候。

艾辣斯特　我不高兴。鬼抓了这种听差去！死盯着主人，拿主人耍蘑菇，没完没了。处处献好，就是不讨喜欢。

第 二 场

［奥尔菲丝，阿耳席道，艾辣斯特，大山。①］

艾辣斯特　我望见的不是奥尔菲丝？对，来的就是她。她到哪儿去，走得这样快？陪她的那个男人是谁？（她走过去，他行礼，但是她转开了脸。）什么？她老远就望见我了。假装不认识我，走了过去！有什么好相信的？你有什么好说的？你倒是说呀！

大　山　　老爷，我什么也不说，因为我怕当讨厌鬼。

艾辣斯特　我难过得什么也似的，你倒一句话也没有，倒真成了讨厌鬼。还是趁早安慰安慰我吧。我该怎么办？说呀，你是什么看法？拿你的意思说给我听。

大　山　　老爷，我不想说话，也不想献好。

艾辣斯特　瘟死你这没规没矩的东西！跟住他们，看他们在干什么，别离开他们。

大　山　　（回来。）远远跟着？

艾辣斯特　对。

大　山　　（回来。）不让他们看见，或者装出不是有人差我盯他们的样子？

---

① 根据1734年版，补加："奥尔菲丝在舞台后部走过，阿耳席道搀着她。"

艾辣斯特	不,顶好还是让他们知道,你跟他们是奉了我的命的。
大　山	(回来。)我还到这儿找你?
艾辣斯特	雷劈了你!我看你就是世上顶讨厌的人!(大山走出。)啊!我心乱极了!这倒楣的幽会,让人把我担搁住了来不成,我倒觉得好受多了!我原来以为样样事顺当,可是我眼里看到的,只有罪受。

第 三 场

[李桑德,艾辣斯特。]

李桑德	亲爱的侯爵,我远远认出树底下是你,马上就朝你走过来了。我谱了一个古朗特①小舞曲,全宫廷的行家表示满意,已经有二十多人给它填词,你是我的一位朋友,我一定要唱给你听听。我有钱,有门第,有一个不大不小的官做,在法兰西也算得上一个重要人物,不过我宁可什么也不要,也不肯不写这首我要你听的歌谱。啦,啦,哼,哼。我请你仔细听好。(他唱他的古朗特曲。)好听不好听?
艾辣斯特	啊!
李桑德	结尾实在漂亮。(他又唱了四五次结尾。)你觉得怎么样?
艾辣斯特	的确很好听。

---

① 古朗特 courante 是一种行动徐缓的三拍舞曲,一对男女在舞会开始的时候跳。路易十四很喜欢它,十八世纪后半叶,又有别的舞曲起而代之。

李桑德	我给它配的舞步也很可爱,尤其是合舞,优美极了。(他又唱、又说、又舞,同时强迫艾辣斯特跳女的那一部分。)看,男的这样过去,接着女的又过去了;一道舞;然后分开了,女的来到这边。你看出女的假装逃走了没有?这两步脚尖舞了没有?前后脚挪动,追美人了没有?背对背;面对面,背牢她。(表演完了。)侯爵,你觉得怎么样?
艾辣斯特	这些舞步统统好看。
李桑德	那些舞蹈教师,我是一个也看不上眼。
艾辣斯特	这还用说。
李桑德	那么,舞步……?
艾辣斯特	步步惊人。
李桑德	你要不要我看朋友分上教你?
艾辣斯特	真的,我现在有别的事……
李桑德	好!那么,以后再说吧。我没有带新歌词来,不然的话,我们可以一起读读,看哪一首词顶好。
艾辣斯特	改一天吧。
李桑德	再会。我的亲爱的巴提司特[①]还没有看见我的古朗特,我这就找他去。我们对乐谱有同等欣赏力,我想请他把伴奏写出来。(他走出,总在唱着。)
艾辣斯特	老天爷?难道地位真就无所不能,能藏垢纳污,也能叫我们天天容忍这许多傻瓜,而我们就得低声下气奉承,经常

---

① 巴提司特指约翰-巴提司特·吕里 Jean-Baptiste Lulli(1633—1687)是法国歌剧的创始人,他虽然生在意大利,但是从十二三岁起,就到了巴黎。他得到路易十四的赏识,给莫里哀的喜剧——舞剧做伴奏,莫里哀晚年很受他的排挤。莫里哀一死,他就得到路易十四的允许,把莫里哀的剧团赶出王宫剧场。
李桑德的"古朗特"舞曲,其实就是吕里写的。

称赞他们这些莫名其妙的东西?

第 四 场

〔大山,艾辣斯特。〕

大　山	老爷,奥尔菲丝一个人从那边过来了。
艾辣斯特	啊!我心乱成了什么?我还在爱着这狠心的美人,可是我的理性要我憎恨。
大　山	老爷,您的理性就不晓得它要什么,也不晓得情人对我们有多大势力。就算您有正当理由生气,美人只一句话,您也就服帖了。
艾辣斯特	哎呀!我承认你的话对,单她走过来,我这一腔怒火就已经变成了尊敬。

第 五 场

〔奥尔菲丝,艾辣斯特,大山。〕

奥尔菲丝	你像不高兴看见我来的样子,难道我这一来,反而得罪了你不成?怎么回事?你怎么啦?你一见我就叹气,什么事这样不开心?
艾辣斯特	哎呀!狠心的人,你倒好意思问我,是什么让我这样万分难过?明明是你害的我,还假装不知道,不是有意气人是

	什么？你听那位先生谈话听出了神，从我眼前走过，理也不理我……
奥尔菲丝	（笑。）原来你是为了这个苦恼啊？
艾辣斯特	好狠心啊，我已经够倒楣的了，你还侮辱我。你知道我多爱你，所以你这无情无义的人，就不该嘲笑我的痛苦、作践我的爱情。
奥尔菲丝	我真还非笑不可，也只有你这种傻瓜，才这样自讨苦吃。你说的那个男人，我不但不喜欢，而且因为他是一个讨厌鬼，还在想法子摆脱他。有些蠢人，喜欢巴结，忒不识相，看见别人一个人待着，就不过意，马上凑到跟前，说些甜言蜜语，还拿你讨厌的胳膊搀你。他就是其中一个。我不要他知道我的真心思，假装要走，他就一直送我送到马车跟前。我用这法子才一下子甩掉了他，又从另一个门进来找你。
艾辣斯特	奥尔菲丝，你对我真是心口如一吗？我该不该相信你这些话呀？
奥尔菲丝	你那些抱怨本来就没有道理，你听了我的解说，还说这种怪话，我看你也太过分了。我这人太老实，心地善良到了胡涂的地步……
艾辣斯特	啊！先别生气，太严厉的美人。我离开你就活不了，所以你说什么，我也愿意盲目相信。你要欺骗，就欺骗你的不幸的情人好了，反正我到死也尊敬你。作践我的爱情，不拿你的爱情给我，让我眼睁睁看着别人得意，对，我忍受一切：我会死的，可是说什么我也不会抱怨。
奥尔菲丝	你一脑门的这种怪心思，不好怪我……

第 六 场

〔阿耳冈德，奥尔菲丝，艾辣斯特，大山。〕

阿耳冈德 侯爵，一句话。小姐，请你饶恕我放肆，当着你同他谈一件私事。①侯爵，我不愿意求你，不过方才有人当面侮辱我，所以为了不示弱起见，我热切希望你立刻替我找他。你知道，有一天你遇到这种事，我也一定会高高兴兴，照样回谢你的。

艾辣斯特 （不说话，待了一会儿。）我不想在这儿吹牛，不过，大家看见的，我在没有做廷臣以前，先当兵来的，我服军役服了十五年，所以我相信，我不照办并不丢人，我不给你做副手，也不怕有人骂我懦怯。决斗就要违法，可是我们的国王不是一个纸扎君主：他能使一国之中最有权势的人低头，我认为他是一位英明的圣君。我有的是勇气为他尽忠，可是我觉得我没有必要惹他发怒。我把他的旨意看成最高的法律，你还是找别人不服从他吧，我是做不来的。②子爵，我这话说得非常直率，你有别的事见教，我一定效劳就是。再会。③鬼抓了这些讨厌鬼去！我心爱的人到哪儿去啦？

---

① 根据1734年版，补加："（奥尔菲丝走出。）"
② 决斗是违法的，做副手同样受到严厉惩罚，因为当时做副手的也参加决斗。1651年，法令规定，即使待在一旁看决斗的人，也要受到剥夺官职、爵位和津贴的处分，财产也要没收四分之一。
③ 根据1734年版，这里另分一场，只有大山和艾辣斯特在场。

348

大　山　　我不知道。

艾辣斯特　你到四处找找她看,看她去了什么地方,我在这边小路等着。

第一幕　舞剧

第 一 场

有些玩槌球的人，喊着当心，把他逼开了。他们打开了球，他想回来。

第 二 场

就见来了一些好奇的人，想认出他是谁，兜着他转悠，又有一时把他逼开了。

第 二 幕

第 一 场

［艾辣斯特。］

艾辣斯特　我那些讨厌鬼终于散开了吧？我想他们是无孔不入，四面八方全有。我躲来躲去躲不过；更糟糕的是，我不知道到哪儿找我的心上人去。雷雨说收就收，也没有把上流人从这地方撵走。老天爷厚爱于人，怎么就不把这些爱捣乱的人统统赶走！太阳眼看就要沉下去了，我纳闷我的听差还不见回来。

第 二 场

［阿耳席波，艾辣斯特。］

阿耳席波　你好。

艾辣斯特① 　什么？总有人跟我的爱情作对！

阿耳席波 　侯爵，安慰安慰我吧。昨天我和一个叫散·布万的，在一起玩皮盖②，我一点也没有搁在心上，结果输了一个希奇古怪。我输惨啦，从昨天起，我就一肚子气闷，巴不得斗牌的人全叫鬼抓了去，我自己也在人来人往的地方上吊。再有两分我就赢了；对于想赢还得六十分。我发过牌，他一看只有六分好拿，求我重发一回。我看自己花色挺全，就一口回绝了。我的牌是梅花爱司（看我有多倒楣吧）、红桃爱司、国王、王子、十点和八点，我的目的是在赢分，所以换牌的时候，我就去了方块王后和国王、黑桃王后和十点。我有五张红桃，又换进来红桃王后，变成最好的大顺。可是出乎我的意料之外，对手有方块爱司，又在牌桌上打出六张小顺来。我把方块国王和王后在换牌的时候换掉了，可是我一想，他得打六十分才赢，也就心放宽了。起码两分我总相信自己是可以做得到的。他有七张方块，四张黑桃，可是他打出来一张黑桃的时候，我那两张爱司，我不晓得留哪一张好了。我去了红桃爱司，留下梅花爱司，觉得自己挺对，可是他早就在换牌的时候，一气换掉了四张梅花，所以打到末一张牌，一张鸡心小六就赢了我的梅花爱司，来了一个满堂红，六十分之外，又多饶上了四十分。③我气得一句话也说不出来。家伙！你倒说

---

① 根据 1734 年版，补加："（旁白。）"
② "皮盖"Piquet 是一种扑克牌戏。在莫里哀时代，两个人玩，共三十六张，去掉五点、四点、三点与二点。双方每人得牌十二张，桌上留牌十二张，头家有换八张牌（可以少换）的权利，二家有换四张（最少）的权利。赢到一百分为满分。
③ 散·布万取得先出牌的权利，打败阿耳席波的红桃大顺。他赢了一个满堂红 Capot，本分之外，再加四十分，超过一百分了，阿耳席波一分也没抢到手。

艾辣斯特	说看,我怎么输得这么冤?除非亲眼看见,谁能相信啊?
艾辣斯特	赌场最看得出命运捉弄人了。
阿耳席波	家伙!你倒说说看,我错在哪儿,我该不该生气。我们斗的那两副牌,我特地带在身上,这就是。看,这是我原来的牌,我对你说过,这是……
艾辣斯特	我单听你讲,就全听出来了。你有理由生气,不过我还有别的事要做,非离开你不可。再会。别尽着难过啦。
阿耳席波	谁,我?我永远忘不了这次打击,这比雷劈了我还要命。我要讲给世上人全知道。(他走出,又回来,一边想,一边说。)一张红桃小六!两分!
艾辣斯特	我这是在什么地方?转来转去,总有傻瓜打搅。①啊!你可让我等得心焦死啦!

第 三 场

〔大山,艾辣斯特。〕

大　山	老爷,我不能再快啦。
艾辣斯特	你倒是给我带了什么消息来没有?
大　山	你心爱的美人有话吩咐下来,我当然有话回禀。
艾辣斯特	什么话?我恨不得马上听到。说吧。
大　山	您要我告诉您?
艾辣斯特	是啊,你就快说吧。

---

① 根据1734年版,这里另分一场,下一句话是对大山说的。

大　山	老爷，请您等一等。我是一路跑来的，简直气都喘不过来了。
艾辣斯特	你故意要我等着，看了开心啊？
大　山	美人吩咐我的话，您既然是马上就想知道，我就告诉您……真的，不是我夸口，我跑了许多地方才找到她的。要是……
艾辣斯特	瘟死你！别瞎扯啦！
大　山	啊！压压火性才是，塞耐加①说过……
艾辣斯特	塞耐加到了你嘴上，不是傻瓜也是傻瓜，因为他说的话，跟我现在全不相关。告诉我，她吩咐了些什么，快。
大　山	你的奥尔菲丝，为了满足您的愿望……您的头发里面有一个虫儿。
艾辣斯特	由它去。
大　山	美人要我告诉您……
艾辣斯特	什么？
大　山	您猜猜看。
艾辣斯特	你知道不知道，我不高兴开玩笑？
大　山	她吩咐我说，您就在这地方等她，她一离开内地来的几个女的，就看您来，不会多耽搁的。这些女人一见是出入宫廷的人，就死缠着不放。
艾辣斯特	那么，我们就在她挑定的地点等下去吧。不过，我这期间还有一点闲暇，你先让我一个人在这儿等好了。有一个曲子她挺喜欢，我想把词填出来。

---

① 塞耐加 Sénéque（公元前约计 4—公元后 65）是罗马帝国时期哲学家与悲剧作家，有《论怒》De Ira 一书，共三卷。

第 四 场

〔奥朗特,克丽麦娜,艾辣斯特。〕

奥朗特　　　人人会同意我的见解的。
克丽麦娜　　你以为固执己见就会取胜吗?
奥朗特　　　我相信我比你有理由。
克丽麦娜　　我希望有人听听看。
奥朗特　　　我看见一位不是外行的先生,一定会给我们判断谁是谁非。侯爵,对不住,一句话:我们两个人有一件事,争执不下,请你判断判断看。问题就是怎么样才算得上最完美的情人。
艾辣斯特　　这种问题很难解决,你们另请高明。
奥朗特　　　不,你说这话只是白说;你有才情,我们久已闻名了。我们晓得人人把你看做……
艾辣斯特　　哎!请你就别说下去了……
奥朗特　　　总而言之,你当我们的仲裁人,我们先占你两三分钟工夫。
克丽麦娜[1]　你请的仲裁人,不会说你对的,因为,我要是看人没有看错了的话,先生一定赞成我的理由。
艾辣斯特[2]　我怎么就没有提醒我那混账听差,编两句话,救我出去!
奥朗特[3]　　对他的才情,我这方面有许多很好的证据,所以我不相信

---

[1]　根据1734年版,补加:"(向奥朗特。)"
[2]　根据1734年版,补加:"(旁白。)"
[3]　根据1734年版,补加:"(向克丽麦娜。)"

他会对我不利。① 说来说去，我们之间的重大争论就是：一个情人该不该妒忌。

克丽麦娜 是的，把我的思想和你的思想说得更清楚些，就是谁讨对方喜欢，是妒忌的人，还是不妒忌的人？

奥朗特 我这方面认为是后一种人。

克丽麦娜 我的主张是前一种人。

奥朗特 我认为得到我们称赞的，应当是敬意最大的人。

克丽麦娜 我觉得我们如果欣赏的话，应当是爱情最多的人。

奥朗特 对；不过，一个人表现热情，在敬意上要比在妒忌上好多了。

克丽麦娜 我的见解是：谁最妒忌，谁就最爱我们。

奥朗特 才不！有些人做情人，爱对方就和恨对方一样，他们的敬意，还有他们的好心，也只是永远招对方讨厌，这种人，克丽麦娜，你还是别同我讲起的好。再小不过的小事，他们也看成罪大恶极；他们不说自己眼睛瞎，倒把人家说成存心不良，哪怕是眼珠子一转，也要交代明白。他们一见我们的眼睛显出一点快活的意味，就认为是他们的情敌兜起来的。总而言之，他们把他们的热狂看成一种权利，不说话便罢，说起话来，就同你争吵。他们不嫌冒昧，禁止任何人和你来往，表面上说我们征服了他们，其实他们倒做了我们的暴君。所以我要情人全有敬意：他们只有服从，才能衬托出来我们的威势。

克丽麦娜 才不！有些人做情人，对我们丝毫没有热情。这种人，你还是别同我说起的好。这种不冷不热的情人，心平气和，

---

① 根据1734年版，补加："（向艾辣斯特。）"

把事情看得就像铁定了似的，信心十足，不怕丢掉我们，由着他们的爱情酣睡，不光同他们的情敌称兄道弟，还四门大开，看着情敌长驱直入。他们爱我们爱得那样安静，我一想到就生气。所以不妒忌就说不上爱。我希望一个情人，证明他有热情，就该时时刻刻起疑心才是，说急就急，说怒就怒，显出他对情人一百二十分看重。我欣赏他这样疑神疑鬼。万一他待我们偶尔太野蛮了，可是一看他那般可爱，跪在我们脚跟前，说他不该发臭脾气，求我们饶恕，又是伤心，又是流眼泪，恨自己怎么会得罪了我们，我们就象着了魔一样，不息怒也息怒了。

奥朗特　　假如讨你欢心，只要发脾气就成，那太容易办到了，我晓得巴黎有许多男人专爱打老婆。

克丽麦娜　　假如讨你欢心，只要永远不妒忌就成，我晓得有些男人对你就很方便；他们爱归爱，可是一点脾气也没有，见你倒在一群男人怀里，决不难过。

奥朗特①　　你觉得哪一种爱情好，现在你就宣判吧。②

艾辣斯特　　既然不宣判，我脱不了身，我就同时来满足满足你们吧。你们认为好的，我并不说坏。我的看法是：妒忌的人爱得最热，不妒忌的人爱得最好。

克丽麦娜　　话说得非常聪明，不过……

艾辣斯特　　够啦，我没有话添啦。我请你们放我走吧。

---

① 应当加添"（向艾辣斯特。）"
② 根据1734年版，补加："（奥尔菲丝在舞台后部出现，看见艾辣斯特在奥朗特和克丽麦娜中间。）"

第 五 场

〔奥尔菲丝，艾辣斯特。〕

艾辣斯特　小姐，你来的可真慢啦，我觉得……

奥尔菲丝　不，不，你们谈得有趣，还是谈下去吧。你用不着怪我来得太晚，①我就是不来，你也有人陪你。

艾辣斯特　无踪无影的事，你怎么也好生我的气？我正在活受罪，你倒怪起我来了。啊！求你了，等……

奥尔菲丝　放我走，求你啦，你还是追你的好伴儿去吧。（她走出。）

艾辣斯特　天呀！这些男女讨厌鬼，今天简直是勾结好了，破坏我的好事！不过，她不理我也罢，我还是追下去，把我的冤枉给她解释清楚。

第 六 场

〔道琅特，艾辣斯特。〕

道琅特　啊，侯爵，我们兴会淋漓，正在行乐，可是见天就有讨厌鬼打搅！你知道我打猎打得好好的，有一个傻瓜……我一定要把详细情形讲给你听。

艾辣斯特　我正要找一个人去，待一下来听你讲。

---

① 根据1734年版，补加："（指着走出的奥朗特和克丽麦娜。）"

道琅特　家伙，我就是一边走，也要讲给你听。我们昨天组织好一个猎队，去打一只公鹿。我们先在当地住下来，就是说，我的亲爱的，在森林顶深的地方。我这人挺喜欢这种游戏，所以我要亲自到树林子里头，把应有的工作准备好①。我们大家商量好了，把力量集中在一只公鹿身上，据说这是一只起码有七岁大的公鹿②，可是，我的看法不一样，认为它只是一只三岁大的公鹿，理由我也就不必细说了。我们照规矩，给狗分配好了岗位，急急忙忙吃了几颗新鲜鸡蛋当早点，就见来了一位土里土气的乡绅，带着一把长剑，傲形于色，骑着一匹育马的母马，他把它叫做他的好母马，过来和我们打招呼，更气人的是，他把一个和他一样蠢的笨蛋儿子介绍给我们。他说自己是一个打猎的好手，求我们大家答应他和我们一道打猎。上帝保佑打猎的好手，别都像他一样，带一只他乱吹的小喇叭③，后头跟十条一身疥疮的小狗，说成"我的狗队"，把自己吹成了不起的猎人！我们见他有本事，就答应了他。我们在掰下来的树枝子底下埋伏好了。在有三条拉狗绳子长的地方，嗐！公鹿在狗前头出现了。我喊狗追，拚命吹号角。我那只公鹿出了树林子，在相当宽阔的田野上跑，我那些狗在后头追，可是聚在一道，一件紧上身就好把狗全盖在底下。公鹿回到森林里头。于是，我们放出老狗④追它。

---

① 打前站的工作，平时是让听差去做。
② 原文是"十个犄角的公鹿"。
③ "小喇叭"buchet 是号角的一种，声尖而远，一般是驿夫用，当时打猎已经不时兴了。
④ 猎狗分成两队，年轻力壮的一队打先锋，年老力衰的一队打接应。

	我这时候急忙跨上我的栗子颜色马。你见过它吧？
艾辣斯特	没有吧，我想。
道琅特	怎么？这匹马又好又漂亮，是我前些日子从贾渥①那边买来的。他一向看重我，你就知道他会不会骗我了，所以我就买下来了。说实话，他卖的马数它好，数它美。巴尔巴里马②的头，当中一颗形象分明的星星，天鹅脖子，又细又直，像兔子一样没有肩膀，膝盖弯子短，走动起来，生龙活虎一般！还有蹄子，家伙！蹄子！背平平的，分开了腰（说实话，只我一个人有办法驾驭它，贾渥的小·约翰③，看上去虽然装得满不在乎，可是骑上去的时候，直打哆嗦），马屁股宽宽的就没有一匹马比得上；还有后腿，我的上帝！一句话，没的说！你听我说，国王给我一百皮司陶耳，外饶一匹马，我也不换。话说回来，我骑在马上头，眉飞色舞，喜笑颜开，望着狗还在田野抄近赶公鹿。我追着追着，追到树林子一个偏僻幽深的地方，我一个人和德莱卡④在狗后头。我们有一小时，在这地方搜寻公鹿。我喊狗追，响得什么也似的，总而言之，打猎的人没有比我再开心的啦。我一个人把公鹿逼了出来，眼看万事如意，就见有一只小公鹿给我们的公鹿做伴，我的狗有一部分跑开了去追小公鹿。侯爵，你想象得出来，它们惶惶无主，就连飞漏⑤也不晓得怎么办好了。忽然之间，它

---

① 根据莫里哀的注解，贾渥 Gaveau 是"宫廷有名的马贩"。
② 巴尔巴里指非洲北部沿地中海一带地域。
③ 小·约翰是马贩驯烈马的马夫。
④ 根据莫里哀的注解，德莱卡 Drécar 是"著名的猎狗管理员"。
⑤ 飞漏 Finaut 是猎狗名。

换了方向,认准了路,我高兴得什么也似的,又是喊,又是吹号筒:"飞漏!飞漏!"我在高冈子上头发现公鹿的脚印,欢欢喜喜,自自在在,又吹起了号角。有些狗回到我跟前,可是事不凑巧,侯爵,小公鹿从我那位乡绅跟前跑过去了。于是冒失鬼拚命吹小喇叭,扯嗓子喊:"达尤!达尤!达尤!"①我的狗全离开我,去了傻瓜那边。我赶到前头,发现路上还有公鹿的蹄印子,可是我朝地面一望,我的亲爱的,就看出狗追错了鹿,我这一伤心,就像死了爹妈一样。我想尽方法叫他明白,我追的那只公鹿和他追的那只公鹿,蹄印子不一样,可是不起作用,糊涂虫照样糊涂,坚持追的是开头追的那只公鹿。我们这样一争不要紧,狗这时候已经跑远了。我气得不得了,一边暗暗骂这家伙,一边打着我的马跑,不顾地势高低,跳过胳膊一样粗的树林子,折了也不管它,又把狗带到原来路上。狗又追下公鹿去了,就像看见了它一样,我甭提有多喜欢了。公鹿又在逃命;可是,你猜怎么着?对你实说了吧,亲爱的侯爵,活活把我一气一个死。我追的那只公鹿,从蠢家伙前头跑过,他以为这样做才算得一个打猎的好手,他在马鞍前头搁了一管手枪,就见不偏不倚,一子弹打在公鹿头正中,还远远对我喊着:"啊!我把鹿放躺啦!"我的上帝!谁从来听说过猎公鹿用手枪的?所以我一赶过去,看见他打猎不照规矩,一怒之下,两只刺马钜踢着我的马,一直跑回家,不高兴和这傻瓜打一句交道。

艾辣斯特 你做得再对不过,像你这样聪明的,就世上少有。跟讨厌

---

① 达尤 tayaut 是鼓励猎狗的呼声。

	鬼分手，就该这样才对。再会。
道琅特	你有兴致的话，我们一道打猎去，到一个不会遇见打猎的乡绅的地方。
艾辣斯特	好得很。①简直要把我急坏啦。赶快想法子找我的美人，把话说开了罢。

---

① 根据1734年版，补加："（一个人。）"

第二幕　舞剧

第 一 场

　　有些滚地球的人，为了滚球，一边测量，一边争执，过来把他拦住。他好不容易才把他们摆脱开。他们舞着一种复合步伐，全是做这种游戏经常应有的种种姿态。

第 二 场

　　一些投石的儿童过来打断了他们，随后他们又被赶走了。

第 三 场

　　男修鞋匠与女修鞋匠，还有他们的父亲和别人，他们也被赶走了。

第 四 场

一个花匠独舞,然后退出,把地方留给第三幕。

第 三 幕

第 一 场

［艾辣斯特，大山。］

艾辣斯特 不错，我在一方面有了成就，我心爱的小姐你算息了怒；可是另一方面，我又遇到了困难，老天爷心狠，对我的爱情设下重重阻碍。是的，大密斯、她的保护人，我的最大的讨厌鬼，又在加强反对我的最甜蜜的愿望。他不许他的可爱的侄女看我，还打算在明天把她嫁给别人。可是，奥尔菲丝不管他禁止不禁止，答应今天晚晌和我在她家私下相会。爱情特别欣赏幽期密约，障碍也就是滋长双方的欢愉。和心爱的美人会面，得不到许可，结局就是：匆匆一面，也成了无上幸福。我现在去赴幽会，眼看时间就要到了，我宁可早到，也不情愿迟到。

大　山 要不要我跟着您？

艾辣斯特 不要，你这样一跟不要紧，人家倒认出我来了。

大　山 不过……

艾辣斯特 我就是不要。

大　山 我听您的吩咐就是，不过，我在老远的地方跟，不至于

艾辣斯特	我说了几十回了，你住口不住口？你做听差怎么老是这样不识相，就永远改不过来？

第 二 场

〔卡利提代斯，艾辣斯特。〕

卡利提代斯	先生，时间不作美，见你的荣誉我就很难到手：早晨走访，应当是最相宜了，可是会到你，也不那么容易，因为你总在睡觉，要不就是出门了，至少尊介这样告诉我来的。所以我能现在遇到你，的确幸运，简直幸运之至，因为再迟上两分钟，我又要见不到你了。
艾辣斯特	先生，你找我有什么事？
卡利提代斯	先生，我来向你表示我对你的敬意……请你……原谅我的冒昧，假如……
艾辣斯特	别客气了，你有什么话说？
卡利提代斯	人人誉扬你，说你有身份，有才情，见义勇为……
艾辣斯特	对，人家誉扬我。
卡利提代斯	先生，一个人自己介绍自己，非常难以出口，所以就该永远有人，在王公大人面前，善为说辞，帮我们的小才能吹嘘两句，打动他的心才是。一言以蔽之，先生，我希望有人晓得我的来历，向你引见。
艾辣斯特	先生，你是什么样人，就凭你对我说话的这种方式，我也一下子就看出来了。

卡利提代斯	是的，我是一位仰慕先生德高望重的学者，不是那种名字有"屋斯"的学者，照拉丁语尾取名字，再也寻常不过，可是做希腊装束，就好看多了，所以我为了名字末了有一个"艾斯"，就把自己叫成了卡利提代斯。
艾辣斯特	就叫卡利提代斯好了。你想说什么？
卡利提代斯	先生，我有一份表章，希望读给你听，同时像你这样在朝廷有地位的人，我斗胆求你，呈上国王过一下目。
艾辣斯特	哎！先生，你自己就好呈上的。
卡利提代斯	不错，圣恩浩荡，俯听民情，可是有许多恶劣表章，先生，就是利用圣上这种天高地厚的仁心呈上去的，闹到后来，就连好表章也难以上达天听了。所以我万分希望能在国王是单独一个人的时候呈上我的表章。
艾辣斯特	好啊！能做到的。你耐心等着好了。
卡利提代斯	啊！先生，传达官先是杀不过去的关口！他们就不拿学者当人看。照他们待我那副穷凶极恶的模样，我也就只有望宫门而兴叹了。不过我没有完全丧失希望，因为我相信你是我在圣驾前的米西那斯①。是啊，你的信用就是一种安全的保证……
艾辣斯特	好吧！给我，我呈上去就是了。
卡利提代斯	这就是，不过，请你听我读一遍。
艾辣斯特	不必……
卡利提代斯	先生，我求你听我读一遍，你听了，也就知道上面说些什么了。

---

① 米西那斯 Mécène（公元前 74—公元后 8）是罗马帝国时代的大富商。他是奥古斯督皇帝的朋友。大诗人维吉尔和贺拉斯都受过他的保护，一般用为"文艺保护人"。

"上国王书

陛下：

你的极谦逊、极服从、极忠诚和极渊博的臣子卡利提代斯（法兰西是他的国家，希腊是他的职业），发现住宅、商店、酒馆、槌球场，以及京城巴黎其他场所的字号，错误百出，荒谬已极，而这些字号的无知作者，以其不学无术、遗毒无穷、可憎可恨的拚字，摧毁一切感性与理性，无视语原学，类似学、能力学或任何寓言学，引起文坛与法兰西国家的公愤。由于这些谬误和愚蠢的错乱，法兰西国家名誉扫地，贻笑外邦，尤其是嗜读字号，钻研不懈的德意志人……"

艾辣斯特	表章很长，圣上可能不喜欢的。
卡利提代斯	啊！先生，一字不能改易。
艾辣斯特	快念完了吧。
卡利提代斯	（继续。）"所以我诚惶诚恐，恳求陛下，为国家的福利和圣治的荣誉，设立一关于这类字号的监察官、督察官、纠查官、审核官与总修复官，并考虑声请人学问渊博，予以任命，因为他对国家和陛下立有巨大而又显赫的功绩，用各种语言变换陛下的名称，如法文、拉丁文、希腊文、希伯来文、叙利亚文、沙尔代文①、阿拉伯文……"
艾辣斯特	（打断。）很好。快给我，回避了吧。放心好了，国王会看到的。
卡利提代斯	哎呀！先生，我请你做的，就是呈上我的表章。只要国王看到，我相信一定成功。圣上判事如神，一向正确无比，

---

① 沙尔代文 Chaldven 是古巴比伦语言的一种。

决不会拒绝我的请求。还有，我要让你名满天下，请你写下你的名姓吧。我希望拿你的名姓的字母写成凤顶格①，在每行的开头、中腰和末尾出现。

艾辣斯特　对，卡利提代斯先生，你明天会有的②。真的，像他那样的学者，活脱脱就是一头蠢驴。换一个时间，看见他的傻模样，我会笑坏了的……

第 三 场

〔奥尔曼，艾辣斯特。〕

奥尔曼　我有大事在身，可是我不愿意在他走开以前说给你听。

艾辣斯特　很好！不过快些说吧，因为我要走了。

奥尔曼　先生，我敢说离开你的那个家伙，一定把你腻味死了：这是一个老讨厌，头脑不清，我一看见他，总找借口把他打发掉。人在槌球场，卢森堡公园，杜伊勒里花园，听他讲梦话，听得头也疼了。像你这样的人，就该避开这些没有用处的学究，不打交道才是。就我来说，先生，我不担心你会讨厌我，因为我是帮你发财来的。

艾辣斯特③　原来是一个炼金子的，自己是穷光蛋，可是总答应你能大发其财。④先生，能帮帝王致富的点金石，你一定找到

---

① "凤顶格"是中国诗，一种嵌字游戏，原文是 acrostiche。
② 根据1734年版，补加："（一个人。）"
③ 根据1734年版，补加："（低声、旁白。）"
④ 根据1734年版，补加："（高声。）"

了吧?

奥尔曼 哎呀！你想到哪儿去啦？先生，上帝保佑我，不当那种傻瓜！我对空中楼阁，丝毫不感兴趣，我告诉你的，是一种保证可以实现的计划，我一向严守秘密，不露半句风声，可是我希望你拿我的建议转禀国王知道，也就只好告诉你了。我的建议不是那些财政总监们也听够了的愚蠢计划、空洞想法。也不是那些可怜相建议，顶多也就是两三千万进项。我的计划不同了，每年就拿最少的数目来说吧，也能给国王带四亿现款进来，而且顺顺当当，用不着冒险，用不着疑神疑鬼，也用不着丝毫压榨老百姓。总而言之，我的建议招财进宝，源源无穷，单听头一句话，就知道是行得通的。是啊，只要你助我一臂之力……

艾辣斯特 好，我现在有急事在身，回头再谈。

奥尔曼 你只要答应我保守秘密，我就把这重大建议告诉你。

艾辣斯特 不，不，我不想知道你的秘密。

奥尔曼 先生，我相信你为人持重，不会讲出去的，所以我愿意老老实实、简简单单，把秘密告诉你。倒要当心附近有没有人听了去。①我想出来的这个绝妙建议就是……

艾辣斯特 先生，离远点，你自己明白。

奥尔曼 用不着我讲，你就知道，国王每年从海港得到很多好处。我的建议虽然没有人想到，可是行起来，却也方便，就是把法兰西的海岸全部变成出名的海港。这可以增加一笔绝大的收入，如果……

---

① 根据1682年版，补加："（向艾辣斯特的耳朵。）"根据1734年版，补加："（他张望有没有人偷听，然后凑近艾辣斯特的耳朵。）"

艾辣斯特	建议是好的，国王听了，一定喜欢。再会，改天见。
奥尔曼	说什么你也要支持我，争取第一个讲给国王知道。
艾辣斯特	对，对。
奥尔曼	先生方便的话，借我两个皮司陶耳，将来我得到奖金就还给……
艾辣斯特①	好，请。②但愿上帝保佑，我能这样摆脱个个讨厌鬼！看他们来得多不是时候！我想我终于可以走啦。不会再有人打扰了罢！

第 四 场

〔费兰特，艾辣斯特。〕

费兰特	侯爵，我方才听到一件怪事。
艾辣斯特	什么？
费兰特	方才有人跟你争吵来的。
艾辣斯特	跟我？
费兰特	你否认也没有用。我从正当方面听到，有人送信给你，要和你决斗。我是你的朋友，凭他千军万马，我也不怕后果，效命来了。
艾辣斯特	我感谢你，不过，你要知道，我……
费兰特	你不承认，可是你出来不带听差，就瞒不了人。所以你在

---

① 根据1734年版，补加："（给奥尔曼两个路易。）"
② 根据1734年版，补加："（一个人。）"

	城里也罢，到乡间也罢，随你去什么地方，我也要陪你。
艾辣斯特①	啊，我要疯啦！
费兰特	你瞒我有什么用？
艾辣斯特	我对你赌咒，侯爵，人家把你骗啦。
费兰特	你赖不掉。
艾辣斯特	我要是跟人吵过嘴，雷劈了我……
费兰特	你以为我信你的话吗？
艾辣斯特	哎，我的上帝，我告诉你，我不骗你……
费兰特	别以为我是傻瓜，轻易会上你的当。
艾辣斯特	你不相信？
费兰特	不。
艾辣斯特	我求你了，离开我。
费兰特	决不，侯爵。
艾辣斯特	今天黄昏，我和情人有一个约会……
费兰特	我不离开你，你去哪儿，我跟到哪儿。
艾辣斯特	家伙！你要我跟人吵架，为了满足你这份热心，我答应跟人吵架就是。这就是跟你吵架，因为你把我气坏了，我说什么好坏也脱不开身子。
费兰特	你这样接受朋友的好意，太不应该了，不过，你既然不表欢迎，就再会吧：但愿你没有我，能一个人办好了事。
艾辣斯特	你离开我，就成了我的朋友。②看我这份苦命！倒楣事一桩又一桩，就完不了，眼看约会的时间也要过了。

---

① 根据 1734 年版，补加："（旁白。）"
② 根据 1734 年版，补加："（一个人。）"

第 五 场

〔大密斯，酸枣，艾辣斯特，河流①。〕

大密斯② 什么？不管我反对不反对，坏蛋硬要把她弄到手！我这一怒啊，他就成不了事。

艾辣斯特③ 我望见奥尔菲丝门口有人。什么？她应下我的好事，总有人捣乱！

大密斯④ 是的，我晓得我的侄女，不顾我日常吩咐，约好艾辣斯特，今天晚晌在家里私下见面。

河　流⑤ 我听见这些人讲起我们的主人。轻轻溜过去，别让他们觉了出来。

大密斯 可是不等他达到目的，我先收拾他的性命。他不拿我当人，我就叫他尝尝我的厉害。去叫方才我对你说起的那些人来，埋伏在我指定的地点，一听见艾辣斯特的名字，就准备好了给我出气，打断他的幽会，拿他自己的血浇灭他的有罪的爱焰。⑥

河　流 （和他的伙伴攻打他。）坏蛋，你想拿他出气呀，先应付应付我们看。

艾辣斯特 （拿起他的宝剑。）他虽然存心害我，可是救出我的情人

---

① 根据1734年版，上场人还有："（和他的伙伴。）"
② 根据1734年版，补加："（向酸枣。）"
③ 根据1734年版，补加："（旁白。）"
④ 根据1734年版，补加："（向酸枣。）"
⑤ 根据1682年版，补加："（向他的伙伴。）"
⑥ 酸枣应当走出。

	的叔父，在我也是义不容辞。（向大密斯。）先生，我救你来了。
大密斯	（在他们逃走以后。）天呀！我眼看死定了，是谁救下我的性命？谁是我的救命恩人？
艾辣斯特	没有什么，理当效劳。
大密斯	天呀！我也好相信我的耳朵？莫非是艾辣斯特救下我的……？
艾辣斯特	对，对，先生，是我，救下你的性命，我太走运；可是被你所憎恨，我又未免太不幸了。
大密斯	什么？我一心一意想害死的人，就是救我性命的人？啊！我太感动啦：我再也狠不下这个心啦。不管你今天晚晌来这儿存的是什么心，你这种见义勇为的意外行事，打消掉我的种种仇恨。我不应该闹意气。想起我的过错，我就脸红。委屈你也委屈得太久了。为了从严惩罚我的憎恨，今天晚晌我就满足你的心愿。

第 六 场

〔奥尔菲丝，大密斯，艾辣斯特，侍从①。〕

奥尔菲丝	（举着一枝银烛台。）先生，出了什么乱子，闹得那样可怕……？
大密斯	侄女，没有比这乱子再称心的了，我从前怪你找错了对

---

① 根据 1734 年版，无"侍从"字样。

	象，可是现在我倒答应艾辣斯特做你的丈夫啦。他救下我的性命，我要你嫁给他，代我报答他的大恩。
奥尔菲丝	他是你的救命恩人，为了报答他的大恩，我同意嫁他就是。
艾辣斯特	我说什么也想不到会有这种好收场，我高兴得简直疑心自己是在做梦了。
大密斯	为了庆祝你的幸福的未来，我们的提琴手就来娱乐娱乐我们罢。
	（提琴手正要奏乐，就见有人拚命砸门。）
艾辣斯特	谁砸门砸得这样凶？
酸　枣	老爷，是那些戴面具的。他们还带了弦子和巴司克人的鼓①。（戴面具的人们进来，占有全部地点。）
艾辣斯特	什么？又来了讨厌鬼！喂！瑞士门警②，这儿来，把这些叫化子给我赶走。

---

① 巴司克人是居住在法国与西班牙交界各省的居民。鼓，即铃鼓，一面鼓皮，和我们的手鼓相仿。
② 门警是瑞士人，受雇于贵族与教堂，执行门警任务。手里拿着一支长钺，挂着一把长剑。王国时期，有瑞士人服役于禁卫军，至 1830 年跟长支王朝一同消失。

第三幕　舞剧

第 一 场

一些瑞士门警,拿着他们的长钺,赶走所有讨厌的戴面具的人们,然后退出,把空地留给第二场的人们自由自在地跳舞。

末　　场

四个男牧羊人和一个女牧羊人,翩翩起舞,结束全部娱乐。观众觉得他们跳得相当美妙。